I0597219

# گلگشت خاطرات

## ایرج پزشکزاد

Ketab.com

**Golgasht-e Khaterat**
A Collection of 13 Short Satire Stories
**Iraj Pezeshkzad**
Subject: **Persian Short Satire Stories**
Copyright© 2025 By Ketab Corporation

All right reserved.
3rd Edition by: 2025 - Ketab Corporation

گلگشت خاطرات
مجموعه‌ی سیزده طنز کوتاه
موضوع: ادبیات فارسی – طنز کوتاه

The Library of Congress Cataloging-in-publishing Data is available upon request.

ISBN: 978-1-59584-118-6
Ketab Corporation:
12701 Van Nuys Blvd., Suite H,
Pacoima, CA, 91331, USA
www.ketab.com

3 3 4 5 6 7 8 9 25

# فهرست

# بارانی سفارتی

سال ۱۹٤۷، که هنوز آثار جنگ و مضیقه‌ها و جیره‌بندی‌ها و بخصوص سرمای تیزخانه‌ها به علت کمبود سوخت در فرانسه باقی بود، به پاریس رسیده بودم. دوست قدیمم تورج فرازمند زودتر از من به فرانسه رسیده بود و من بر او وارد شده بودم. همدرس نبودیم. من درس حقوق می‌خواندم و او آن موقع در سوربن روانشناسی می‌خواند. البته بعد حقوق خواند و وکیل دعاوی شد. دوستی و مجالست من و تورج که از سن ٥ سالگی شروع شده، اینجا و آنجا و همه جا تا امروز ادامه یافته است. این استمرار در انس و الفت موجب شده که بعضی‌ها تصور کرده‌اند که مدل من در ساختن شازده اسدالله میرزا، از قهرمانان دائی‌جان ناپلئون، تورج فرازمند بوده است. با آنکه تورج شازده‌ی قجر است وبعضی خلقیات او به خلقیات اسدالله میرزای داستان شباهت دارد، مدل من در ساختن این شخصیت قصه، آدم‌های مختلفی بوده‌اند که از هرکدام چیزی گرفته‌ام. اما خانواده‌ی

فرازمند در رمان بکلی غایب نیست. مدل شمسعلی میرزا، بازپرس منتظرخدمت همدان، مرحوم مغفور شمسعلی میرزا فرازمند، قاضی سختگیر و یک دنده‌ی دادگستری بود که مثل شمسعلی میرزای داستان، تحقیق را کلید حل تمام مشکلات حتی در زندگی خانوادگی می‌دانست. کلفت خانه که کاسه‌ی چینی را انداخته و شکسته بود، تا به بازپرسی ارباب درباره‌ی علت افتادن کاسه و اینکه کاسه از کدام دستش و چه ساعتی افتاده، جواب نمی‌داد، امان نمی‌یافت.

یک بار شاهد یک بازپرسی داخلی آن مرحوم بودم. تورج، از پس‌انداز پول توجیبی، یک هالتر ریختگی خریده بود که آن را لای جاجیم عرق‌ریزان به خانه می‌بردیم که دور از چشم پدرش به زیرزمین ببریم. از بخت بد در هشتی‌خانه، با حضرت والا شمسعلی‌میرزا سینه به سینه شدیم. علی‌الحساب یک پس‌گردنی به تورج زد و با لحن قهاری تحقیق را شروع کرد:

- این هیکل چی هست؟

- اسباب ورزش.

- از کجا آوردی؟

- خریدم، باباجان.

- چند خریدی؟

- ۲۵ تومن.

- باز کن ببینم!

کی جرئت داشت در اجرای اوامر قاضی درنگ کند!

- حالا این چی هست؟ جنسش چیه؟

- هالتر... جنسش باید آهن باشد.

- این را چه کارش می کنی؟

- بلند می‌کنم.

- چقدر وزن دارد؟

- سی کیلو.

- سی کیلو، یعنی ده من؟

- بله، باباجان.

- بیست‌وپنج تومن دادی که ده من آهن بلند کنی؟ بیست من هم که بلند کنی تازه می‌شوی مهدی حمال! تا پس گردنی نخوردی، بدو پسش بده!

- ولی باباجان...

- گفتم تا پس گردنی نخوردی!

❊ ❊ ❊

در پاریس،گذشته از سابقه‌ی طولانی دوستی، با تورج علائق مشترکی داشتیم که ما را به هم پیوند می‌داد. خاطرات مشترک بسیار داشتیم. از دوران بچگی و مدرسه و بازی‌ها و استخر امجدیه و پیک‌نیک‌های پس قلعه یاد می‌کردیم. به شعر و موسیقی علاقه داشتیم. گرامافون نداشتیم ولی دو تا صفحه ۷۸ دور کهنه داشتیم. یکی مصاحبه‌ی بدیع‌زاده با رستم ایرانی- دیگری یک صفحه‌ی قدیمی آواز اقبال السلطان که هر چند شروعش «آنقدر بار کدورت به دلم خیمه زده‌ست...» هیچ طرب‌انگیز نبود، مایه‌ی دلخوشی‌مان بود و گاه آنها را پیش دوستانی که گرامافون داشتند می‌بردیم و می‌شنیدیم. در یک عیب یا حسن، شریک بودیم که با جیب خالی دست گشاده داشتیم. در نتیجه در تمام مدت تحصیل ششمان گرو بشمان بود که

هنوز که هنوز است از گرو درنیامده است.

پول سه ماه را یکجا از قرار ماهی چهل لیره انگلیسی برای ما می‌فرستادند که آن موقع ۱۸ هزار فرانک قدیم، معادل ۱۸۰ فرانک امروز بود. در حالی که محصیلن دیگر با این پول سروته خرج را به هم می‌آوردند، ما همیشه تا اواسط سه ماه یا حداکثر تا آخر دو ماهه، پول سه ماه را خرج کرده بودیم و به گرسنگی و فلاکت می‌افتادیم. آن روزی را فراموش نمی‌کنم که، بعد از دو روز گرسنگی کشیدن، با زیرورو کردن اتاق‌هامان در کارتیه‌لاتن، تنها چیز قابل تبدیل به پول که پیدا کردیم دو شیشه خالی ماست بود که به بقال پس دادیم و گرویی آنها را که جمعاً ۸ فرانک یعنی ۸ سانتیم امروز بود، گرفتیم. هیچ خوردنی را که با ۸ فرانک بشود خرید پیدا نکردیم. حتی نصف باگت نان ۲۵ فرانک قیمت داشت. عاقبت در محوطه‌ی وحوش باغ گیاهان، از کیوسکی که بعضی تنقلات مخصوص حیوانات می‌فروخت یک قرص نان زمخت ۸ فرانکی پیدا کردیم. ولی برای آبروداری و اینکه مردم نفهمند برای مصرف شخصی است جلو قفس میمون‌ها، با تظاهر به بذل و بخشش، کمی پالنگ کردیم. ناگهان یکی از مستحفظین به طرف ما دوید و فریاد زد:

ـ از این نان به میمون‌ها ندهید. مریض می‌شوند. این فقط مخصوص خرس‌هاست.

ولی با همه‌ی این‌ها نوجوانی بود و بی‌خیالی که با نان خرس هم خوش بودیم.

یکی دیگر از تفریحات بی‌خرج ما به اقتضای حرارت و شرارت نوجوانی، سربه‌سر گذاشتن با کسانی بود که تازه از ایران آمده بودند.

آن زمان آنهایی که برای تحصیل به خارج می‌آمدند غالباً، بر اساس قصه‌پردازی‌های گذشتگان، با این توهم بار سفر بسته بودند که دختران و ز نان فرنگستان کشته مرده‌ی مردان موسیاه و چشم سیاه شرقی هستند و در عالم خیال صحنه‌ی گردش خود را در کوچه و خیابان مجسم می کردند که بی‌اعتنا به راه خود می‌روند و نگاه آرزومند وحسرت‌بار دختران موطلایی را به دنبال قدم‌های خود می‌کشند. ولی وقتی بعد از ورود می دیدند که از این بابت از آن خبرها نیست، از ما، که تصور می‌کردند در کار و بار دلداری و دلبری از آنها بیشتر می‌دانیم، استفتاء می‌کردند و باید با شرمندگی اعتراف کنم که ما، برای خنده و هرّ و کرّ، از راهنمایی‌های غلط و مضحک ابایی نداشتیم.

یک وجه مشترک دیگر هم داشتیم که با سایر محصلین هم مشترک بود و آن ضدیت با سفارت و سفارتی‌ها بود.

امروز نمی‌دانم نظر محصلین نسبت به سفارتی‌ها در چه حال است. ولی از آن موقع که ما محصل بودیم تا آن موقع که من خودم سفارتی بودم، محصلین چشم دیدن سفارتی‌ها را نداشتند. علت هم فارغ از ملاحظات سیاسی- که از یک زمانی به بعد مطرح شد- شاید این بود که محصلین علت وجودی سفارت و دیپلمات‌ها را نمی‌دانستند و خیال می‌کردند که سفارت منحصراً برای تر و خشک کردن آنها تأسیس شده است. از طرفی، احتمالاً احساس حسادت نسبت به رفاه نسبی سفارتی‌ها و امتیازات دیپلماتیکشان در این میان نقشی داشت.

سفارتی‌ها هم لااقل تا یک زمانی، با محصلین رفتار سزاواری نداشتند. وزارت خارجه از زمان ناصرالدین‌شاه تا اوایل دوران

محمدرضاشاه تیول بیست‌وچند خانواده‌ی سلطنه‌ها و دوله‌ها بود.

پدربزرگ، فلان‌السلطنه بعد از گذراندن مراحل غلام‌بچه، پیشخدمت و پیشخدمت باشی در دربار ناصری، به عنوان وزیرمختار به سفارت جابلسا می‌رفت و بنده‌زاده و همشیره‌زاده را با عنوان اعضای سفارت با خود می‌برد. در مراجعت با خانواده‌ی بهمان‌الدوله، که او هم از سفارت جابلقا برگشته بود، وصلت می‌کرد. دختر او را برای پسرش و برادرزاده‌ی او را برای همشیره‌زاده عقد می‌بستند و لیست کور دیپلماتیک را تکمیل می‌کردند.

دنباله این وضع تا اواخر دوران رضاشاه کشیده شده بود و اعقاب آنها تا اوایل و اواسط دوران محمدرضاشاه که وزارت خارجه به اصطلاح دموکراتیزه شد، پست‌های دیپلماتیک را در اشغال داشتند و کم‌وبیش، با روحیه‌ی امیربهادر جنگ وزیر دربار محمدعلی‌شاه- که از تصور برابری پسر پادشاه با پسر بقال بدنش می‌لرزید- به محصلین به چشم حقارت نگاه می‌کردند و شاید اصلاً با وجود محصل که در خارج مایه‌ی زحمت آنها و در داخل مایه‌ی بازشدن چشم و گوش‌ها بود، مخالف بودند.

باری، ما به حکم این احساس، هربار که دستمان می‌رسید لقمه‌ای برای سفارت و آزار سفارتی‌ها می‌گرفتیم. هر وقت محصلی از بی‌پولی می‌نالید، به استناد اینکه دولت بودجه‌ی مخصوصی برای کمک به محصلین در اختیار سفارت گذاشته، او را به سفارت می‌فرستادیم و تأکید می‌کردیم که تا داد و فریاد راه نیندازد، سفارتی‌ها دستشان توی آن صندوق کمک، که می‌خواهند آخر سال بالا بکشند، نمی‌رود. چند بار محصل گرفتار را مستقیماً به سفیر، حواله دادیم و قال و

مقالی راه انداختیم.

اما قضیه‌ای که دنباله پیدا کرد و نزدیک بود دردسری درست کند، قضیه‌ی «بارانی» بود.

اوایل سال ۱۹۴۸ بود، با محصلی که بعد از یک سال درس حقوق خواندن در دانشگاه تهران، برای تحصیل به پاریس آمده بود، آشنا شدیم. از اولین برخورد او را آدم ساده و در عین حال ناخن‌خشکی یافتیم. اسمش ستاربود و ما، به یاد سردار ملی ستارخان، یک بار به شوخی سردار صدایش کردیم که رویش ماند. همان اوایل آشنایی یک روز از ما کمک خواست که یک پالتو بارانی ارزان بخرد. من و تورج بدون اینکه قرار قبلی گذاشته باشیم، به شوق لقمه‌ای برای سفارت، به جانش افتادیم که: آقا مگر خُل شده‌ای که می‌خواهی بارانی بخری؟ و ارتجالا ماجرایی ساختیم و بین ما گفت‌وگویی تقریباً به این صورت پیش آمد:

ستار: آخر با این هوای بارانی پاریس مگر می‌شود بی‌بارانی سر کرد؟

من: البته که نمی‌شود، سردار. ولی چرا بخری؟

تورج: چرا از سفارت نگیری، سردار؟

ستار: سفارت؟ مگر سفارت بارانی می‌فروشد؟

تورج: نه، نمی‌فروشد. امانت می‌دهد.

ستار با اینکه پدرش ظاهراً از ثروتمندان تبریز بود و وضعش خیلی بهتر از وضع ما بود، دست و دل خرج کردن نداشت و چون بویی از صرفه‌جویی و جنس مجانی به دماغش خورده بود، حاضر

بود چنین حرف مهملی را باور کند. با اشتیاق پرسید:

ستار: چه جوری امانت می‌دهد؟ مگر می‌شود؟

من: تورج جان، ول کن. سردار مثل ما دست به دهن نیست که محتاج سفارت باشد. پول دارد می‌خرد.

ستار: نه، بگذار ببینم قضیه چیه؟ موضوع امانت بارانی چیه؟

من: قضیه اینست که به علت این هوای سرد و بارانی پاریس وزارت فرهنگ یک مقدار زیادی بارانی انگلیسی در اختیار سفارت گذاشته که محصلین بگیرند بپوشند که سرما نخورند. مثل همین که تن ماست. می‌دهند، موقع خاتمه‌ی تحصیلات و مراجعت به ایران پس می‌گیرند.

ستار: خوب، این بارانی کهنه می‌شود، پاره می‌شود.

تورج: نه، آن انگلیسی‌هایش چهار پنج سال دوام دارد.

من: به هر حال رسید می‌گیرند که موقع برگشتن به ایران به هر صورتی که هست، پس بدهی. چون باید صورت مجلس کنند بفرستند تهران.

تورج: عیب کار اینست که صورت اسامی آنهایی که از بارانی استفاده کرده‌اند به وزارت فرهنگ گزارش می‌کنند. برای ما مهم نیست. اما برای سردار که پدرش در تبریز اسم و رسمی دارد شاید صورت خوشی نداشته باشد.

ستار: اختیار دارید، پدرم اگر بفهمد سفارت بارانی امانت می‌داده و من از بازار خریده‌ام عاقم می‌کند. حالا بگویید تشریفات گرفتنش چیه؟

تورج: هیچی، با کارت اسم‌نویسی دانشکده و گذرنامه‌ات

می‌روی سفارت، یک فورم را امضا می‌کنی، می‌برندت توی انبار، یک بارانی اندازه‌ی تنت انتخاب می‌کنی و می‌پوشی.

من: اما... من از آن قال و مقالش ناراحتم. بدی کار اینست که سردار زبان این‌ها را بلد نیست، یعنی اهل قال و مقال نیست.

تورج: مگر خدا نکرده سردار لال است؟

ستار: قضیه‌ی قال و مقال چیه؟ مگر زبان مخصوصی می‌خواهد؟

من: والله، می‌دانی، اینجا هم همان بساط سوءاستفاده‌های ایران را دایر کرده‌اند. اول که می‌روی و موضوع را می‌گویی طوری تظاهر به تعجب می‌کنند که انگار اصلاً نمی‌دانند بارانی چه جور چیزی است، تا تو راهت را بکشی و بروی دنبال کارت. بعد سهم بارانی تو را می‌برند توی بازار می‌فروشند یا غالباً به امریکا صادر می‌کنند چون آنجا بارانی انگلیسی دوبرابر قیمت خرید و فروش می‌شود.

تورج: بله، با ما هم همین بازی را درآوردند. اما تا ما دو تا داد کشیدیم و دیدند سنبه پرزور است، کوتاه آمدند. نه، جان من، ایرج، قصه‌ی بارانی گرفتن خودت را تعریف کن! تعریف کن که سردار گوشی دستش بیاید.

من: والله من تا موضوع را مطرح کردم جناب سرپرست با قیافه‌ی خیلی متعجب گفت: بارانی؟ یعنی چه؟ کدام بارانی؟ بعد حتی وقتی نشانی دادم که موضوع را می‌دانم و از آنهایی که گرفته‌اند اسم بردم، باز گفت آقا، این مزخرفات چیه می‌گویی؟ بارانی دیگر چه حکایتی است؟ خلاصه، وقتی کوتاه آمد که من شیشه‌ی جوهر را روی میزش شکستم. یک دفعه نرم شد و گفت حالا چرا عصبانی می‌شوید؟ یک بارانی چه قابلی دارد که اعصاب خودتان را خراب می‌کنید و برایم

دستور داد چای آوردند و بعد هم آن پسره را... آن کوتاه قده را، صدا کرد و گفت که ما را ببرند به انبار بارانی...

خلاصه، بعد از قال و مقال وقتی برایت دستور چای دادند، بارانی را گرفته بگیر.

تورج: اما، خیال نکنم سردار آدم این توپ و تشرها باشد.

ستار: نه، از جهت توپ و تشر خاطرتان جمع باشد. خانواده‌ی ما از پس دموکرات فرقه‌سی برآمدند، از پس سفارتی‌ها برنمی‌آیـیم؟ حالا بگویـید من پیش کی باید بروم؟

من: پیش سفیر گمان نکنم راهت بدهند. برو پیش دکتر مهران سرپرست محصلین. به پیشخدمت و منشی و این‌ها هم اعتنا نکن، اتاقش را بپرس، در را بازکن یکسر و برو جلوی میزش بنشین. اما یک وقت از ما اسم نبری ها!

ستار بی‌تأمل راه افتاد. وقتی هنوز توی راهرو بود تورج آخرین توصیه را کرد:

تورج: حالا که می‌روی دقت کن از آن آستر پشمی‌ها بگیری که کار پالتو را هم بکند.

من: یادت نرود، حرف که می‌زنی با شیشه جوهر روی میز بازی کن!

ستار به سفارت رفت. برخورد و مکالمه بین او و دکتر مهران به روایت خودش و شهادت دو نفر از محصلین که از اتاق انتظار سرپرست سروصدا را شنیده بودند، به این شرح بود:

ستار: قربان، خدمت رسیده‌ام برای بارانی. چون اینجا لاینقطع باران می‌بارد.

مهران: البته، البته، بارانی در این شهر از هر چیزی لازم‌تر است. خوب، بفرمایید کجا اسم نوشته‌اید؟

ستار: این گواهی ثبت‌نام بنده است. این هم گذرنامه.

مهران: به‌به، دانشکده حقوق اسم نوشته‌اید. موفق باشید انشاءالله.

ستار (بعد از مدتی سکوت): قربان، چی شد؟ دستور می‌فرمایید؟

مهران: چی، چی شد؟ دستور چی؟

ستار: بارانی... پالتو بارانی.

مهران: بارانی؟ یعنی چه؟ کدام بارانی؟

ستار: ببینید، جناب آقای سرپرست محصلین! سر من بازی درنیاورید. بی‌سروصدا بفرمایید بارانی مرا بیاورند.

مهران: آقاجان، مگر خدای نکرده عقلتان کم شده؟ مگر ما اینجا لباس‌فروشی داریم که از ما بارانی می‌خواهید؟

ستار: (فریاد و مشت روی میز) بله، اینجا هم دزدی و سوءاستفاده؟ اینجا هم حق‌کشی؟ بارانی سهم بنده را باید آقازاده‌ی آن پولدار امریکایـی بپوشد؟! شنیده‌ام بازار بارانی صادراتی در امریکا خیلی رونق دارد!

مهران: آقا این مزخرفات چیه می‌گویـی؟ بارانی دیگر چه حکایتی است؟ پولدار امریکایـی چیه؟بارانی صادراتی چیه؟

ستار: (برافروخته به حال تهدید) من نشانتان می‌دهم که چه حکایتی است! الان من به وزارت فرهنگ تلگراف می‌کنم. به سفارت امریکا خبر می‌دهم تا همه‌ی دنیا بدانند حد سوءاستفاده و دزدی تا کجا رفته!

دکتر مهران که در ابتدا به ستار ظن سبکی عقل برده بود، ناگهان

از جا پرید و دست او را که فریادزنان و پا به زمین کوبان و بد و بیراه
گویان این طرف و آن طرف می‌رفت، گرفت و با لحن دوستانه‌ای
دعوت به نشستن کرد.

مهران: خواهش می‌کنم. خواهش می‌کنم یک دقیقه بفرمایید
بنشینید تا سرفرصت صحبت کنیم.

ستار: من با شما صحبتی ندارم. اول بگویید بارانی را بیاورند،
بعد صحبت می‌کنیم.

مهران: چشم،بارانی هم تقدیم می‌کنم. فقط شما بفرمایید یک
چای میل کنید تا بارانی حاضر بشود.

بعد دستور داد برای سردار ستار، که از این پیروزی احساس
سربلندی می‌کرد، چای آوردند. برنامه تا مرحله‌ی چای خوب پیش
رفته بود.

مهران: خوب، آقای عزیز بفرمایید ببینم چند وقت است پاریس
تشریف آورده‌اید؟

ستار: حدود سه ماه است.

مهران: در اینجا دوستانی هم پیدا کرده‌اید؟

ستار: بله، اما این حرف‌ها چه ربطی به بارانی دارد؟

مهران: آن را که تقدیم می‌کنیم. اما اجازه بفرمایید یک کمی بیشتر
آشنا بشویم. می‌خواستم از شما بپرسم، شما تصادفاً دو نفر به اسامی
ایرج و تورج را هم می‌شناسید؟

ستار: چه ربطی به موضوع دارد؟ شما می‌خواهید من درباره‌ی
سایر محصلین خبرچینی کنم؟

مهران: نخیر، ابداً. اما چون بارانی تازه‌شان از تهران رسیده،

خواستم ببینم اگر شما آنها را می‌شناسید یک پیغامی به وسیله‌ی شما برای آنها بفرستم. حتماً شما قضیه‌ی بارانی را از این دو نفر شنیده‌اید. اینطور نیست؟

ستار: بله، همینطور است. حالا پیغامی که باید برسانم چیه؟

مهران: بعد عرض می‌کنم. اما، آقای عزیز، شما که دارید درس حقوق می‌خوانید، از خودتان نمی‌پرسید که چطور و از کجا من در میان صدها محصل ایرانی، فهمیدم که شما موضوع بارانی را از این دو نفر آقایان ایرج و تورج شنیده‌اید؟!

ستار: بله، البته. وقتی فکرش را می‌کنم، می‌بینم که چیز عجیبی است.

مهران: اگر بارانی بوده فقط به این دو نفر که نداده‌ایم. فکر نمی‌کنید چطور من فوری انگشت روی اسم این دو نفر گذاشتم؟

ستار: واقعاً خیلی عجیب است.

مهران: نخیر، نخیر، هیچ عجیب نیست. این حرامزاده‌ها دفعه‌ی اولشان نیست که برای آزار و اذیت ما سفارتی‌ها محصلین تازه رسیده‌ی ساده‌دل را به سراغمان می‌فرستند. فکر کنید، چند وقت پیش یک جوانی را فرستاده بودند که از ما خانم می‌خواست.

ستار: خانم؟ خانم از شما؟

مهران: بله، خانم از ما. بنده‌ی خدا، بعد از داد و فریاد و آبروریزی، که یادش داده بودند، وقتی فهمید رودست خورده، شرمنده شد و قضیه را برای ما تعریف کرد. همین دوتا آتش‌پاره به آن بدبخت ساده‌لوح گفته بودند که سفارت برای اینکه محصلین به امراض جنسی مبتلا نشوند با چند تا «خانم» در پاریس، که به وسیله‌ی طبیب سفارت معاینه شده‌اند و مریض نیستند، قرارداد بسته که محصلین فقط به آن

خانم‌ها مراجعه کنند. جوان بیچاره‌ی زودباور هم آمده بود در همین جایـی که شما نشسته‌اید و بارانی می‌خواهید، نشسته بود و با داد و فریاد خانم طلب می‌کرد. انگار که ما بلانسبت...

دکتر مهران اینجا که رسیده بود خونسردی خود را از دست داده و با رنگ روی برافروخته فریاد زده بود:

مهران: اگر این پدرسوخته‌ها را دیدید بگویید مگر سرو کله‌تان این طرف‌ها پیدا نشود وگرنه پدری از شما دو نفر بسوزانم که باران و بارانی تا عمر دارید از یادتان برود.

بعد قضیه دنباله پیدا کرد و نزدیک بود، البته به بهانه‌ی دیگری، ما را از امتیاز خرید ارز به بهای رسمی (لیره ۹ تومن) محروم کنند. خوشبختانه دکتر  خانلری  که با تورج، گذشته از رابطه‌ی استاد و شاگردی و همکاری در سخن، دوستی داشت، در پاریس بود. از پسرخاله‌اش جمشید مفتاح که مستشار سفارت بود، خواهش کرد که پادرمیانی کند. به همت او ما را بخشیدند. اما چندی بعد سفیر کبیر، که با پدر من دوستی داشت، ما را به بهانه‌ای به سفارت خواست و سربسته از مزاحمت‌های بعضی محصلین شکوه کرد. البته ما، با قیافه‌ی معصوم طفلی که تازه از مادر زاده شده، هرگونه مسئولیت در این گونه قضایا را، با ابراز تنفر نسبت به شرارت محصلین مردم‌آزار، انکار کردیم. ولی چند ماه بعد، باز محصلی را که در جست‌وجوی راهی برای سقط جنین دوست دخترش بود، به سفارت فرستادیم.

پاریس
نوروز ۱۳۶۹

# جاودانه احمد

امیدوارم مسجد مجد خیابان سپه و مجالس ختم آن را فراموش نکرده باشید!

یک سید چاق و چله، با پس گردن برآمده، عمامه بسر و بدون عبا، نظم مجلس را عهدهدار بود. از اینطرف به آنطرف میرفت و گاهی با صدای کلفت دم میداد: «فاتحه»! به تازه واردین جا تعارف میکرد و مواظب بود که رجال و معمرین را در شاهنشین دست راست بعد از ورودی بنشاند. پیشخدمت مأمور چای را به سراغ محترمین میفرستاد. وعاظ هم که اواخر غالباً از آخوندهای جوان معقول و منقولی بودند، بر سر منبر آسمان و ریسمان بهم میبافتند. بخصوص گوستاولوبن را فراموش نمیکردند: «گوستاولوبن فرانسوی گوید....». باری، اواخر مجلس که واعظ یادداشت را از پر قبا در میآورد و با ذکر جمیل و طلب آمرزش برای فقید سعید، از طرف

خانواده‌های عزادار، از شرکت‌کنندگان در مجلس ترحیم تشکر می‌کرد، یکی از رجال، برای برچیدن ختم، نزول اجلال می‌کرد. اوائل، حاجی محتشم‌السلطنه، حکیم‌الملک یا صدیق اعلم و اواخر، دکتر متین‌دفتری، دکتر اقبال یا سیدعلی هیئت،افتخار برچیدن ختم را به خانواده‌های عزادار می‌دادند.

حضور این برچینندگان ختم، بطور سمبولیک، برای پایان دادن به غم و غصه و زاری و ندبه‌ی عزاداران بود. هرچند در این مجالس، غم و غصه‌ی چندانی احساس نمی‌شد. کارمندان دولت، زیرگوشی از اضافات و ترفیعات و کسبه از وضع بازار بحث می‌کردند. یادم می‌آید در آخرین مجلس ختمی که بودیم، آقای مسنی، در صندلی پهلویی، دستمال روی چشم، چنان هق‌هق گریه‌ای می‌زد که تکان بدنش صندلی بنده را می‌لرزاند. ولی وقتی پیشخدمت از برابرش گذشت، گوشه دستمال را از روی یک چشم کاملاً خشک، کنار زد و آهسته به او گفت: «بی‌زحمت بیردانه چای شیرین گتیر!»

حالا هم تصور می‌کنم دیگر وقت آن رسیده باشد که یک نفر برای برچیدن ختم سخن درباره‌ی نطق آقای احمد شاملو در دانشگاه کالیفرنیا (درباره‌ی فردوسی)، پا به مجلس بگذارد. چون داوطلبی نمی‌بینم، بنده، با اجازه‌ی دوستان، بعنوان ریش سفید محل، این مهم را بعهده می‌گیرم و همانطور که رجال برچیننده‌ی ختم، حرف و حدیث درستی نداشتند و از اینجا و آنجا، با این و آن چیزی می‌گفتند، بنده هم در این برچیدن ختم، هرچه به ذهنم برسد عرض می‌کنم. منظور فقط، ژستی برای تسلای خاطر مصیبت دیدگان و خاتمه دادن به «عزاداری» است.

❋❋❋

بنده، اگر همه‌ی این سلسله مقالات اعتراضی داخل و خارج کشور علیه سخنان آقای شاملو را نخوانده باشم، لااقل غالبشان را مرور کرده‌ام.

در مجموعه‌ی مقالات و نامه‌های اعتراضی منتشر شده، دو متهم روی نیمکت اتهام نشانده شده‌اند: یکی آقای احمد شاملو، گوینده و دیگری جماعت نوجوانان شنونده در مجلس سخنرانی، که گویا با خنده و شادی از سخنان ناطق استقبال کرده و سی چهل بار برای او کف زده‌اند.

بنظر بنده، در این محاکمه هیچ رعایت عدالت نشده است: زیرا نشاندن این دو متهم در یک ردیف و بر روی یک نیمکت اتهام، بخودی خود، نفی عدالت به واسطه‌ی چشم بستن بر کلیه‌ی سوابق امر و موجبات وقوع جرم است و از طرفی جای یک متهم دیگر خالی است.

برای رعایت انصاف، ابتدا مروری بر سوابق امر ضرورت دارد.

بعد از کودتای ۲۸ مرداد ۱۳۳۲، که نکبت سانسور و خفقان بر جراید ایران سایه افکن شد و بحث‌های سیاسی و اجتماعی در زمره‌ی ممنوعیات قرار گرفت، روزنامه‌ها و مجلات، تمام زورشان را بطرف صفحات ادبی که عمدتاً به اشعار نو اختصاص داشت، منتقل کردند. زیرا این بخش از نشریات، لااقل تا اوایل دهه‌ی چهل از سانسور معاف بود.

در این دوران، شاعران نوپرداز بسیاری ظهور کردند و نوپردازان پیش از کودتا، از نشریات خصوصی چپی به صحنه‌ی گسترده‌ی مجلات عمومی راه یافتند و در آب و هوای جدید نشو و نمای

تازه‌ای کردند. از جمله، آقای احمد شاملو بود که مجلات برای چاپ اشعارش سر و دست می‌شکستند. بنده از جنبه‌ی سیاسی قضیه و عروج، بعلت مخالف‌خوانی با رژیم و چپ‌زنی، می‌گذرم، زیرا انصافاً شاعر خوبی بود و حق بود که از شعرش استقبال می‌کردند.

از آنجا که ما مردم عادت نداریم مثل همه جای دنیا، هنرمند را فقط با ذکر عنوان هنری‌اش معرفی کنیم و مثلاً بگوییم حسن شاعر یا حسین نویسنده، خودمان را ملزم می‌دانیم که صفتی بدنبال آنها بیاوریم: حسن شاعر جوان معاصر- مهدی نقاش هنرمند معاصر الی آخر... آن موقع، چشم هم‌چشمی بود، رودست هم بالا زدن هم بود، غرور هنری هم بود. لذا از شاملو دیگر نمی‌شد بعنوان «شاعر جوان معاصر» نام برد. بخصوص اینکه از مرحله‌ی جوانی هم داشت خارج می‌شد. یک روز رندی، برای جلب مشتری بیشتر و شاید جلب‌نظر شاعر، عنوان تازه‌ای پیدا کرد و نوشت: «شعری از جاودانه احمد شاملو» که متصدیان صفحات ادبی مجلات فرمول را قاپیدند و تقریباً عنوان رسمی شاملو شد «جاودانه»...

پیشاپیش، یعنی قبل از زمان، لقب جاودانه دادن به یک شاعر خیلی حرف است. بهرحال لفظ نمایشی قشنگی بود، اما چند گرفتاری داشت:

یکی این که جاودانه، لااقل در زمان حیات، مدام باید اسمش بر سر زبان‌ها باشد. شعر هم، تا آنجا که ما شنیده‌ایم، هر روز نمی‌شود گفت. شعر محتاج حالتی و الهامی است و ممکن است از این شعر تا آن شعر، شش ماه یا یک سال فاصله بیفتد. پس چه می‌شود کرد؟ برویم توی کار تحقیق!

در اواسط سال‌های سی بود که آقای شاملو یک دیوان حافظ منتشر کرد که گرفتیم و خواندیم. مصحح، یعنی آقای شاملو، برای اولین بار اشعار حافظ را نقطه‌گذاری کرده بود که بعضی ضعف‌ها و غلط‌ها از نظر نقطه‌گذاری داشت. ولی از این مهم‌تر، یک تحول ماهوی تصحیح بود. شاملو، فکر غالب خود در تصحیح و تنقیح غزلیات حافظ را، به این عبارت بیان کرده بود:

«ملاک کار زیبایی و درستی بوده است و پس از آن اگر نیازی پیش آمده باشد- اصالت!»

این هم یکی از عوارض جنبی «جاودانگی» بود که «اصالت» یعنی چه؟ حالا، حافظ هفتصد سال پیش یک چیزی گفته، من بروم وقت تلف کنم بگردم ببینم که واقعاً چه گفته و دنبال اصالت کلامش سرم را به دیوار بکوبم؟ من یکی، حافظ هم یکی! او جاودانه، منهم جاودانه. وقتی من تشخیص بدهم که فلان کلام زیباتر و درست‌تر از آن کلام اصلی است که او گفته و احتمالاً متوجه نازیبایی و نادرستی آن نشده، کمکی است که به او کرده‌ام و باید خیلی هم از من ممنون باشد! و بر اساس این فکر غالب، ابیاتی را که از نظر زیبایی و درستی، مردود تشخیص داده بود، از غزل‌ها درآورده و در سبد زباله ریخته بود. مثلاً از غزل «دوش درحلقه ما قصه گیسوی تو بود...» این بیت به زباله‌دان رفته بود:

من سرگشته هم از اهل سلامت بودم

دام راهم شکن طره‌ی هندوی تو بود

و یا از غزل «دوش می‌آمد و رخساره برافروخته بود...» این بیت به همان سرنوشت دچار شده بود:

یار مفروش به دنیا که بسی سود نکرد
آن‌که یوسف به زر ناسره بفروخته بود

آن موقع، تحقیق و تصحیح آقای شاملو در دیوان حافظ را کسی جدی نگرفت. فقط بنده، راقم این سطور، دوستانه، برای آقای شاملو پیغام فرستادم که تو شاعر بسیار خوبی هستی و بهتر است که از کار تحقیق، آن هم در زمینه دشوار شعر حافظ صرف‌نظر کنی و سرنوشت انوری شاعر را که، با دخالت در علم هواشناسی، خود را ابدالدهر مضحکه‌ی خاص و عام ساخت، بیادش آوردم. اما جاودانه احمد شاملو این پند دوستانه را نشنید که نشنید و حتی در اواسط دهه ۵۰ چاپ جدیدی از دیوان را، زیر عنوان «حافظ شیراز» منتشر کرد، که به تصدیق دوست و دشمن، در طول هفت قرن، هیچ دشمن خونخواری چنین تطاولی به حافظ نکرده است. نمی‌دانم شاملو به عظمت خرابکاری خود توجه کافی دارد یا نه و آیا این قضاوت بعضی دوستان شاعرش را که می‌گویند «حافظ شاملو یک ضایعه‌ی ملی است» شنیده است یا نه!

این بار، نه تنها ابیاتی از غزل‌ها، که حدود چهل غزل، از غزل‌های اصیل و معروف شاعر را به زباله‌دان روانه کرده بود که تازه گناه بزرگش این نبود. تطاولی که عرض کردم، آنجایی بود که سی‌چهل غزل بند «ت...» را، که اگر به شاطر عباس صبوحی یا کفاش خراسانی هم نسبت بدهند، ورثه‌ی آنها ادعای غرامت خواهند کرد، جزو غزل‌های حافظ آورده بود. برای مثال غزل‌هایی با مطلع:

هر که او یک سر مو پند مرا گوش کند
همچو من حلقه گیسوی تو در گوش کند

و یا

دلت را گر حجر گفتیم، گفتیم

قدت را گر شجر گفتیم، گفتیم

اما تا اینجا عوارض عمده‌ی اعتقاد به جاودانگی هنوز کاملاً بروز نکرده و سر گنده زیر لحاف است. می‌آییم و می‌آییم تا می‌رسیم به انقلاب اسلامی.

دورانی می‌رسد که دیگر چپ‌زنی و مخالف‌خوانی با رژیم ساقط، خریداری ندارد. زیرا چپ‌زن‌تر و مخالف‌خوان‌تر به بازار آمده است: مخالف‌خوانی که نه تنها با رژیم گذشته، که با جد و آباء آن هم مخالف است. کتاب‌های مخالف‌خوانان رژیم ساقط، که چون ورق زر می‌رفت و دست بدست می‌گشت، دیگر مشتری ندارد. از جمله آثار آقای احمد شاملو! اینجاست که نقش کارساز وسائل ارتباط جمعی در بروز فاجعه روشن می‌شود و این همان متهم سومی است که عرض کردم جایش روی نیمکت اتهام خالی است. متهمی که برای آقای شاملو راه برگشت نگذاشته است.

وقتی سی سال از جاودانگی آقای شاملو نوشتند، روزی رسید که بکلی باورش شد که جاودانه است. دیگر مطمئن بود که بعد از هزار سال که خاکش سبو بود، فرهنگیان و ادیبان آن دوران، هزاره شاملو را با شرکت شرق‌شناسان سراسر عالم برپا می‌کنند، یونسکوی آن زمان مثلاً سال ۲۹۹۰ را سال شاملو اعلام می‌کند و شاملو شناسان آن عهد، مثل حافظ‌شناسان زمانه‌ی ما، برای تفسیر اشعارش روی دست هم بلند می‌شوند.

ده! این چه حکایتی است؟! این جاودانگی پس کجا رفت؟

من که هنوز زنده و بحمدالله چاق و چله‌ام، کتاب هایم باد کرده است! پس نام من چطور از صفحه‌ی جراید به جریده‌ی عالم برای ثبت منتقل می‌شود؟

اینجاست که طبع آدمی طغیان می‌کند، اینجاست که می‌خواهد، بهر قیمت هست، دوباره نامش را به صفحات اول جراید و رسالات برگرداند. اینجاست که تاریخ تکرار می‌شود و آقای احمد شاملو پایش را جای پای یک هم نام خودش، که از دوران جاهلیت تا لااقل زمان ما، اسمش باقی مانده است، می‌گذارد: احمدبن‌عبدالله‌بن سعد طائی. برادر کوچک حاتم طائی را نباید دست کم گرفت. به موجب آخرین تحقیقات، طبع شعری داشته و در زمان حیات برادرش حاتم، از معروفیت و محبوبیتی نسبی هم برخوردار بوده است. علت محبوبیت او ظاهراً وساطت و شفاعتی بوده است که نزد برادر بخشنده‌ی خود می‌کرده است.

آدم‌های آبرودار، که شرمشان می‌آمده مستقیماً به حاتم طائی مراجعه کنند، مطلب خود را با خواجه احمد در میان می‌گذاشتند و او در فرصت مناسب به اطلاع برادرش می‌رسانده است. مثلاً در آ ن حکایتی که شیخ اجل در بوستان نقل می‌کند که:

ز بنگاه حاتم یکی پیرمرد

طلب ده درم سنگ فانید کرد

ز راوی چنان یاد دارم خبر

که پیشش فرستاد تنگی شکر

ظن غالب اینست که گیرنده‌ی پیام طلب، خواجه احمد بوده و در انتقال تقاضای پیرمرد، که فقط بقدر ده درم شکر سرخ خواسته،

سعه‌ی صدر از خود نشان داده و حاجت او را طوری عنوان کرده که حاتم، با بخشندگی فطری خود، یک گونی شکر برای پیرمرد نیازمند فرستاده است. این واسطگی، همراه با طبع شعر، برای او، و بخصوص نزد متصدیان وسائل ارتباط جمعی- که همیشه، تا پیش از کشف قاره‌ی امریکا تنگدست بوده‌اند- محبوبیت و وجهه‌ی خاصی ایجاد کرده بود تا آنجا که به او عناوین و القابی نظیر «چشمه جوشان خرد» یا «دریای پهناور اندیشه» و حتی به قولی «جاودانه احمد» داده بودند.

اما، از بخت بد خواجه احمد، جناب حاتم در آشوب جزیرةالعرب زخم برداشت و به حکم طبع کریم، و در آخرین دم حیات، تمام ثروت خود را به حکیم معالجش بخشید. در نتیجه خواجه احمد طائی ماند و خودش و خودش. دیگر نه برویی و نه بیایی و مدح و ثنایی! آدمی که بعلت سواد خواندن و نوشتن، خود را آغازگر تاریخ ملت عرب تصور می‌کرد، می‌رفت که به اعماق فراموشخانه تاریخ روانه شود. باید الزاماً برای جاودانگی خود، مایه‌ای می‌اندیشید. تمام ماجرای پر سروصدای دنباله‌دار، از همین جا سرچشمه گرفت. طفلک رنج سفر، از بادیه تا مکه، را بخود هموار کرد و همانطور که شنیده‌اید، در چاه مقدس زمزم ادرار کرد و بر جاودانگی خود به این قیمت، مهر تأیید و تثبیت زد.

اینکه آیا خواجه احمد دوم، در تأمین جاودانگی، به خوش اقبالی خواجه احمد اول باشد یا نه، بنده تا چند سالش را می‌توانم تضمین کنم. اما، جاودانگی سال‌های بعد را چطور تأمین می‌کند؟ ما که متأسفانه یک فردوسی بیشتر نداریم! گرچه، سال‌های بعد هم خدا کریم است!

این که از جاودانگی خواجه احمد. می‌ماند مسأله آن گروه از نوجوانان شنونده‌ی نطق شاملو در دانشگاه کالیفرنیا، که گویا با خنده وشادی و تفریح از سخنان او استقبال کرده و برایش مکرر کف زده‌اند.

بنظر بنده این جماعت آنقدرها هم گناهکار نیستند. زیرا که اولاً، به حکم قرائن موجود، بیشتر به خوشمزگی‌های شاملو خندیده‌اند و تفریح کرده‌اند. وقتی در انتظار یک سخنرانی جدی درباره‌ی فردوسی هستند و می‌شنوند که سخنران، از او بنام «میرزا ابوالقاسم‌خان» یاد می‌کند و در میان صحنه‌های حماسی، پای شعبان بی‌مخ، محمدعلی‌کلی و پیشه‌وری را به میان می‌کشد و به قهرمانان حماسه صفات «مشنگ» و «ملنگ» نسبت می‌دهد، البته خنده‌شان می‌گیرد. اگر در یک سخنرانی علمی راجع به کشفیات طبی لوی پاستور، سخنران از او بنام «حاجی میرزا لوی‌خان پاستور» یاد کند، شما خنده‌تان نمی‌گیرد؟ به ظن قوی، آنها، بیشتر برای موفقیت آقای شاملو در خوشمزگی کف زده‌اند.

ثانیاً: و نکته اینجاست- که این جماعت، نسلی هستند که، متأسفانه، از فرهنگ عمیق و معزّزشان و نقشی که در حفظ هویت و ملیت‌شان داشته آنقدر که باید، نمی‌دانند. به آنها نگفته‌اند و یاد نداده‌اند که برای باقی ماندن به هویتی مشخص، باید این میراث جان افروز را حفظ کنند. اینها در واقع حکم همان بچه‌های مکی را داشته‌اند که در برابر عمل عجیب و غریب خواجه احمد اول، خنده و شادی و پایکوبی کرده‌اند. علت وجودی تقدس چاه را درست نفهمیده‌اند.

طفلک‌ها هر بار سعی کرده‌اند که برای بازی، سنگی در چاه بیندازند و به مزاج ساده و کودکانه خود، از صدای چلپ افتادن سنگ

در آب تفریح کنند، از بزرگترها پس گردنی خورده‌اند. آن وقت یک
روز می‌بینند که یک پیرمرد موسفیدی می‌آید، سرچاه می‌ایستد، پرقبا
را بالا می‌زند و در می‌آورد و مشغول می‌شود، بالطبع خنده‌شان
می‌گیرد، دست می‌زنند و پای می‌کوبند و سوت می‌کشند. هیچکس
نبوده که بیاید، از سر دلسوزی، آنها را بنشاند و برایشان توضیح بدهد
که، در آن بیابان خشک و سوزان، وجود این چاه و پاکیزه ماندن آن،
برای بقای قوم ضروری است. اگر پدر و مادر یا معلم مکتب‌خانه،
این ضرورت حیاتی و وابستگی بقای قوم به وجود آن منبع حیات
را که خواجه احمد هم درست نفهمیده بود برای آنها توضیح داده
بودند و حالی‌شان کرده بودند، بیقین، بجای خنده و شادی و تفریح،
پیرمرد متجاوز را سنگ می‌زدند و از دور و بر چاه فراری می‌دادند.

می‌بخشید که شب عید از مجلس ختم یاد کردم. ولی چاره نبود
چون دیر می‌شد.

پاریس
نوروز ۱۳۷۰

# سوپر دائی‌جان

به دوست دیرین، تورج فرازمند، مدیر مجله‌ی «جهان» وعده داده بودم که تا در لس‌آنجلس هستم برای شماره‌ی آینده‌ی «جهان» یک چشمه‌ی دیگر از شیرین‌کاری «مشنگ»های دائم‌التزاید تقدیمش کنم. تا بودم فرصت نشد. کاغذ و قلم برداشتم که در هواپیما از پرواز پنج ساعته بین لس‌آنجلس تا واشینگتن دی‌سی، استفاده کنم که ضمناً کسالت پرواز را کمتر احساس کنم. به محض این که هواپیما اوج گرفت و اجازه دادند که میزچه‌ی جلوی دست را باز کنم، بساط نوشتن را پهن کردم. بالای صفحه تاریخ روز و چند کلمه‌ای یادداشت کردم.

در فکر شروع مطلب بودم. آقای مسنی که در صندلی پهلویی جا داشت و مشغول ورق زدن مجله‌ی هواپیما بود تا چشمش به خط فارسی افتاد، بطرف من برگشت:

—ده! جنابعالی ایرانی هستید؟

از همان موقعی که کنار من نشسته بود قیافه‌اش بنظرم آشنا آمده
بود. ولی چون مدت زیادی در فرودگاه در محوطه‌ی مخصوص این
پرواز در کنار سایر مسافرین در انتظار مانده بودم و قیافه‌ی این
آقا را هم مکرّر دیده بودم، ابتدا فکر کردم آشنایـی مربوط به همین
چند ساعت انتظار است. بعد از جواب من، از اینکه با یک هموطن
هم‌سفر و همسایه است ابراز رضایت کرد. البته من هم نمی‌توانستم
از حضور یک همزبان در کنار خود خوشحال نباشم. ولی مقاله‌ی
«جهان» چه می‌شد؟ خودش را دکتر... معرفی کرد. تازه شناختمش.

یکی از رجال سیاسی دوران گذشته بود که عکسش را در جراید
دیده بودم. بعد از لحظه‌ای گفت:
– خیلی عذر می‌خواهم، اسم جنابعالی را متوجه نشدم.
لحظه‌ی حساسی بود. به حکم تجربه می‌دانستم که اگر اسمم را
بگویم به احتمال قوی سئوالات راجع به «دائی‌جان ناپلئون» شروع
می‌شود. این «دائی‌جان» گاهی مزاحم بنده است. البته نه همیشه، بلکه
وقتی که بعضی خوانندگان از بنده سئوالات عجیب و غریبی می‌کنند
که جوابشان را نمی‌دانم. مثلاً قمر، دختر خُل‌وضع عزیزالسلطنه از
کی حامله شده است؟ آیا پدر بچه واقعاً نوکر مرد هندی است یا
دوستعلی‌خان؟ یا آسپیران غیاث‌آبادی و خانواده به کدام ایالت امریکا
مهاجرت کرده‌اند؟... خلاصه سئوالاتی می‌کنند که انگار من درباره‌ی
یک واقعه، یک رپرتاژ نوشته‌ام. در مقابل سئوال همسفرم، در یک
لحظه برای فرار از چنگ دائی‌جان و حفظ منافع «جهان» تصمیمم
را گرفتم. اولین اسمی که به خاطرم رسید گفتم:

- بنده ابراهیمی.

فکر می‌کردم که به این ترتیب از شر دائی‌جان خلاص شده‌ام. غافل از این که خود را گرفتارتر می‌کنم.

- خیلی خوشوقتم. اما بفرمائید از کدام ابراهیمی‌ها هستید؟ از ابراهیمی‌های تبریز یا مشهد؟

- کرمان.

- عجب! از ابراهیمی‌های کرمان. حتماً با نصرت‌الله‌خان ابراهیمی منسوب هستید؟

- والله، عرض شود که...

- این که سئوال می‌کنم برای اینست که ما با نصرت‌الله‌خان نسبت داریم. یعنی داشتیم. خواهرزاده‌ی خانم بنده دختر برادر نصرت‌الله‌خان را داشت که متأسفانه با هم نساختند. ولی روابط حسنه‌مان را حفظ کرده‌ایم. اتفاقاً در همین سفر، در واشینگتن قرار است دکتر ابراهیمی را که می‌دانید پسر دائی نصرت‌الله‌خان است ببینم.

- جنابعالی که...

- بله، بنده برای شرکت در یک سمینار به واشینگتن می‌روم. یک سمینار علمی است که قرار بود اول ماه نوامبر تشکیل بشود ولی به مناسبت انتخابات ریاست جمهوری به بعد موکول شد.

- انتخابات رئیس...

- ولی چه انتخاباتی؟! بیچاره مردم امریکا رفتند پای صندوق، اراده‌ی دولت فخیمه را اجرا کردند.

- دولت فخیمه یعنی...

- بله، دولت فخیمه‌ی انگلیس. می‌دانید، در امریکا ظاهراً این

مردم امریکا هستند که رئیس‌جمهوری انتخاب می‌کنند ولی در واقع، تراست‌های بزرگ صاحبان سرمایه‌اند که تصمیم می‌گیرند مردم به چه کسی رأی بدهند. حالا زور صاحبان صنایع غذایـی و دوایـی به صاحبان صنایع سنگین مثل اتومبیل سازی و هواپیماسازی و غیره چربید، آقای کلینتون انتخاب شد. چون اینها از دمکرات‌ها طرفداری می‌کنند.

– در این صورت...

– اما صنایع غذایـی و دوایـی دست چه کسانی است؟ دست آقایان اربابان قدیم دنیا. آنهایـی که معتقدند شیر بریتانیا پشم و پیله‌اش ریخته، بیایند و تماشا کنند. از نیمه‌ی دهه‌ی شصت، سرمایه‌داران انگلیسی به مرور در صنایع غذایـی و دوایـی امریکا رخنه کردند و از اوائل دهه هفتاد، وقتی هنوز از موضوع توافق انگلستان با چین راجع به هنگ‌کنگ خبری نبود، کم‌کم سرمایه‌های انگلیسی هنگ‌کنگ به امریکا منتقل شد و همه رفت سراغ صنایع غذایـی. این رندها خوب می‌دانند که مردم ممکن است اتومبیل و هواپیما سوار نشوند ولی غذا نمی‌توانند نخورند. حالا بنده یک استدلال خیلی ساده‌ای را بنظرتان می‌رسانم...

آقای دکتر استدلالی طولانی را درباره قدرت لایزال امپراتوری بریتانیا شروع کرد. من در این فکر بودم که اولاً چه سعادتمند آدمی بودم که خودم را معرفی نکردم. چون با وصف دائی‌جان معلوم نبود کار به کجا می‌کشید. هرچند، خطر بگومگویـی نبود. چون این رجل سیاسی در ظاهر امر، یعنی آن طوری که سایر مسافرین می‌دیدند، یک گفتگویـی را با من شروع کرده بود، ولی با این ترتیبی که اجازه

نمی‌داد من حتی یک جمله‌ی کوتاه را لابلای سخن او بگنجانم دیگر اسمش گفتگو نمی‌توانست باشد. برای این قبیل مذاکرات باید لفظ دیگری پیدا کرد. شاید این لفظ جدیدالاختراع «گفتمان» مناسب باشد. مدتی است که لغت‌سازان جدید اصرار دارند که این لقمه‌ی گفتمان را هر جور هست، به خورد مردم بدهند. ولی مسئله صحت و اصالت مشکوکش به کنار، برای ما مردم لفظی که لفظ کراهت‌انگیزی را به ذهن شنونده تداعی کند پذیرفتنی نیست و دور انداختنی است، حتی اگر در ز بان سعدی باشد. برای مثال، شیخ اجل در غزلی آورده است:

مرا دو چشم به راه و دو گوش بر پیغام

تو مستریح و به افسوس می‌رود ایام

خوب، مستریح اگر در عهد سعدی لفظ مرسوم و مقبولی بوده امروز که مستراح را تداعی می‌کند مردم آن را نمی‌پذیرند. در نتیجه خودشان اصلاحش کرده‌اند و مصراع دوم در چاپ‌های جدید و در زبان خوانندگان، به این صورت اصلاح شده است:

تو فارغی و به افسوس می‌رود ایام.

پس، گفتمان را هم که لفظ قبیحی را تداعی می‌کند، اگر ناچار شویم استعمال کنیم، می‌توانیم به این نوع گفتگوهای یک طرفه اختصاص بدهیم که ضمناً دل نازک مخترعین لغت را که زحمت کشیده‌اند نشکسته باشیم.

از آنجا فهمیدم که «استدلال ساده‌ی» دکتر تمام شده که با لحن تازه‌ای پرسید:

– نه، واقعاً و وجداناً غیر از اینست؟ شما نظر دیگری دارید؟

خوشبختانه به شیوه‌ی «گفتمان»، منتظر جواب من نشد و ادامه داد:

– ملت‌ها ساده‌اند. خیلی آسان گول می‌خورند. بخصوص ملت ما که پختگی و رشد سیاسی ندارد. یعنی تنبلی هم هست. مردم به خودشان زحمت تفکر برای شناختن واقعیت‌ها نمی‌دهند و به یک اقلیتی هم که مثل ما این زحمت را می‌کشند و دست خارجی را نشانشان می‌دهند فوراً برچسب دائی‌جان ناپلئون می‌چسبانند. تا می‌آئیم یک واقعه سیاسی را بشکافیم از چهار طرف حمله می‌کنند که تو هم شدی دائی‌جان ناپلئون؟

تردیدی نبود که با یک «سوپر دائی‌جان» طرف بودم. بی‌اختیار گفتم:

– دائی جان...

– بله آقا، دائی‌جان ناپلئون. شما این کتاب را خوانده‌اید؟

– بله، خوانده‌ام.

– پس عرایض بنده را خوب درک می‌کنید. این رمان توی ذهن مردم کار خودش را کرده، وقتی دقت کنید می‌بینید که چطور یک واقعیت تاریخی را تخطئه می‌کند. مردم می‌خوانند و رد می‌شوند و متوجه نیستند که چطور دارند به بیراهه کشانده می‌شوند.

– ولی تصور می‌کنید که...

– دقیقاً. اگر به یادتان باشد وقایع این داستان یک کاریکاتوری از واقعیت‌ها برای تبلیغ غیر واقعیت‌ها است. چند بار تصمیم گرفتم که یک انتقادی بر این کتاب بنویسم ولی گرفتاری کارهای علمی اجازه نداد.

– شما چطور می‌توانید...

– نه، خواهش می‌کنم سعی کنید بعضی جزئیات را به یاد بیاورید...

در این موقع یک تکان هواپیما ته‌مانده لیوان آب آقای دکتر را روی شلوارش ریخت. در مدتی که مهماندار مشغول خشک کردن لکه‌ی آب روی لباس ایشان بود، من، ناامید از نگارش، وسایل تحریر را جمع کردم. وقتی کلیات آن قدر وقت گرفته، تکلیف جزئیات معلوم بود. و بعد که جزئیات را عنوان کرد دیدم حق داشته‌ام. جزئیاتی از کتاب دائی‌جان ناپلئون را بخاطر سپرده بود و نقل می‌کرد که خود من سال‌ها بود فراموششان کرده بودم.

به محض خاتمه‌ی نظافتگری مهماندار، دنباله‌ی صحبت را گرفت:

–بله، عرض می‌کردم که بعضی جزئیات را در نظر بیاورید. تمام ترفندهای اینتلیجنت سرویس در باب مسائل خانوادگی که فقط در مملکت ما، ده‌ها مورد تاریخی دارد با حکایت آبستن شدن قمر، دختر عزیزالسلطنه، تخطئه شده است. دائی‌جان می‌گوید که اگر هم کار نوکر سردار هندی باشد، بهرحال دستور از لندن دیکته شده که به حیثیت خانوادگی من لطمه بزنند.

می‌خواهند بگویند که انگلیسی‌ها در مسائل خانوادگی دخالت نمی‌کنند. از شما می‌پرسم. بانی ازدواج ناموفق اعلیحضرت فقید با فوزیه خواهر پادشاه مصر، کی بود؟ چه کسانی جز انگلیسی‌ها این لقمه را برای خانواده‌ی سلطنتی ایران گرفتند؟ مرحوم رضاشاه فوزیه می‌شناخت؟ ولیعهد فوزیه را دیده بود؟ زن در ایران قحط بود؟ نخیر،

بایستی این ازدواج انجام می‌شد، چون لندن خواسته بود و این فکر را توی سر مرحوم رضاشاه انداخته بود. یا قضیه‌ی شاشیدن سردار هندی پای نسترن دائی‌جان که جزئی از یک توطئه‌ی سیاسی برای لطمه زدن به آبروی دائی‌جان تلقی شده و دائی‌جان معتقد است که مرد هندی دستور لندن را اجرا می‌کند. شما می‌خوانید و می‌خندید و در نتیجه، طبعاً آن سیاست خشکاندن نخلستان‌های گچساران، که مزاحم تأسیسات نفتی انگلیسی‌ها بود، و یک واقعیت صددرصد تاریخی است، به نظرتان موهوم و بی‌اساس می‌نماید.

– یعنی انگلیسی‌ها ایستادند پای نخل‌ها...

– نخیر آن کار را نکردند چون مقدارش کافی نبود. شب‌ها به ریشه‌ی درخت‌ها اسید تزریق می‌کردند که خشک بشوند و به عنوان بی‌فایده قطعشان کنند و سروصدای اهالی بلند نشود.

– آنها که می‌توانستند...

– یا بخاطر بیاورید که مش‌قاسم، نوکر دهاتی اقرار می‌کند که انگلیسی‌ها توی نانوائی با او تماس گرفته‌اند. این کاریکاتور برای این عنوان شده که مسئله‌ی تماس مأموران سفارت با افراد را یک امر موهوم و خیالی جلوه بدهند. خوب، قدرت استعماری برای به خدمت گرفتن افراد بومی آنها را که به داخل سفارتخانه نمی‌برد، بالاخره تماس یک جائی برقرار می‌شود. حالا توی دکان نانوائی نباشد توی یک کافه یا یک هتل است. همین آقای رفسنجانی را که آستر عمامه‌اش پرچم انگلیس است برده‌اند توی سفارت تعلیمش داده‌اند؟ حالا چه حجره‌ی مدرسه فیضیه چه دکان سنگکی! یا از قصه‌ی آن آسید ابوالقاسم واعظ چه نتیجه می‌گیرید؟ یک آخوند

بی‌آزاری است که می‌آید پنج تومن می‌گیرد روضه‌ی دو طفلان مسلم را می‌خواند و حداکثر بدجنسی‌اش اینست که دواهای دواخانه‌ی آقاجان را از چشم اهل محل می‌اندازد. پس ای مردم ایران، آسوده بخوابید که شهر در امن و امان است. آخوندهای طفلکی هم کاری به کسی ندارند، می‌آیند روضه‌شان را می‌خوانند و پنج تومنشان را می‌گیرند می‌روند پی کارشان...

– ولی آقای دکتر...

– این تاکتیک آسوده کردن خیال مردم برای غافلگیر کردن آنها، تا دنیا دنیاست بوده، اختراع انگلیسی‌ها هم نیست. کاری بود که تیمور لنگ می‌کرد. قبل از حمله به شهر چند نفر را داخل شهر می‌فرستاد که این طرف و آن طرف بنشینند و از بی‌آزاری و عطوفت تیمور صحبت کنند، مردم خیالشان راحت می‌شد می‌رفتند می‌خوابیدند. آن وقت تیمور و ایلغار مغول روزگارشان را سیاه می‌کردند...

– آقای دکتر توجه بفرمائید که شما...

– ببینید، وقتی این آقای دائی‌جان می‌ترسد که انگلیسی‌ها از بچه‌هایش هم انتقام بگیرند، مردم می‌زنند زیر خنده که مگر دولت انگلیس کار دیگری ندارد که از بچه‌های مخالفانش انتقام بگیرد. اما یک کمی به حوادث قرن اخیر فکر کنید. مرحوم رضاشاه برای مقابله با نفوذ شوم انگلیس به فکر اتحاد با آلمان افتاد. دیدیم که چه بلایی سرش آوردند و به تلافی کار او از مرحوم محمدرضاشاه هم نگذشتند و بدتر از بلای پدر سر پسر آوردند. نخیر آقا، روشن است. مقصود این بوده که ملتی را با این جور لالائی‌ها خواب کنند. همسفر من دائی‌جان را سخت به محاکمه کشیده بود. لازم بود

که او را لااقل درباره نیت نویسنده‌اش روشن کنم. گفتم:

-ولی بهرحال نویسنده سوءنیتی...

- سوءنیت ابداً! حتی فوق‌العاده حسن‌نیت داشته ولی نسبت به کی؟

-منظورتان اینست که...

- اصلاً دوست عزیز، هیچوقت از خودتان سئوال کرده‌اید که این کتاب چرا و بخصوص چرا آن موقع نوشته شد؟نویسنده‌اش را می‌شناسید؟

- بنده... والله، خیلی دورادور...

- اما من از نزدیک می‌شناسم. از صاحب‌منصبان وزارت امورخارجه بود. همان اول انتشار، بعد از خواندن، وقتی دیدمش یک گوشه‌ای بهش زدم. گفتم مطمئنم که کتابت خیلی سوکسه خواهد کرد. پرسید: بنظرتان چطور بود؟ خوب بود؟ گفتم موضوع خوبی و بدی نیست. آن‌هایی که پشت سرش هستند، نمی‌گذارند روی دستت بماند!

- خاطرتان هست که چه عکس‌العملی...

- عکس‌العمل؟ هَر و کِّری کرد. این عمله‌ی استعمار تا بخواهید پررو هستند.

گلوی دکتر از فرط «گفتمان» خشک شده بود. لیوان آب تازه را برداشت. من از فرصت استفاده کردم و گفتم:

- آقای دکتر، شما چرا ساکت ماندید و نظرتان را همان موقع علناً ابراز نکردید؟

- ای آقا! همین کتاب اسلحه بدست مردم داده است. هرجا این

مطلب را عنوان کردیم همه پریدند که تو هم شدی دائی جان ناپلئون. دلم می‌خواهد همان آدم‌ها را حالا ببینم. حالا که پشت سری‌ها خودشان را بروز داده‌اند.

- پشت سری‌ها...؟

- بله، حالا که کتاب را یک مترجم انگلیسی درس خوانده کینگز کالج و کمبریج به انگلیسی ترجمه کرده است!

- اتفاقاً حالا وقت است که نظرتان را مرقوم بفرمائید.

- ای آقای ابراهیمی عزیز! مگر زور امثال ما به امپراتوری بریتانیا می‌رسد. امپراتوری که ظاهراً دیگر وجود ندارد ولی انتخابات بزرگترین قدرت جهان را می‌چرخاند!

- اگر اجازه بفرمائید، من همین الان این مطالب جنابعالی را می‌نویسم و برای یک مجله‌ی معتبر فارسی زبان می‌فرستم. وظیفه ماست که این توطئه‌های استعمار را برملا کنیم.

- برای کدام مجله؟

- مجله‌ی «جهان» چاپ لس آنجلس.

- خیال می‌کنید چاپش می‌کند؟

- چرا که نه؟

- آدم خامی هستید، جناب ابراهیمی! آن مدیر مجله‌ی «جهان» را من می‌شناسم. همان کسی است که به عنوان پاداش خدماتش به امپراتوری، چرچیل به او اجازه داد مجموعه‌ی خاطراتش را به فارسی ترجمه کند. من می‌دانم که چطور یک پایش توی دفتر مجله است و یک پایش توی قنسولگری انگلیس.

جهان را جهاندار دارد خراب

بهانه است کاووس و افراسیاب

بهرحال، ما به عنوان انجام یک وظیفه‌ی ملی نوشتیم. چه چاپ
بشود، چه چاپ نشود.

واشینگتن
مهرماه ۱۳۷٦

# حمید آقا

در فرودگاه مونیخ باید هواپیما عوض می‌کردم. در سالن ترانزیت مشغول وقت گذرانی بودم. چشمم به قیافه‌ی آشنایی افتاد که مشغول خواندن روزنامه بود. چند لحظه طول کشید تا او را بجا آوردم. اسمش به یادم نبود، ولی می‌دانستم طبیب است. او را پیش از انقلاب چند بار در منزل یکی از دوستان طبیب دیده بودم. آن موقع جوان خوش‌برورو و برازنده‌ای بود، و حالا، بار لااقل بیست سال گذشت زمان، بر خطوط صورت و اندامش سنگینی می‌کرد، وقتی نگاهش را از روزنامه بلند کرد، مرا بلافاصله شناخت. بعد از سلام و علیک و خوش‌وبِش اولیه، به صحبت نشستیم. از اتریش به امریکا می‌رفت. ضمن صحبت گفت که چند ماه بعد از انقلاب از بیراهه از ایران فرار کرده است. از علت فرارش پرسیدم. با خونسردی جواب داد:

– من به اتهام شرکت در قتل یک آیت‌الله تحت تعقیب بودم.

و وقتی قیافه‌ی متعجب و پرسش‌کن مرا دید، گفت:

– داستان فرار من از ایران، قصه‌ی طولانی غم‌انگیزی است. اگر حوصله و وقت داشته باشید، می‌توانم حکایت کنم. تا موعد پرواز من وقت زیادی مانده است.

خود من هم خیلی فرصت داشتم و هر قصه‌ای برای کشتن وقت غنیمت بود. قبول کردم که پای صحبتش بنشینم.

گفت:

– شما اهل قلم هستید. اگر تصادفاً خواستید جایی آن را بنویسید، به ملاحظاتی که عرض خواهم کرد، خواهش می‌کنم اسامی را لااقل کمی تحریف کنید. چون خود من اگر اسامی واقعی افراد را نگویم، نمی‌توانم قصه‌ام را درست تعریف کنم. دو قهوه گرفتیم و به گوشه‌ی خلوتی رفتیم. گفت:

– اگر نوشتید، اسمش را بگذارید تراژدی یک دکتر بی‌گناه... یا نه، شاید بهتر باشد عنوانش را به اسم قهرمان ماجرا، که مایه‌ی اصلی گرفتاری من بود، بگذارید: حمیدآقا.

روی مبل نشستیم و دکتر شروع به حکایت کرد:

گرفتاری من، پیش از ا نقلاب، به دنبال یک حادثه‌ی رانندگی شروع شد. یک روز که به طرف مطّبم می‌رفتم، ماشین جلویی با پسربچه‌ای تصادف کرد. راننده، بی‌توجه به اندام مجروح بچه که به کناری پرت شده بود، به سرعت از محل فرار کرد. من پیاده شدم وخودم را به بالین مجروح رساندم. چون احتمال خونریزی داخلی می‌رفت و امیدوار نبودم که آمبولانس به موقع برسد، پیکر بی‌حرکت او را با ماشین خودم به بیمارستان رساندم. حدسم درست بود. بچه خونریزی داخلی داشت و عمل جراحی به موقع، به دادش رسید.

در این احوال بستگان پسربچه هم در بیمارستان جمع شدند و من توانستم پی کارم بروم.

شب، از منزل، تلفنی از حال بچه‌ی مجروح از دکتر جراح پرسیدم. گفت که خوشبختانه از خطر جسته است.

عصر روز بعد، موقعی که آخرین مریضم را راه انداخته بودم و عزم خانه داشتم، در مطب باز شد و مرد بلند بالای قوی هیکلی که شاید صدوده بیست کیلو وزن داشت وارد شد. به محض ورود، طوری به طرف من دوید که کمی جا خوردم. دست مرا گرفت و با تمام قد خم شد و مکرر بوسید. هنوز از بهت اولیه در برابر این قُلتشن سبیلو که با سر تراشیده روی دست من خم شده بود درنیامده بودم، که با لهجه‌ی مخصوص کلاه مخملی‌های قدیم گفت:

ـ ما تا زنده‌ایم نوکر فدایـی شما هستیم. ببخشید که این جوری مزاحم شدیم. آن پسری که شما دیروز بردیدش مریضخانه، داداش ما بود.

ـ عجب، شما برادر آن بچه...؟

ـ بله، بله، نوکر شما حمید. امروز این آقای دکتر مریضخانه می‌گفت که اگر شما این اصغری ما را فوری نرسانده بودید مریضخانه، دور از جون تلف شده بود. یکی می‌شود شما، یکی آن بی‌ناموسی که اصغری را زیر کرده و زده به چاک... مگر ما گیرش نیاوریم! گفتم:

ـ من کار مهمی نکرده‌ام. هر کس جای من بود همین کار را می‌کرد.

ـ اول خدا بوده بعد شما... ما دیروز، از قضا نبودیم یعنی واسه‌ی

یک کاری تهران بودیم. تلفن زدند آمدیم. خدا شما را سر راه اصغری گذاشت که جای ما برایش برادری کردید.

– به هر حال خوشحالم که از خطر گذشته، امروز هم از دکترش پرسیدم گفت تا چند روز دیگر راه می‌افتد.

– حمیدآقا دوباره خم شد و دست مرا بوسید و گفت:

– ما تا نفس داریم نوکر شماییم... اما غیر از این که کوچک و فدایی شماییم، همسایه هم هستیم.

– عجب، منزل همین نزدیکی است؟

– نخیر، مغازه‌مان این جاست. همان دکان دو نبش سر چهارراه مال نوکرتان است.

شهر را، با آن که زادگاهم بود، خوب نمی‌شناختم. چون خیلی زود برای تحصیل به تهران و بعد به خارج رفته بودم. تازه برگشته بودم ولی مغازه‌ای را که می‌گفت دیده بودم. یک مغازه‌ی بزرگ چند دهنه‌ی میوه و تره‌بار فروشی بود که چند فروشنده، مشتری‌های فراوانش را راه می‌انداختند. البته بعدها دانستم که این حمیدآقا، بارفروش عمده‌ی شهر و یکی از پولدارهای تمام ناحیه است. کار اساسی‌اش وارد کردن میوه و تره‌بار و توزیع در شهر وحتی صدور به خارج بود. این مغازه‌ی بزرگ را، طوری که بعد خودش گفت، برای تأمین آتیه‌ی همان «اصغری» برادر کوچکش به راه انداخته بود. آن روز اظهار ارادت و بندگی و چاکری حمیدآقا، به خاطر کاری که برای برادرش کرده بودم، تمامی نداشت. به زحمتی با تشکر روانه‌اش کردم که به کارم برسم.

حمیدآقا، از فردای آن روزی که به مطبم آمده بود، هر دو سه روز

یک بار یک سبد از انواع بهترین میوه‌های دستچین به منزلم می‌فرستاد. از طرفی هر وقت در خیابان چشمش به من می‌افتاد، جلو می‌دوید و دست مرا می‌بوسید. آن قدر که ناچار از او خواهش کردم که از این ابراز قدردانی معافم کند. وقتی به خواهش من دستبوسی را ترک کرد، اظهار احساسات قدرشناسی را به نوع دیگر مبدل ساخت. حین عبور ماشین من با صدای قوی و رعد آسایش فریاد می‌زد: «درود بر دکتر عطائی، دکتر باشرف!».

باز، با خواهش و تمنا وادارش کردم که از این شعار دادن به آن صدایی که نصف‌شهر را از خواب بیدار می‌کرد، صرف‌نظر کند. ولی انگار این احساس طوری در دلش غلیّان می‌کرد که نمی‌توانست هیچ کاری نکند. یک روز که از چهارراه رد می‌شدم، تا چشم حمیدآقا به ماشین من افتاد، به وسط چهارراه دوید و بی‌توجه به پاسبان راهنمایـی، با بلند کردن دست جلوی ماشین‌هایـی را که نوبتشان بود بگذرند گرفت تا من عبور کنم. من به فرمان او توجه نکردم و در انتظار فرمان پاسبان متوقف ماندم، ولی ماشین‌های پشت سر با ماشین‌های آن طرف در بوق‌زدن شریک شدند و غوغای غریبی به راه انداختند، طوری که من ناچار به راه افتادم و با ماشین فولکس واگن بی‌قد وقواره‌ام، از برابر ماشین‌های بزرگ و کوچک آن طرف و ز یر نگاه‌های تند رانندگان عبور کردم.

وقتی این دخالت حمیدآقا در کار راهنمایـی و رانندگی تکرار شد، ناچار دنبالش فرستادم که از این عمل زشت غیرقانونی منعش کنم. ولی حرف حالیش نمی‌شد:

– یعنی ما نوکرتان حمید، باشیم، آن وقت پاسبان جلوی ماشین

شما را بگیرد؟

- آخر، حمیدآقا، شهر یک مقرراتی دارد. پاسبان مقررات را اجرا می‌کند.

- مقررات را برود چهارراه پایینی اجرا کند. این چهارراه دو نبشش که مغازه‌ی ماست. آن طرف چهارراه هم، آن مغازه‌ی اتوشویی با آن مغازه‌ی صفحه فروشی بغلش، ملکشان مال نوکرتان است. یعنی ما حق نداریم از چهارراهی که دو نبشش، بلکه سه نبشش مال خودمان است، جلوتر از این تاکسی‌بارهای لت‌وپار رد بشویم؟

حمیدآقا عاقبت در اثر خواهش و تمنای من قبول کرد که بگذارد پاسبان راهنمایی کارش را بکند و ماشین من هم به نوبت خودش عبور کند.

انگار مدتی دندان روی جگر گذاشت و حرکتی از آن نوع نکرد. اما چند وقت بعد، نمی‌دانم باز چرا احساس حق‌شناسی یقه‌اش را گرفت و دوباره برای راه دادن به فولکس واگن من پرید وسط که راه آن طرفی‌ها را بند بیاورد. از بخت بد، این دفعه به جای پاسبان که معمولاً ملاحظه‌ی حمیدآقا را می‌کرد، یک افسر راهنمایی آن جا بود که به خیابانی که نوبتش بود راه داد. حمیدآقا با یک حرکت ناگهانی به افسر جوان حمله برد و اندام باریک او را با یک دست بغل زد و از جا بلند کرد و با دست دیگر به من تعارف کرد. ضمناً با صدای گوشخراشش فریاد زد: «درود بر دکتر عطایی، دکتر باشرف!».

من چند لحظه متوقف ماندم، ولی بر اثر بوق ماشین‌های پشت سر ناچار، در حالی که از خجالتم تا حد امکان در صندلی پشت رل فرو رفته بودم، با سرعت دور شدم. عصر، مستخدمم را دنبال حمیدآقا

فرستادم. قصد داشتم با نهایت شدت به او اعتراض کنم. اما مستخدم برگشت و خبر آورد که حمیدآقا را به جرم اهانت به افسر راهنمایـی بازداشت کرده‌اند. از شنیدن این خبر خوشحال شدم. لازم بود که سر این آدم به سنگ بخورد تا نظم شهر را به هم نزند.

اما موضوع به همین جا ختم نشد، از همان شب، در منزل من، رژه‌ی بستگان و فروشندگان حمیدآقا شروع شد. معتقد بودند که چون حمیدآقا به خاطر ادای احترام به من بازداشت شده، وظیفه‌ی انسانی من است که برای رهایـی او اقدام کنم. آن قدر آمدند و مزاحم شدند، تا ناچار یک روز به دیدن استاندار که می‌شناختم رفتم و از او خواستم وساطت کند که افسر راهنمایـی عذرخواهی حمیدآقا را بپذیرد. گفت:

ـ باید با تیمسار رئیس شهربانی صحبت کنم. مطمئنم همراهی خواهد کرد. چون او هم، همین روزها باید برای مشکل پروستات خدمتتان برسد.

نمی‌دانم اقدام من اثری داشت یا کسان دیگری پشت سر حمیدآقا بودند که دو روز بعد سروکله‌اش در مطبم پیدا شد. دوباره افتاد به ابراز امتنان و دست‌بوسی که از زندان نجاتش داده‌ام. از او تقاضا کردم که به عنوان حق‌شناسی، از این گونه ابراز محبت‌ها خودداری کند. قول داد و رفت. ولی چندی بعد وقتی به چهارراه نزدیک شدم و دیدم که به طرف ماشین من گردن می‌کشد، از ترس جوشش دوباره‌ی احساس قدرشناسی او، عقب زدم و از راه دیگر رفتم و ماه بعد که مطبم را به منزلم منتقل کردم، خیالم راحت شد، چون دیگر مجبور نبودم از آن چهارراه بگذرم.

*∗*

در سال ۱۳۵۷ که اغتشاشات خیابانی بالا گرفته بود، از مستخدمم
شنیدم که حمیدآقا در تظاهرات علیه دولت خیلی فعال است. اما دیگر
به او فکر نمی‌کردم. تا اوایل زمستان که یک روز گذارم به چهارراه
مغازه‌ی حمیدآقا افتاد. ماشین تازه‌ای خریده بودم. امیدوار بودم که
حمیدآقا متوجه عبور من نشود، پشت به خیابان جلوی مغازه‌اش
مشغول صحبت با کسی بود، ولی انگار زیرچشمی مرا دید زده بود،
چون ناگهان به میان چهارراه دوید و راه ماشین‌های آن طرف را برای
راه دادن به ماشین من بند آورد. وقتی از کنارش رد می‌شدم پا روی
ترمز زدم و با لحن تندی گفتم:
– حمیدآقا، مگر قول نداده بودی؟
با قیافه‌ی بشاش گفت:
– حالا دیگر تا حمید هست، جناب سروان راهنمایـی دهنش
می‌چاد جلو ماشین دکتر عطایـی را بگیرد!
و بلافاصله با صدای نکره‌اش شعار داد:
«درود بر دکتر عطایـی، فدایـی امام خمینی!»
با سرعت دور شدم. این دیگر قابل تحمل نبود. البته من آن
موقع نظر زیاد مخالفی با خمینی نداشتم. ولی برچسب فدایـی امام
خمینی برایم خیلی زیاد بود. به خصوص فکر کردم اگر شعار دکتر
عطایـی فدایـی خمینی به گوش پروین، زنی که مورد علاقه‌ام بود
برسد، رابطه‌ی ما چه می‌شود! این زن که روشنایـی زندگی من در
آن روزهای تاریک خونبار بود- مثل خیلی از زن‌های عاقبت‌بین

ایرانی- با حکومت آخوندی سخت مخالف بود. تا آن جا که حتی صحبت با طرفداران آقای خمینی را طاقت نمی‌آورد.

ناچار آن محله را از مسیرم به کلی حذف کردم و هر وقت آن طرف شهر کاری داشتم، حتی اگر لازم بود کیلومترها راهم را دور کنم، از طرف مغازه‌ی حمیدآقا نمی‌گذشتم.

عاقبت دوران سیادت آقای خمینی رسید و ما، ناتوان شاهد خونریزی‌های بی‌حساب و کتاب آن ایام بودیم.

یک شب، دیروقت در خانه را زدند. خواهرم با چهره‌ی برافروخته و چشم‌های متورم وارد شد. در میان هق‌هق گریه گفت که پسرش جمشید را با عده‌ای از دوستانش گرفته‌اند. هیچ نمی‌دانست چرا گرفته‌اند و کجا برده‌اند. در آن حال و هوای اعدام‌های فوری بی‌حساب، هر بازداشتی وحشت‌انگیز بود. خواهرم که شوهرش را از دست داده بود، ناچار به من متوسل شده بود. اشک ریزان تکرار می‌کرد: من جمشیدم را از تو می‌خواهم. به او قول دادم که هر کاری از دستم بربیاید کوتاهی نکنم.

اما واقعاً نمی‌دانستم چه کنم و به چه کسی متوسل بشوم. صاحب‌قدرتان آشنا یا در زندان بودند یا یک طرفی متواری شده بودند. تمام مقامات مؤثر کشوری و لشکری در دست آخوند بود و من آخوندی نمی‌شناختم. آخوندهای حاکم هم کم و بیش جوان بودند و به سن ورم پروستات نرسیده بودند که سروکارشان با من متخصص کلیه و مجاری ادرار، افتاده باشد.

دو سه روزی بی‌نتیجه این طرف و آن طرف تحقیق کردم. خواهرم ساعت به ساعت از نتیجه‌ی اقدامم می‌پرسید. تا این که

مستخدم سالخورده‌ام مرا به یاد حمیدآقا انداخت:

– با آن ارادتی که حمیدآقا به شما داشت، شاید بتواند برای همشیره‌زاده کاری بکند. چون حالا دیگر خرش می‌رود.

فکر نمی‌کردم که حمیدآقای میوه‌فروش، با آن که در تظاهرات طرفداری از خمینی فعالیت کرده، بتواند در حد نجات یک جوان زندانی که حتی محل بازداشتش معلوم نبود، کاری بکند. اما به هر حال، مثل غریقی که به هر خاشاکی متوسل می‌شود، به حمیدآقا پیغام فرستادم که با او کاری دارم. همان شب به سراغم آمد. هیچ از عزت و احترام همیشگی فروگذار نکرد. حالا دیگر ته‌ریشی هم دست سبیل درشت سیاهش داده بود. گفت راهش این است که من با آیت‌الله مرتضوی، که نماینده‌ی امام و همه کاره و صاحب‌اختیار شهر بود، ملاقاتی بکنم و اضافه کرد که آشنایی دارد که سعی می‌کند به وسیله‌ی او برای من وقت ملاقاتی بگیرد.

با آن که امید زیادی به اقدام او نداشتم، خواهرم را به این تلاش تازه دلخوش کردم. ولی عصر روز بعد حمیدآقا زنگ زد و گفت توانسته از آیت‌الله برای من فلان روز وقت ملاقات بگیرد و خودش برای بردن من خواهد آمد.

روز موعود با یک ماشین جیپ پی من آمد. مرا روی صندلی عقب سوار کرد. در راه از مسلمانی و تقدس آیت‌الله حکایت می‌کرد:

این آیت‌الله شاگرد امام بوده، هم نماینده‌ی امام است هم قاضی شرع هم امام جمعه... شبی دو سه ساعت بیشتر نمی‌خوابد. باقی‌اش تا صبح نماز می‌خواند. پسر دایی‌اش می‌گفت هر حکم اعدامی که می‌دهد فردایش یک گوسفند می‌کشد، نذر فقیرفقرا... خیلی

حکم داده، اما آن آدم‌های بی‌ناموسی را که فرستاده جلوی جوخه، مستحقش بوده‌اند...

آیت‌الله مرتضوی در محل استانداری مستقر بود. جلوی استانداری، جمعیتی که نمی‌دانم منتظر چه بودند، ازدحام کرده بودند. مأموران مسلح کسانی را که وارد می‌شدند بازرسی بدنی می‌کردند.

هنوز مسافتی تا در بزرگ استانداری مانده بود که حمیدآقا با صدای رعدآسایش فریاد زد:

«درود بر دکتر عطایـی فدایـی امام... تکبیر!»

جمعیت بدون این که علت را بفهمند، صدا را به تکبیر بلند کردند. گاردهای مسلح خود را جمع و جور کردند. دو سه پاسبانی که در میان مأمورین بودند به حال خبردار سلام نظامی دادند.

به این ترتیب ما، بدون معطلی بازرسی بدنی وارد باغ استانداری شدیم. داخل استانداری همراه من تا نزدیک اطاق انتظار آیت‌الله آمد. در گوش یکی از محافظان جلوی در چیزی گفت که او در اطاق را باز کرد و با صدای بلند گفت:

- جناب آقای دکتر عطایـی.

با ورود من، آخوند جوانی که بالای اطاق پشت میز نشسته بود و پیشکار یا به‌اصطلاح رئیس دفتر آیت‌الله بود، با تمام قد بلند شد و پهلوی دست خود جا تعارف کرد. در اطاق همه جور آدم از آخوند و کاسب و نظامی و غیره منتظر شرفیابی به حضور آیت‌الله بودند که به تقلید رئیس دفتر، جلوی پای من بلند شدند. آخوند جوان، بعد از احوالپرسی گرمی با من، گفت:

- جناب دکتر، از خدمات حضرت مستطاب عالی به حضرت

امام شرحی شنیده بودم. اشتیاق زیارتتان را داشتم.

من مبهوت او را نگاه کردم، زیرا از «خدمات» خود به حضرت امام چیزی به یاد نمی‌آوردم. ولی فرصت هیچ عکس‌العملی نماند چون دیدارکننده‌ی قبلی از اطاق آیت‌الله بیرون آمد و رئیس دفتر پیش از منتظران دیگر مرا تا راهرویی که به اطاق آیت‌الله منتهی می‌شد همراهی کرد. در این راهرو، جلوی در اطاق یک محافظ درشت اندام مسلح کشیک می‌داد که قیافه‌ی خشن واقعاً ترسناکی داشت. وارد شدم. اطاق را می‌شناختم. آیت‌الله پشت میز بزرگ نبود. روی یک مبل راحتی نشسته بود و مقداری کاغذ و پرونده روی میز جلو دستی‌اش دیده می‌شد. مرد میان‌سال تنومندی بود، به احترام من یاالله گویان حرکتی به خود داد و روی مبل روبه‌رو جا تعارف کرد. با کلمات آرام و شمرده حرف می‌زد. بعد از احوالپرسی رو به طرفی گفت:

– برادر مجید، می‌شود خواهش کنم بفرمایید چای خدمت جناب دکتر بیاورند؟

من تازه متوجه حضور شخص ثالثی در اطاق وسیع شدم. برادر مجید که در یک گوشه‌ی سالن اسلحه به دست ایستاده بود، مرد جوانی بود که بیست‌ویکی دو ساله به نظر می‌رسید. قیافه‌ی نجیب و آرامی داشت که درست نقطه‌ی مقابل هیبت محافظ بیرون اطاق بود. با لهجه‌ی شمالی چشم قربان گفت و بیرون رفت.

این رفتار پر انسانیت آیت‌الله که به زیردست خود با ملایمت و احترام دستور می‌داد و هیچ به کبر و ناز و تبختر رؤسای رژیم گذشته با زیردستان شباهت نداشت، خیلی به دلم نشست. آیت‌الله حضور محافظین را توجیه کرد:

- بنده اصلاً اهل این تشریفات نیستم. معتقدم که بهترین محافظ
ذات احدیت است. ولی بعد از شهادت استاد شهید مطهری، حضرت
امام دستور فرموده‌اند که مسؤولان امور باید مدام تحت محافظت
نزدیک دو محافظ باشند.

موضوع ملاقات و تقاضایم را گفتم و پریشانی حال خواهرم را
که از پسرش بی‌خبر مانده شرح دادم. آیت‌الله وعده داد که تحقیق
کند و نتیجه را به من اطلاع بدهد. نکته‌ای که توجهم را جلب کرد
این بود که ضمن صحبت از رأفت و عطوفت حضرت امام، گفت:
خودتان که به روحیات حضرت امام آشنایـی دارید. این کلام او
مرا به یاد اشاره‌ی رئیس دفترش به «خدمات» من به حضرت امام،
انداخت. موضوع چه بود؟ آیا هر دو مرا به جای دیگری گرفته
بودند؟ البته این توهم حسن سابقه، در موقعیت من که در پی نجات
خواهرزاده‌ام بودم، می‌توانست کمکی باشد. اما اگر در باب این
«خدمات» و «آشنایـی» سؤالی می‌کردند؟!

دنباله‌ی صحبت بیشتر درباره‌ی سوابق و وضع شغلی و تخصص
من گذشت. مناسبات به مرور گرم‌تر شد و انگار برای ابراز لطف
اضافی بود که وقتی از جا بلند شدم، آیت‌الله گفت:

- برادر مجید، لطفاً به برادر شعبانخانی بگویید جناب دکتر را تا
دم ماشینشان راهنمایـی کند.

برادر شعبانخانی که همان گارد زمخت بد قیافه‌ی بیرون اطاق
بود با احترام زیاد تا حیاط همراه من آمد.

حمیدآقا که منتظر من بود، عجله داشت نتیجه‌ی ملاقات را بداند
و من بیشتر عجله داشتم که راز و رمز «خدمات» و «آشنایـی» با امام

را- که حدس می‌زدم از شاهکارهای او باشد- بدانم. گفت:

- والله، حقیقتش اینه که ما به این‌ها رساندیم که شما آن سال‌ها واسه امام دکتری کرده‌اید.

- این چه حرفی است زده‌ای؟ من آن سال‌ها هنوز دانشکده می‌رفتم.

- این را گفتیم که دست شما به آیت‌الله برسد. می‌دانید چقدر آدم از کاسب و مالک و تیمسار و مهندس یک ماه و دو ماه معطل می‌شوند تا آیت‌الله را ببینند؟

- ولی یک همچو دروغی؟!

- راستش خیلی هم دروغ نگفتیم. همان سال‌ها، حاج آقا مصطفی، پسر امام تعریف می‌کرد که وقتی امام از زندان برگشت قم، از زور شکنجه‌ی ساواک حالش بد بود. یک دفعه نصف شب شاش‌بند شد. یک دکتری که از تهران آمده بود دستبوس امام، یک آمپولی زد و یک کارهایی کرد که ادرار وا شد. ما گفتیم بلکه آن دکتر شما باشید. مگر کار شما همین ادرار و مثانه و این چیزها نیست؟

- آخر، حمیدآقا، اگر این‌ها یک وقت یک چیزی بپرسند؟!

- شما بگویید بله. حاج آقا مصطفی که فوت شده، کسی هم که توی این هیرو ویر نمی‌رود از امام بپرسد اسم آن دکتر چی بود، تازه مگر بعد پانزده شانزده سال امام یادش مانده؟ اینجا هم، حالا که همه دکترها گذاشته‌اند رفته‌اند خارج، از خدا می‌خواهند یک دکتری مثل شما را زیر سر داشته باشند. اگر هم بفهمند زیر سبیل در می‌کنند. شما هم کارتان راه می‌افتد، هم این که با ارادت و خدمت به یک همچو آقای بزرگوار مقدسی واسه‌ی خودتان توشه‌ی آخرت و شفیع روز

قیامت فراهم می‌کنید.

این هم استدلالی بود، به هرحال چاره‌ای جز تمیکن به پیشامد نداشتم.

خواهرم روزی چند بار زنگ می‌زد و می‌پرسید آیا خبری شده یا نه. تا این که سه چهار روز بعد، رئیس دفتر آیت‌الله زنگ زد و گفت که فرموده‌اند صبح روز بعد به زیارتشان بروم.

برای این که دم در مشکل و معطلی ورود را نداشته باشم، باز حمیدآقا را صدا زدم. صبح زود آمد و با همان تشریفات دفعه‌ی قبل مرا به استانداری برد.

دیدارآیت‌الله مثل دفعه‌ی پیش گذشت. برادر زمخت ریشو این طرف در و برادر مجید آن طرف در،مراقب جان گرانمایه‌ی آیت‌الله بودند. این دفعه احترام بیشتری گذاشت و جلوی پای من تقریباً بلند شد. این خبر خوش را داد که جرم خواهرزاده‌ام سنگین نیست و دستور داده زودتر به کارش رسیدگی کنند. اما توضیح بیشتری نداد. وقتی برادر مجید را پی آوردن چای از اطاق بیرون فرستاد، گفت که میل دارد درباره‌ی یک مسأله طبی با من مشورت کند. گفتم هر طور بخواهد در خدمتگزاری حاضرم. گفت:

- اگر فردا شب بتوانید شام تشریف بیاورید بنده منزل، فرصت خوبی خواهد بود.

با آن که هیچ اشتیاقی به شام خوردن با آیت‌الله نداشتم، بی‌تأمل پذیرفتم. آیت‌الله آدرسی داد و بلافاصله گفت:

- بنده شخصاً مقیم قم هستم و کلبه‌ی درویشی آن جاست. ولی این جا به مناسبت مسؤولیتی که دارم در یک خانه‌ی سازمانی

بیتوته می‌کنم. اگر ساعت نه سرافراز بفرمایید خیلی ممنون می‌شوم.

وقتی نتیجه دیدارم را به حمیدآقا که در حیاط استانداری منتظرم بود گفتم، باز زبان به دعا و ثنای آیت‌الله گشود:

– خدمتتان عرض کرده بودیم که این آیت‌الله ورای همه است. خدا انشاءالله صدوبیست سال عمرش بدهد که به کار مردم مظلوم برسد.

بعد داوطلب شد که فردا مرا شخصاً به اقامتگاه آیت‌الله برساند. خبر نسبتاً خوش را به خواهرم دادم.

شب معهود، حمیدآقا رانندگی ماشین مرا به عهده گرفت و به خانه‌ی آیت‌الله هدایتم کرد. اقامتگاه آیت‌الله را دورادور می‌شناختم. خانه‌ی مصادره شده یکی از ثروتمندان فراری بود.

دو محافظ جلوی در خانه که در جریان دیدار بودند، با «تاکی‌واکی» رسیدن مرا به داخل اطلاع دادند. حمید آقا را که می‌خواست منتظرم بماند به اصرار روانه کردم. کمی بعد، برادر شعبانخانی، یعنی همان گارد بدقیافه آمد و مرا به داخل خانه راهنمایی کرد. ساختمان اعیانی بزرگی بود. از سرسرای وسیعی گذشتیم. در سالن پذیرایی را باز کرد و کنار رفت که من بگذرم. در این موقع «تاکی‌واکی» او به صدا درآمد. چند کلمه که من درست تشخیص ندادم شنیده شد. انگار خبر غیرمنتظره‌ای بود. چون برادر شعبانخانی چهره در هم کشید و با عجله گفت:

– آمدم، آمدم، نگهش دار آمدم.

بعد در را به روی من بست و با سرعت در جهت مخالف رفت.

سالن خیلی بزرگی بود که با فرش‌های گران‌بها و مبل‌های استیل

تزیـین شده بود. لحظه‌ای نگاهم سالن را دور زد. مبلی را برای نشستن انتخاب کردم. تازه نشسته بودم که از پشت سرم، از اطاق مجاور سالن، صدای گفتگویـی شنیدم. لای در بین آن اطاق و سالن به اندازه دو سه سانتیمتر باز مانده بود. ابتدا صدای برادر مجید محافظ جوان را، که لهجه‌ی شمالی‌اش خیلی مشخص بود و بعد از آن صدای آیت‌الله را شنیدم. برادر مجید پرسید:

– پس این دکتر کی می‌آید؟ خوابمان گرفته.

آیت‌الله جواب داد:

– حالا دیگر باید پیدایش بشود.

– گفته ساعت چند می‌آید؟

– ساعت نه.

– الان ساعت چیه؟

– باید نزدیک نه باشد.

پیدا بود که نه آیت‌الله و نه گارد محافظش ساعت همراه نداشتند. چون چند دقیقه از ساعت نه می‌گذشت. از طرفی تردیدی نبود که برادر شعبانخانی آن قدر حواسش پی گزارش آخرین لحظه‌ی «تاکی‌واکی» رفته بود که فراموش کرده بود ورود مرا به آیت‌الله خبر بدهد.

چیزی که برایم جالب توجه بود، لحن دوستانه‌ی صحبت آیت‌الله با محافظ جوانش بود که به لحن صحبت یک گارد با شخصیت صاحب‌مقامی مثل آیت‌الله نمی‌خواند. آن را با حساب اصل برادری و برابری مسلمین که فرقی بین رئیس و مرئوس قائل نیست، گذاشتم. اما ناگهان شنیدم که دنباله‌ی صحبت از حدود برادری و برابری آن

طرف‌تر رفت. آیت‌الله گفت:

- مجیدجان پاشو، یک سری دم در بزن، ببین نکند دکتر آمده باشد بی خود معطلش کرده‌اند.

برادر مجید بلافاصله جواب داد:

- خودت پاشو. من صبح تا حالا سرپا وایستاده‌ام، خسته‌ام.

و بلافاصله گفت:

- انگولک هم نکن، حوصله ندارم.... نکن!

و لحظه‌ای بعد با تشدد تکرار کرد:

- گفتم نکن!... باز پا می‌شم می‌زنمت ها!

و صدای آیت‌الله را که غش‌غش خندید و گفت:

- ضرب‌الحبیب زبیب.

من لحظاتی گیج و مبهوت برجا ماندم. ولی ناگهان به قول بچه‌ها، دوزاریم افتاد و به خود آمدم. خدایا! اگر بفهمند من صحبت آن‌ها را شنیده‌ام! از هول جان، به سرعت به طرف در ورودی سالن که با در این اطاق مجاور فاصله‌ی زیاد داشت دویدم. در ورودی را بی‌صدا باز کردم و با صدای زیاد بستم که آن‌ها را متوجه ورود خود کنم. خوشبختانه شنیدند. از آن طرف آیت‌الله یاالله‌گویان، از جلو و پشت سرش برادر مجید وارد سالن شدند.

عذرخواهی کردم که چند دقیقه دیر رسیده‌ام. سفره‌ی رنگینی بود و شام مفصلی خوردیم. بعد از شام، آیت‌الله مرا به اطاق مجاور برد و بعد از آن که به قید قسم قول رازداری گرفت، مشکلش را عنوان کرد. خلاصه آن که دچار ناتوانی جنسی شده بود. البته اصطلاح خاصی به کار می‌برد که هنوز به خاطرم مانده است. می‌گفت در

انجام وظایف خانوادگی دچار «تبطّل و تعطّل» شده است و آن را به هیجانات و فعالیت‌های انقلابی نسبت می‌داد. البته این تبطّل و تعطّل، با مکالمه‌ای که ساعتی پیش از لای در اطاق مجاور سالن شنیده بودم هیچ نمی خواند. ولی شاید هم مشکل تبطّل و تعطّل فقط در چهارچوب وظایف خانوادگی بود. به هرحال این جزئیات به من، که باید مداوایی می‌کردم مربوط نبود. آیت‌الله توضیح داد که چون دکتر متخصص محرمی در دسترس نبوده، نتوانسته از بابت معالجه کاری بکند. زیرا نمی‌خواسته که کسی، به خصوص آقایان علماء از این راز مطلّع شوند و با توجه به ارادت و محرمیت قدیم من به امام بوده که مسأله را با من در میان گذاشته است. چون به هیچ وجه نمی‌خواست حتی به بهانه‌ی دیگری به بیمارستان برای معاینه مراجعه کند، همان جا سوابق مزاجی‌اش را پرسیدم و در حد امکان معاینه‌اش کردم. عیب و ایراد جسمانی آشکاری نداشت. از من می‌خواست که دوای حاضر آماده‌ای در اختیارش بگذارم که حتی محتاج مراجعه به دواخانه نشود. وعده دادم که در حد امکان برای معالجه‌اش تلاش کنم. شماره‌ی تلفن مستقیمش را داد، ولی تأکید کرد اگر صحبتی لازم بشود از یک عارضه‌ی دیگری، مثلاً روماتیسم یاد کنم. موقع خداحافظی در مورد رفع سریع گرفتاری خواهرزاده‌ام اظهار امیدواری کرد که به نظرم رسید منظورش ترغیب من به تسریع در رفع مشکل «تبطّل و تعطّل» او، به عنوان قدردانی بود.

روز بعد تمام وقت در فکر عارضه مزاجی آیت‌الله بودم. به یاد آوردم که چندی پیش از آن، در یک مجله‌ی طبی راجع به تجربه‌ی یک طبیب استرالیایی خوانده بودم که برای معالجه‌ی بعضی

ناتوانی‌های جنسی اِستِرکنین را همراه با بعضی ویتامین‌ها به کار گرفته و نتایجی گرفته بود. برای تهیه قرص اِستِرکنین شخصاً به داروخانه رفتم. تازه برگشته بودم که خواهرم زنگ زد و با فریاد شادمانی خبر داد که پسرش را آزاد کرده‌اند.

به آیت‌الله زنگ زدم و بعد از اظهار امتنان، گفتم که دوای روماتیسم او را آماده کرده‌ام. دعوت کرد دوباره برای شام منزلش بروم. عذر خواستم و گفتم که عازم سفر کوتاهی هستم ولی قبل از حرکت آن را در پاکت سربسته در منزل می‌دهم و تأکید در تأکید کردم که غیر از ویتامین، یک شیشه محتوی قرص‌های ریز اِستِرکنین است که سمّی است و باید با روزی یک دانه شروع کند و به تدریج، هر چهار روز یک قرص اضافه تا حداکثر ۶ قرص و معالجه را تا لااقل شش هفته ادامه بدهد تا دوباره ایشان را ببینم. یادآوری کردم که قرص‌ها را در یک شیشه‌ی بدون برچسب ریخته‌ام. اصرار کرد که روی شیشه اسم یک دوای مخصوص روماتیسم را بنویسم و آن را در پاکت سربسته به عنوان شخص او به نگهبانی منزل بدهم و روی پاکت بنویسم کاملاً شخصی است.

بعد از مدت‌ها خیالم راحت شد و نفسی کشیدم. کیفم را برای حرکت آماده کردم. چون برای دو روز تعطیل که با جمعه سه روز می‌شد، از مدتی قبل با پروین قرار کناردریا گذاشته بودیم. پروین مدت‌ها بود از شوهرش جدا شده بود، ولی شوهر سابقش در پی بهانه‌ای بود که دختر کوچکشان را که به حکم دادگاه پیش مادر بود، از او بگیرد. در نتیجه سفرمان پنهانی بود و ترتیب دادنش خیلی وقت می‌گرفت. در فکر بودم که چطور کارها را انجام بدهم که برسم دوای

آیت‌الله را به او برسانم و پیش از شب بتوانیم حرکت کنیم، که حمیدآقا وارد شد. آمده بود از نتیجه‌ی ملاقات شب پیش بپرسد. وقتی خبر آزادی خواهرزاده‌ام را به او دادم خیلی خوشحال شد و دوباره زبان به مدح و ثنا و دعاگویی آیت‌الله باز کرد و از خدا خواست که درد و بلای آیت‌الله را به جان او بیندازد.

گفتم:

– فعلاً درد عمده‌ی آیت‌الله روماتیسم است که یک دوایی برای ایشان تهیه کرده‌ام که باید خدمتشان ببرم. فوراً داوطلب شد به جای من دوا را به منزل آیت‌الله برساند. من هم از خدا خواسته قبول کردم. ولی به آیت‌الله زنگ زدم که اجازه بگیرم به جای خودم او را بفرستم. پذیرفت ولی خیلی سفارش کرد که حتماً در پاکت در بسته باشد و شب وقتی بیاورد که او منزل باشد و بگوید باید به دست خود فلانی بدهم. سفارش اکید به حمیدآقا کردم. چون به این ترتیب کمی وقت آزاد برایم می‌ماند، به حمیدآقا یک لیوان آبجوی قاچاق تعارف کردم. گیلاس به دست کمی نشستیم.

در این جا بزرگترین خبط زندگیم را مرتکب شدم. خبطی که عواقب ناگوارش مسیر زندگیم را تا امروز عوض کرده است. در مقابل تعریف و تمجید و مدح و ثنای بی‌حد و حساب حمیدآقا از مسلمانی و خداشناسی آیت‌الله، عنان اختیار زبان از دستم در رفت و گفتم که آن قدرها هم مسلمان و خداشناس نباید باشد. بعد، آن چه شب پیش در سالن خانه‌ی آیت‌الله از گفتگوی او با برادر مجید شنیده بودم، نقل کردم. عکس‌العمل حمیدآقا عجیب بود. چیزی نگفت ولی چهره‌اش برافروخته شد، لب‌هایش لرزید، رگ‌های پیشانی و

گردنش متورم شد، طوری که نگرانش شدم ولی این حالت مدت
کوتاهی طول کشید. انگار توانست بر اعصاب خود مسلط شود. از
دیدن این عکس‌العمل از خبطی که مرتکب شده بودم پشیمان شدم.
دیدم ناشیانه بر تصویر درخشنده و پاکیزه‌ای که حمیدآقا از آیت‌الله
در ذهن داشت، گِل و لجن پاشیده‌ام. سعی کردم او را دلداری بدهم:

– خوب، آدم‌ها فرشته و معصوم که نیستند. یک نفر ممکن
است تمام صفات عالیه را داشته باشد ولی در برابر غرایزش نتواند
مقاومت کند.

حمیدآقا آرام از جا بلند شد و گفت:

– درست می‌فرمایید جناب دکتر... آیت‌الله هم بالاخره آدم
است. دوا را امشب خدمتش می‌رسانم. از شما دوا، از خدا شفا. اگر
امر دیگری هم باشد بفرمایید.

حمیدآقا رفت. من پروین را برداشتم و به طرف دریا به راه افتادیم.
ولی در راه از فکر ضربتی که به روحیه‌ی حمیدآقای مؤمن ساده‌دل
زده بودم، فارغ نمی‌شدم. شب به کنار دریا رسیدیم. ویلا متعلق به یکی
از دوستانم بود و از آبادی فاصله داشت. یکی از محلی‌ها مباشرت
کارهای ویلا را به عهده داشت. به او به اسم آقای مهندس و خانم
معرفی شده بودیم، وسایل استراحت ما را فراهم کرد و رفت و ما
دور از غوغای شهر خواب راحتی کردیم.

اولین روز تعطیل سه روزه به نهایت خوشی گذشت. شب، که
من و پروین از پیاده‌روی برگشتیم، دیدیم همان مباشر امور ویلا در
غیاب ما آمده و یادداشتی به در چسبانده بود. دوستم، صاحب ویلا
پیغام داده بود که من تا هر ساعت شب که شده به او تلفن بزنم. ویلا

تلفن نداشت. سوار شدیم و آن قدر رفتیم تا در آبادی دوری تلفن پیدا کردیم. به دوستم زنگ زدم.گفت اتفاقی افتاده که لازم است مرا ببیند و سفارش کرد که جایی نروم و در ویلا منتظر او بمانم. صبح سحر حرکت می‌کند و پیش ما می‌آید. هر چه کردم توضیح بیشتری نداد وگفت پای تلفن نمی‌تواند صحبت کند. فقط اطمینان داد که مشکلی برای خانواده‌ام پیش نیامده و اتفاقی در سطح شهر افتاده است. شبی جهنمی را با هزار فکر و خیال سر کردم. نه خودم خوابم برد و نه گذاشتم پروین بخوابد. صبح زود وقتی هنوز پروین خواب بود رادیو را کنار دریا بردم و عاقبت ساعت خبرها رسید.

از شنیدن اولین خبر بر جا خشکم زد. خبر مربوط به سوءقصد به جان آیت‌الله مرتضوی بود. خلاصه‌ی آن چه گفتند این بود که آیت‌الله ساعت ده بعدازظهر پریشب در اقامتگاهش به وسیله‌ی شخصی به نام حمید با چاقو مجروح شده و قبل از رسیدن به بیمارستان درگذشته است. ضارب بلافاصله پس از سوءقصد بازداشت شده و مورد بازجویـی قرار گرفته ولی هنگام انتقال از محل جنایت به کمیته‌ی انقلاب، با مضروب کردن مأموران موفق به فرار شده است. مأموران در جستجوی او و همدستان احتمالی‌اش هستند... از شنیدن این خبر نفسم بند آمد. ضربه‌ی روحی دردناکی بود. خود را مسؤول اخلاقی این واقعه می‌دانستم. خدایا! این چه اشتباهی بود که مرتکب شده بودم! من باعث شده بودم که بنای ایمان و اعتقاد حمید به دیانت و طهارت آیت‌الله طوری فرو بریزد و احوالش را دگرگون کند که عنان اختیار عقل را از دست بدهد.

برای آرامش روحم، موضوع را برای پروین حکایت کردم.

با وجود دلداری‌های محبت‌آمیز او، ساعت‌های وحشتناکی را تا نزدیک ظهر که دوستم صاحب ویلا از راه رسید، گذراندم. به جای هر توضیحی دو روزنامه صبح را جلوی رویم باز کرد. شرح واقعه را از زبان مأموران تحقیق و گاردهای محافظ نوشته بودند.

حمیدآقا ساعت ده شب به بهانه‌ی رساندن یک بسته محتوی دارو به آیت‌الله، به منزل او مراجعه کرده و گفته است که مأموریت دارد بسته را به دست شخص آیت‌الله برساند. محافظان منزل که دستور قبلی داشتند، مانع ورود او نشده‌اند. یکی از محافظان شخص آیت‌الله که ظاهراً به نیت این شخص شک برده بوده و خواسته او را بازرسی بدنی کند ولی ضارب که مرد قوی هیکلی بوده او را مضروب و مجروح کرده و پیش از این که محافظان دیگر برسند وارد اطاق آیت‌الله شده و به ضرب چاقو ایشان را از پا درآورده است. مأموران محافظ با شنیدن سر و صدا وارد شده و با تهدید اسلحه ضارب را بازداشت کرده‌اند. آیت‌الله و محافظ مجروح او را به بیمارستان بردند. متأسفانه آیت‌الله قبل از رسیدن به بیمارستان به شهادت رسیده است. محافظ مجروح که مجید نام دارد، تحت معالجه قرار گرفته ولی هنوز نتوانسته به سؤالات مأموران جواب بدهد. ضمناً ضارب، در راه انتقال به کمیته، با مضروب و مجروح کردن دو مأمور همراه، موفق به فرار شده است.

روزنامه، پس از درج اعلامیه‌ی دفتر امام که این ترور را توطئه استکبار جهانی و صهیونیسم بین‌المللی معرفی کرده بود- خبر داده بود که هنگام بازداشت ضارب، مأموران بسته‌ای را که بهانه‌ی ورود او به خانه و دیدار با آیت‌الله بود، در جیب او پیدا کرده‌اند. فرستنده‌ی

بسته که نام خود را روی پاکت ذکر کرده دکتر عطایی است که ظاهراً عامل اصلی اجرای این توطئه است. به قرار گزارش رسیده، دکتر نام برده پس از اطلاع از انجام سوءقصد متواری شده و مأموران با نهایت جدیت در جستجوی او هستند.

طوری آشفته حال بودم که دوستم مرا نشاند و یک گیلاس کنیاک حلقم کرد. بعد گفت:

- توی راه از رادیو شنیدم که بسته‌ی مرحمتی دکتر عطایی که بهانه‌ی ورود ضارب بوده، محتوی سم کشنده‌ای هم بوده است.

ناچار تمام ماجرای آشنایی با حمیدآقا و قضیه‌ی دوا خواستن آیت‌الله برای ناتوانی جنسی‌اش را برای دوستم حکایت کردم. گفت:

- به هرحال توی بد مخمصه‌ای گیر کرده‌ای. خانه و مطبت را زیرورو کرده‌اند. خواهرت را چهار ساعت بازجویی کردند که محل تو را پیدا کنند. باید چند روزی این جا پنهان بشوی تا...

- پنهان بشوم؟ ابداً. برمی‌گردم به قاضی ثابت می‌کنم که....

- چی را ثابت می‌کنی؟ می‌گویی آیت‌الله از تو حب تقویت قوای جنسی خواسته، تو قرص اِسترکنین توی شیشه با برچسب دوای رماتیسم برایش فرستادی، آن هم به وسیله‌ی حمید میوه‌فروش؟ آن اعلامیه‌ی دفتر امام را تا آخر بخوان ببین که چند جا قاتلو واقتلو گفته‌اند. تا بیایی سرت را بخارانی می‌بینی سر نداری. یادت نرود که قاضی که می‌خواهی به او بی‌گناهی‌ات را ثابت کنی اسمش شیخ صادق خلخالی است.

- ولی مگر شهر هِرت است که همین طوری...

- از هِرت هم هِرت‌تر است. این‌ها می‌خواهند زهرچشم بگیرند

که دیگر کسی آخوند نکشد. دلیل و مدرک و محاکمه لازم ندارند. من احتیاطاً یک مقداری پول برایت آوردم تا چند روزی پنهان بشوی ببینیم چه می‌شود. شاید توانستند قاتل را بگیرند، اعتراف کرد که تو تقصیر نداری. پروین هم اشکریزان از من می‌خواست که خودم را به خطر نیندازم. ناگهان حالت تأثری به من دست داد. گفتم:

- اگر مرا بگیرند و اعدام بکنند حقم است. چون در واقع من مسؤول اخلاقی این قتل هستم.

بعد قضیه گفتگوی نازکانه‌ی آیت‌الله با برادر مجید را که از اطاق مجاور سالن شنیده بودم و ناشیانه برای حمید نقل کرده بودم، حکایت کردم و با هیجان فریاد زدم:

- بله، گناه من بود که چهره‌ی تابناک آیت‌الله را که برای حمید مظهر دیانت و قِداست و اسلامیت بود در چشم او سیاه کردم. دوستم دست بلند کرد:

- آهای! آهای! ترمز کن! خیلی پرت می‌روی. اصلاً مسأله‌ی چهره‌ی تابناک و طهارت و قداست نیست. اگر ناموس حمیدآقا جریحه‌دار شده، ربطی به ناموس مسلمانی‌اش ندارد. ناموس خصوصی‌اش مطرح است. دیروز تمام شهر درباره‌اش صحبت می‌کردند. این مجید که حالا عضو کمیته انقلاب و گارد شخصی آیت‌الله شده، از خیلی پیش رفیق اختصاصی حمیدآقا بوده.

- مگر حمیدآقا این کاره...؟

- بله، بله، نه تنها هست، که از بزرگان و دانشمندان این صناعت است. تو اگر گناهی داری این است که احمقانه به حمیدآقا رسانده‌ای که حضرت آیت‌الله، مجیدش را از راه به در برده... حالا ساعت

خبرهای رادیو است. بگیر ببینیم دیگر چه خبر شده.

در رادیو پشت سر هم اعلامیه‌های انجمن‌های اسلامی را می‌خواندند که ضمن عرض تبریک و تسلیت به پیشگاه مقدس امام امت، از مقامات امنیتی خواسته بودند که با تمام نیرو برای کشف توطئه و مجازات عاملان شهادت این سردار و شهسوار سپاه اسلام اقدام کنند. بعد متن مصاحبه‌ی دادستان انقلاب را پخش کردند که بخصوص از من صحبت کرده و گفته بود تحقیقات اولیه حاکی است که دکتر عطایی ازهمان هنگام که در امریکا مشغول تحصیل بوده، به عنوان یک عنصر وابسته به محافل صهیونیستی و سی.آی. اِ، مورد سوءظن انجمن‌های اسلامی دانشجویان مقیم امریکا بوده و این اواخر، بانقشه‌ی شوم لطمه زدن به انقلاب اسلامی، با جعل عنوان طبیب معالج امام خود را به آیت الله شهید نزدیک کرده و در نهایت، به عنوان وسیله‌ی اجرای ترور، حمید را به خدمت گرفته است. دادستان در دنباله‌ی مصاحبه‌اش اضافه کرده بود که دارویی که دکتر عطایی به عنوان داروی روماتیسم برای آیت‌الله شهید فرستاده بود طبق اظهار مدیر داروخانه و تأیید آزمایشگاه پزشکی قانونی، قرص‌های سمی اِستِرکنین است که فقط ۵۰ میلیگرم آن موجب مرگ یک انسان قوی‌الجثه می‌شود و این امر از عمق توطئه‌ای حکایت می‌کند که سرنخ آن را باید در واشینگتن جست.

به هر حال به توصیه و اصرار دوستم در آن ویلا ماندنی شدم. وقتی از او خواستم که خواهرم را از سلامتم خاطرجمع کند، گفت به هیچ وجه مصلحت نیست. بهتر است نگران بماند تا مجبور بشود زیر شکنجه از سلامت تو خبر بدهد. بدبختی این بود که پروین

ناچار بود برای کارش و به خصوص به خاطر دختر کوچکش که پیش خواهرش گذاشته بود، برگردد. من چند روزی تنها در آن ویلا پنهان بودم. بعد چون خانواده‌ی دوستم قصد آمدن به ویلا را داشتند، با تمهید مقدماتی موفق شدم خود را به تهران برسانم و در خانه‌ی دوستی پنهان بشوم. اخبار را در پناهگاهم از طریق رادیو دنبال می‌کردم. داغ حکومت از مرگ آیت‌الله مرتضوی همچنان تازه بود و با ترور آخوندهای دیگر تازه‌تر می‌شد. مأموران در تلاش خود برای دستگیری حمید به جایی نرسیده بودند. در مورد من، حدس می‌زدند که از کشور خارج شده باشم. ولی من همچنان به محبت دوستانم، در تهران پنهان بودم.

تنها ارتباط من با خانواده‌ام از طریق پروین بود که گاهی به اسم مستعار زنگ می‌زدم و اگر بود با رمز و کنایه احوالی می‌پرسیدم. همه عقیده داشتند که من باید هر چه زودتر از ایران خارج بشوم. خود من هم نگران بودم. هم برای خودم و هم برای آن‌هایی که مرا پناه داده بودند. ولی هنوز راهی برای فرار پیدا نکرده بودم. تا این که یک روزی یک پیغامی از حمیدآقا به من رسید. از نحوه‌ی عجیب رسیدن پیغام می‌گذرم. گفته بود به من بگویند که فعلاً در دوبی مستقر شده و وضعش بد نیست. اگر بخواهم می‌تواند به خروج من هم کمک کند. کافی است خودم را به بندرعباس برسانم و از طرف او خود را به فلان‌کس معرفی کنم. او ترتیب کار را خواهد داد.

پیشنهاد به موقعی بود. چون وضعم به سرحد خطر رسیده بود. دوبی می‌توانست منزل اول فرارم باشد.

عاقبت، چند ماه بعد از انقلاب آزادی‌بخش، به طور قاچاق به

دوبی رسیدم. اولین دیدارم با حمیدآقا نصف شبی، در ناحیه‌ای خارج از شهر اتفاق افتاد. حمیدآقا به طرف من دوید، دستم را بوسید و اشک در چشم، زبان به عذرخواهی از گرفتاری که برای من ایجاد کرده بود گشود. نه عذرخواهی او فایده‌ای داشت و نه شکوه و زاری من، که هر دو بازیچه‌ی چرخ دوار و حوادث روزگار بودیم. بارها فکر کرده‌ام که اگر آن روز تصادف «اصغری» برادر حمیدآقا، من فقط دو دقیقه زودتر به مطبم رسیده بودم و شاهد واقعه نمی‌بودم، مسیر زندگیم به کلی متفاوت می‌بود. رویش را بوسیدم و از این که به خروج من از کشور کمک کرده تشکر کردم. با ماشین امریکایی بزرگی به استقبال من آمده بود. می‌گفت تا خانه‌اش نیم ساعتی راه است. نمی‌خواستم فوراً درباره‌ی وقایع گذشته حرف بزنم ولی خود او شروع کرد. گفت که قصد کشتن آیت‌الله رانداشته است فقط می‌خواسته یک تُف به صورت مجید بیندازد و فرار کند. جریان واقعه را این طور حکایت کرد:

– ما، به هوای بردن دوای شما رفتیم با این مجید دو کلمه حرف بزنیم. چون غیر از آن جا نمی‌شد دیدش. مدام همراه آیت‌الله بود. دفترشان که نمی‌شد رفت. گفتیم می‌رویم چشم تو چشم می‌پرسیم قضیه چیه، که اگر درست بود دیگر اسمش را نیاوریم. دم در سپرده بودند، آن گاردها هم ما را می‌شناختند، راه دادند. رفتیم توی اطاق مهمانخانه. بعد ازیک دقیقه مجید تفنگ به دست آمد که ما را ببرد پیش آیت‌الله که، آن یکی اطاق بود. ما تا دیدیمش گفتیم: مجید، تف تو روت، حالا دیگر با آیت‌الله؟ جای این که نه و نو کند و بگوید غلط کردم، تو روی ما وایستاد گفت: خوب کردم، دلم خواسته، به تو

چه؟ ما یک کشیده خواباندیم بیخ گوشش. گفت: آره، خوب کردم، خوب کردم. این که گفت، ما یکهو الو گرفتیم. چاقو را درآوردیم و گوشش را گرفتیم که ببریم، جیغ کشید و زد زیر دست ما. یک دفعه آیت‌الله بی‌عمامه دوید توی اطاق، چاقو را که دست ما دید هوار کشید: آی بیایید! بعد به مجید گفت: بزنش مادر قحبه‌ی ضد انقلاب را! اما او اسلحه را بالا هم نیاورد. ما هم که دیگر حالی‌مان نبود یک مشت کوباندیم تو گردن مجید که خورد زمین و غش کرد. آیت‌الله پرید تفنگ مجید را برداشت، ماشه را چکاند اما تیر در نرفت. انگار ضامنش گیر بود. داشت زور می‌زد که گیر ضامنش را رد کند، که ما پریدیم از دستش بگیریم. با لوله‌اش زد به پیشانی ما، خون راه افتاد تو چشم‌مان. اما راستی راستی هم خون جلوی چشم ما را گرفت، چون دوباره گفت: مادر قَحبه. که ما یاد بیچاره مادرمان افتادیم که سر سجاده سکته کرده بود. دیگرحالی‌مان نشد چه کار می‌کنیم، با چاقو زدیم تو شکمش، همان موقع از عقب سر دو سه تا قنداق تفنگ خورد پس کله‌مان که گیج شدیم افتادیم زمین. گاردها افتادند روی ما. با کمربند دست‌هامان را از پشت بستند. با «تاکی واکی» خبر دادند آمبولانس خواستند. بعد با مشت و لگد افتادند به جان ما، تا رئیسشان از کمیته گفت: لَت و پارش نکنید، بیاوریدش باید همدست‌هایش را لو بدهد. دست‌های ما را طناب پیچ کردند. آمبولانس آمد آیت‌الله و مجید را بردند مریضخانه. ما را هم سوار کردند ببرند کمیته. ولی همان وقتی که اینها دور آمبولانس جمع شده بودند و گریه‌ی قلابی می‌کردند و تو سرشان می‌زدند و نوحه می‌خواندند، ما یک خرده طناب دست‌هامان را شل کرده بودیم. توی راه کم‌کم دست‌هامان

را خلاص کردیم، یک دفعه پریدیم سر این دو تا کمیته‌چی‌ها را، که دو طرف ما نشسته بودند و هی فحش ِعرض و ناموس به ما می‌دادند، طوری کوبیدیم به هم که صدای توپ داد. جفت‌شان غش کردند. آن جلویـی و راننده تا آمدند سرشان را برگردانند، تفنگ بغل دستی را سیخ کردیم گفتیم نفس نکشید، بروید تا بگویم. همین طور بردیم‌شان بیابان تفنگ‌هاشان را گرفتیم پیاده‌شان کردیم. بعد نشستیم پشت رُل، گاز دادیم تا دم یک انباری خودمان، یک تاکسی‌بار مال میوه را سوار شدیم، کوبیدیم طرف تهران...

حمیدآقا بعد از این داستان در خور فیلم‌های هالیوود، داستان خروج از کشور و استقرار در دوبی را که آن هم ماجرای عجیب و غریبی بود حکایت کرد و گفت که به کار واردات تره‌بار مشغول شده و وضعش بد نیست. ولی، با این که اسمش را عوض کرده، انگار حزب‌اللهی‌ها ردش را پیدا کرده‌اند و باید فکر جای دیگری بکند.

حمیدآقا، ضمن صحبت مرتباً به گرفتاری که برای من درست کرده بود برمی‌گشت و با عذرخواهی فراوان و وعده‌ی جبران ونوکری و چاکری، می‌گفت که حاضر است درهر دادگاهی شهادت بدهد و اعتراف‌نامه امضاء کند که من در قتل آیت‌الله گناهی نداشته‌ام. به او حالی کردم که در خارج از مملکت دادگاه صالحی وجود ندارد و در ا یران هم به هر دادگاهی مراجعه کند، پیش از این که اعترافش را بشنوند بالای دارش می‌فرستند. فکر اعتراف‌نامه را هم نکند. چون با شناسنامه‌ی تازه- که می‌گفت در ایران از خود اداره‌ی سجل احوال خریده- هیچ محضر یا نماینده‌ی کنسولی نیست که امضای او را به نام واقعی‌اش گواهی کند. برای عوض کردن صحبت، از حال

برادرش پرسیدم. گفت:

– بی‌ناموس‌ها، بچه‌ی مادر مرده را واسه‌ی این که جای ما را لو بدهد، آن قدر سیلی زده‌اند که پرده‌ی گوشش عیب کرده، اما مالش را نتوانسته‌اند بخورند. یعنی مال ما را هم همه‌اش را نتوانسته‌اند بالا بکشند.

به مقصد رسیده بودیم. حمیدآقا در یک برج نوساز منزل داشت. جلوی در آپارتمانی ایستاد و زنگ زد و گفت:

– جناب دکتر، حالا ببینید چی می‌بینید.

در که باز شد دهنم از تعجب باز ماند. کسی که در را به روی ما باز کرده بود کسی جز مجید، یا به قول آیت‌الله شهید «برادر مجید» نبود. معلوم شد حمیدآقا بعد از استقرار در دوبی، مجید را هم– که بعد از حادثه به علت سوابق آشنایی‌اش با ضارب، از کمیته‌ی انقلاب اخراج کرده بودند– از کشور خارج کرده است و به عنوان عموزاده با هم زندگی می‌کنند.

مقصد نهایی من امریکا بود. حدود یک ماهی طول کشید تا، البته به کمک حمیدآقا، وسایل حرکتم از دوبی مهیا شد. صبح روز حرکتم شاهد اوقات تلخی و بگومگویی بین مجید و حمیدآقا بودم. مرد جوان آرزوی رفتن به امریکا را داشت و علت برخورد آنها هم در همین باب بود. وقتی حمیدآقا بیرون رفت و با مجید تنها ماندم، کوشیدم او را به مدارا نصیحت کنم. گفت:

– من از دست اخلاق حمید ذلّه شدم. بعد از انقلاب هم برای همین اخلاق تندش بود که باهاش قهر کردم رفتم توی کمیته‌ی انقلاب، بعد هم که مأمور حفاظت آیت‌الله شدم... یعنی راستش آیت‌الله مرا برد. امام گفته بود هر کدام از نماینده‌هایش باید مدام دو

تا محافظ داشته باشند. آیت‌الله خودش آمد کمیته، من و شعبان‌خانی را انتخاب کرد... بعد که من گارد آیت‌الله شدم، حمید پیغام داد که از من دلخوری ندارد. آشتی کردیم. من پارتی‌اش شده بودم. خیلی کارهایش را من برایش جور می‌کردم. وقت ملاقات شما با آیت‌الله را هم من برایتان گرفتم. با اینکه با شما خیلی بد بودم.

– با من بد بودید؟ چطور با من بد بودید؟ شما که مرا نمی‌شناختید.

– خیلی هم خوب می‌شناختم. از همان موقع پیش از انقلاب که داداشش رفت زیر ماشین، شما بُردیدش مریضخانه. یادتان رفته چقدر پیش شما آمد و رفت؟

– نخیر، یادم نرفته، ولی...

– یادتان رفته آن میوه‌هایی را که خودش وامی‌ایستاد دانه‌دانه دست‌چین می‌کرد، سبد می‌کرد، می‌فرستاد منزلتان؟

– نخیر، آن هم یادم نرفته، ولی این‌ها چه ربطی...؟

– حتی ساعت طلا هم خریده بود. اما من فهمیدم، گفتم خودم را می‌کشم، رفت پس داد.

– ساعت طلا؟

– بله، این حمید وقتی خاطرخواه یکی می‌شد، ساعت طلا بهش تعارف می‌داد.

هیچ نمی‌فهمیدم. گفتم:

– نمی‌فهمم. قضیه‌ی ساعت چیه؟ ساعت برای کی خریده بود؟

گفت:

– چرا خودتان را به آن راه می‌زنید؟ برای شما دیگر! عاشق شما شده بود.

از حیرت برجا خشکم زد. اما فرصت نشد که چیزی بگویم و از اشتباه بیرونش بیاورم. حمیدآقا رسید و اثاث مرا برداشت و به طرف فرودگاه راه افتادیم. حتی جامه‌دان و کیف‌دستی مرا دست باربر نداد. می‌گفت نوکرشان این جاست. در راه چند بار تکرار کرد: اگر خوشتان نیامد برگردید این جا، قدم روی چشم نوکرتان.

با آن که حسادت مجید را توهمی بچگانه و حاصل تخیلاتش می‌دانستم، نمی‌دانم چرا دیگر نمی‌توانستم مثل گذشته راحت با حمیدآقا صحبت کنم و موقع دیده‌بوسی خداحافظی، به طور غریزی خودم را کمی عقب کشیدم.

من طبیبم و، با هوموسکسوآلیته، که می‌دانم یک حکم طبیعت و هورمون‌ها است، خصومتی ندارم ولی شخصاً آدم طبیعی هستم و کششی به همجنس ندارم.

باری، وقتی هواپیما اوج گرفت برای برداشتن قوطی سیگار، کیف دستی‌ام را باز کردم. یک بسته کوچک ناشناس در کیفم بود. روی بسته با خط کج و معوجی نوشته بود: «اوغورای ناقابل سفر، تقدیمی نوکرتان حمید» با کنجکاوی بسته را باز کردم: یک ساعت مچی طلا بود.

مشکلات ورود به امریکا به حدی بود که دو سه ماهی نشد سراغی از حمیدآقا بگیرم. بعد تلفن زدم. جواب نگرفتم. چند نامه نوشتم برگشت. ناچار به همسایه‌ی عربش که در مدت اقامت دوبی شناخته بودم نامه نوشتم. جواب داد که آقای حمیدی و پسرعمویش به امریکا رفته‌اند و از آن‌ها نشانی ندارد.

من در امریکا کار پیدا کردم و ماندنی شدم و پروین عاقبت

توانست خودش را به من برساند و برای قصه‌ی پر غصه‌ام لااقل این «هَپی اِند» را بیاورد. ولی دیگر اثری از حمیدآقا و مجیدش که معلوم نشد با چه اسامی جدیدی به کجای امریکا رفته‌اند، پیدا نکرده‌ام.

از دکتر عطایـی پرسیدم:

– برای رفع اتهام از خودتان کوششی نکردید؟ به خصوص این اواخر که صحبت از حکومت قانون می‌کنند، شاید...

گویا مسافران هواپیمایش را صدا زده بودند و ما، غرق در حکایت، متوجه نشده بودیم. با آخرین اخطار، دکتر از جا پرید کیفش را برداشت و دوید و گفتگوی ما ناتمام ماند.

***

دکتر عطایـــی در آغاز گفته بود اگر خواستید جایـی سرگذشت مرا بنویسید «به ملاحظاتی که عرض خواهم کرد» اسامی راتحریف کنید. اما در پایان که با عجله رفت فرصت نشد که این «ملاحظات» را عرض کند. معهذا من خواسته‌ی او را رعایت کرده‌ام.

پاریس

آذرماه ۱۳۷۷

# درجه زیر بغل

از الزامات شغل قاضی، با همه احترام و تشریفی که داشت، چون با طبع احساساتی من سازگار نبود، سخت به تنگ آمده بودم و راه فراری می‌جستم، از قضا یک کنکور ورودی وزارت امور خارجه پیش آمد. شرکت کردم و قبول شدم. قرار بود بعد از انجام تشریفات اداری، از دادگستری به آنجا منتقل بشوم. آخرین ایام دادگستری را سپری می‌کردم. دادستان دادگاه جنحه‌ی شهرستان تهران بودم.

یکی از آخرین پرونده‌هایی که در دست رسیدگی داشتیم، پرونده‌ی شکایت خلیل آقا –یا به قول خودش حاجی‌خلیل‌آقا– آشپز سفارت یکی از کشورهای شرقی در تهران، از همسر جوانش، زهرا، و دکتر جوان همسایه، به جرم داشتن روابط نامشروع بود.

از خصوصیات این پرونده که آن را از پرونده‌های مشابه کاملاً متمایز می‌کرد، یکی زیبایی افسانه‌ای زهرا، زن خلیل‌آقا بود. این زن که شاید بیست‌ودو سه سالی داشت نه آن چنان زیبا بود که هر

کس بتواند توصیفش کند. توصیف‌های حافظی – نوگل خندان، بالا
بلند عشوه‌گر، روی خوش و موی دلکش، نرگس مست نوازش کن
مردم‌دار– را به یاد می‌آورد. چادری بود اما به حکم آنکه پریرو  تاب
مستوری ندارد، رو نمی‌گرفت. در نتیجه– این را دیده بودم– که سر راه
عبور او، آن همهمه و ولوله‌ی جمعیت همیشه حاضر در راهروهای
کاخ دادگستری ناگهان ساکت می‌شد. انگار مردها با دیدن او نفس‌ها
را در سینه حبس می‌کردند. این اولین باری بود که در مدت پنج سال
خدمت قضایی به چنین لعبتی در دادگستری برمی‌خوردم. نمی‌دانم
خلیل‌آقا این آیت زیبایی را در کدام گوشه‌ی کرمان پیدا کرده بود.
خصوصیت دیگر پرونده زمختی و زنندگی حالات و حرکات خود
خلیل‌آقا بود که نقطه‌ی مقابل رفتار نرم و آرام زن جوانش بود.

خلیل‌آقا از آن زمره ارباب رجوع بود که در کنار راه‌های قانونی
یعنی استدلال و ارائه شواهد و مدارک ادعاشان، از سروصدا و داد و
فریاد به عنوان یک تاکتیک دفاعی، استفاده می‌کردند. هر بار که در
دادگاه حاضر می‌شد یک پیت حلبی همراه داشت. از نوع پیت‌های
کوچک پهن مخصوص روغن ماشین، که در پیچی داشت. آن را
می‌آورد و جلوی پایش می‌گذاشت. تکیه‌کلامی هم داشت که «هر
کس یک تکلیفی دارد» و همیشه همراه لفظ «تکلیف» به پیت حلبی
اشاره می‌کرد.

نمی‌دانم از خودش یا از زبان وکیلش شنیده بودیم، به هرحال
از جلسه اول این را می‌دانستیم که پیت حلبی محتوی بنزین بود.
خلیل‌آقا آن را همراه می‌آورد و با تأکیدی که بر لفظ «تکلیف» می‌کرد،
می‌خواست بفهماند که اگر دادگاه تکلیفش را آنطور که او می‌خواهد

معین نکند، خودش تکلیف خود را انجام می‌دهد، یعنی فی المجلس خود را آتش می‌زند. مکمل پیت بنزین یک کبریت بود که آن را هم کنار دستش می‌گذاشت. علاوه بر این صحنه‌آرایی تهدیدآمیز، شگرد دیگری هم برای ارعاب دادگاه داشت. به قصد نشان دادن حساسیتش در مسائل ناموسی، روی جای زخم قدیمی بزرگی که روی سر داشت می‌زد و می‌گفت: «این باج و خراج ناموس است.»

آنطور که از اشاراتش می‌فهمیدیم، میزان مجازات طرف‌های خود را هم خودش پیشاپیش به نمایندگی از طرف دادگاه معین کرده بود: زنش زهرا به سه ماه و دکتر جوان به سه سال زندان باید محکوم می‌شدند تا وجود گرامی او از سوختن در شعله‌های آتش بنزین در امان می‌ماند. مشکل این بود که اولاً از نظر قانون جزای آن موقع، مجازات هر کدام، از زن شوهردار و مردی که با زن شوهردار رابطه نامشروع برقرار می‌کرد، متساویاً شش ماه تا سه سال زندان بود. ثانیاً در پرونده دلیل محکم و به اصطلاح محکمه پسندی بر وقوع جرم رابطه‌ی نامشروع وجود نداشت. خلیل‌آقا یک روز در مراجعت به خانه خبر شده بود که دکتر همسایه در غیاب او از زنش زهرا عیادت کرده است. به وجود رابطه‌ای بین آنها شک برده بود. با دیدن ته لیوان فالوده‌ی سیب روی میز، که زهرا با آن از دکتر پذیرایی کرده بود، سوءظنش تقویت شده بود. وقتی موضوع را با پسر عمویش، که راننده کامیون بود و چند خانه آن طرف‌تر منزل داشت در میان گذاشته بود، پسر عمو گفته بود که چند وقت پیش یک شب از بالای پشت‌بام خانه‌اش دیده که زهرا جلوی در خانه با دکتر مشغول بگو بخند است. زنش را سخت کتک زده بود. زن از ترس به خانه‌ی

مادر خود در آن نزدیکی پناه برده و به خانه برنگشته بود. در نتیجه خلیل آقا از زهرا و دکتر همسایه به دادسرای تهران شکایت کرده بود. زن جوان و دکتر عیادت را تأیید می‌کردند ولی بگوبخند در کوچه و هر گونه رابطه‌ای را منکر بودند.

این مشکلات پرونده، یک مشکل هم ازطرف ما داشت. آقای شهرستانی، رئیس دادگاه که از قضات قدیمی دادگستری بود، از اولین جلسه با دیدن پیت بنزین روحیه‌ی خود را باخته بود. علت هم داشت. چندی پیش از آن، در یک محاکمه، وقتی حکم محکومیت متهمی را صادر کرده بود، متهم به محض شنیدن حکم، ناگهان با چاقویی که معلوم نبود چطور به دست آورده، جلوی چشم قاضی رگ گردن خود را زده بود. آقای شهرستانی از دیدن گردن خون آلود آن جوان حالش بهم خورده و غش کرده بود. بعد هم هر چند مجروح از حادثه جان بدر برده بود، او بر اثر شوک روحی چند روز بیمار و بستری شده بود. با شروع رسیدگی به شکایت خلیل آقا و دیدن پیت بنزین ناراحتی روحی‌اش کاملاً محسوس بود. من پیشنهاد کردم که به مأمورین دستور بدهیم به خلیل آقا اجازه ندهند پیت بنزین را به دادگاه بیاورد. آقای شهرستانی موافقت نکرد. به میان حرفم دوید:

ـ نه، نه. خواهش می‌کنم همچون کاری نکن! به وکیلش گفته اگر نگذارند پیت را توی دادگاه بیاورد خودش را توی سرسرا آتش می‌زند. اگر دم در کاخ هم جلویش را بگیرند توی خیابان آتش می‌زند.

من با آقای شهرستانی رابطه‌ی دوستانه‌ای داشتم. او هم به من به علت تفاوت زیاد سنی، به چشم پسرش نگاه می‌کرد تا آنجا که گاهی به من «تو» می‌گفت.

چون نگران ناراحتی قلبی‌اش بودم ول نکردم:

- آقای شهرستانی، این مرد این سروصدا را می‌کند که طرفش را بهتر تیغ بزند و یک پول بیشتری از او تلکه کند. به شما اطمینان می‌دهم که این مرد خود بسوزان نیست، دروغ می‌گوید. اجازه بدهید بگویم جلوی پیت بنزینش را بگیرند.

زیر بار نرفت و گفت:

- اگر ده درصد، حتی پنج درصد احتمالش باشد، من این دفعه دیگر سکته می‌کنم.

ناچار خلیل آقا و پیت بنزینش را راحت گذاشتم. جلسه‌ی اول به علت تصادف کامیون پسرعمو در جاده‌ی خراسان و حاضر نشدن او که شاهد اصلی بود، جلسه‌ی محاکمه تجدید شد.

در جلسه‌ی دوم، خلیل آقا قبل از همه آمد و با پیت بنزینش سر جایش نشست. پیش از رسمی شدن جلسه‌ی دادگاه، آقای شهرستانی، طبق معمول که طرفین دعوا را به صلح و آشتی دعوت می‌کرد، گفت:

- آقای خلیل آقا، توجه داشته باشید که محکوم شدن همسرتان به حیثیت خود شما لطمه می‌زند. وانگهی شاید این تصور و سوءظن شما در مورد خانم زائیده توهم و خیالات باشد. خانم شما کسالتی داشته، حالش خوب نبوده تلفن زده دکتر آمده عیادتش کرده، و دکتر هم از قدیم گفته‌اند محرم است. وقتی...

خلیل آقا طاقت نیاورد تا آخر گوش کند. برافروخته به میان حرف رئیس دادگاه دوید:

- آقای رئیس، چرا تلفن نزده به شوهرش برود آن دکتر محرم را بیاورد؟

- خوب، لابد درد داشته، تاشما، که می‌گوئید محل کارتان شمران است، به شهر می‌آمدید و دنبال دکتر می‌رفتید شاید دیر می‌شده، یک دردهایـی هست که...

- زن مسلمان ازدرد می‌میرد، بی‌شوهرش دکتر خبر نمی‌کند که بیاید زیربغلش درجه بگذارد.

- حالا شما هم، آقای خلیل‌آقا، این قدر درجه زیر بغل گذاشتن را به دل نگیرید. این چه اهمیتی دارد؟

خلیل‌آقا ازکوره در رفت. فریاد زد:

- چی؟ اهمیت ندارد؟ آقای رئیس، خودتان را جای من بگذارید. جسارت است اگر دکتر پشت‌سر شما خدای نکرده زیر بغل عیالتان درجه بگذارد چه حالی پیدا می‌کنید؟ اگر عیالتان واسه‌ی دکتر فالوده‌ی سیب درست کند، شما باکی‌تان نمی‌شود؟

آقای شهرستانی با لبخند جواب داد:

- والله، حاجی‌آقا، دکتر پشت سر ما و جلوی روی ما، زیر بغل عیالمان که هیچی، جای دیگرش هم درجه گذاشته برای هر درجه گذاشتن هم پول صدتا فالوده‌ی سیب از ما گرفته.

خلیل‌آقا یک لحظه بغض کرد و ناگهان اشکش جاری شد. البته بعد دانستیم که گریه کردن به میل و اراده، تخصص شناخته شده‌ی او بود که همه خوب می‌دانستند. اشک‌ریزان، در حالیکه دو دستی بر سر خلوت رنگ و حنا بسته خود می‌زد، نوحه‌وار گفت:

- ای خدا! ای خدای بیچاره‌ها! نه آبست نه آبادانی، نه گلبانگ مسلمانی. پس چرا من باید باج و خراج ناموس بدهم؟ وقتی زیر بغل عیال رئیس دادگاه هم درجه می‌گذارند، من باید تکلیفم را بدانم...

این را گفت و در پیت حلبی را باز کرد. وکیلش که تازه از راه رسیده بود، دستش را گرفت. آقای شهرستانی با رنگ و روی پریده شروع به رفع و رجوع کرد. ولی خلیل‌آقا که می‌خواست از اول کار میخ زورگویی را محکم کند، فریاد کشید:

- آهای مردم! آهای مسلمان‌ها! کلاهتان را کج بگذارید! می‌گویند درجه زیر بغل مهم نیست. بروید دکتر بیاورید زیربغل زنتان درجه بگذارد. یک خرده هم سیب دماوندی ببرید خانه، زنتان واسه‌ی دکتر فالوده‌ی سیب درست کند.

این های‌وهوی خلیل‌آقا آرامش ناپذیر بود. تا آنجا که من بجای رئیس دادگاه، به او تشر زدم. اما همین موقع، خوشبختانه قال و مقال اعصاب خردکن شاکی را ورود تماشایی متهمان جبران کرد. زن و مرد جوان به اتفاق وکلای مدافعشان وارد شدند و با طراوت و زیبایی و جوانی خود فضای گرفته‌ی دادگاه را روشن کردند. دکتر جوان هم پای زیبایی زهرا در می‌آمد. جمال مردانه‌ی کم‌نظیری داشت. من تا آن موقع زن و مردی به این زیبایی و این قدر جور، یک جا جمع جز روی پرده سینما ندیده بودم. این آخری‌ها هم که فیلم تازه‌ی تایتانیک را دیده‌ام می‌توانم با اطمینان بگویم که بازیگران زیبایش، کیت وینسلت و لئوناردو دیکاپریو، هیچ از زهرا ودکتر محاکمه‌ی ما سر نبودند. در این جلسه موجبات رسیدگی و صدور حکم فراهم بود. ولی چون خلیل‌آقا وکیلش را عزل کرد محاکمه انجام نشد. منظور واقعی خلیل آقا را نفهمیدیم. ولی بهانه‌ی ظاهری‌اش این بود که دیده وکیلش توی راهرو با طرف پچ‌وپچ می‌کرده است.

وکیل خلیل‌آقا یک وکیل تسخیری بود. خلیل آقا، با اینکه آدم

فقیری نبود و خانه‌ی شخصی و ماشین فولکس واگن داشت، آنقدر ناله‌ی نداری کرده بود که دادگاه یک وکیل مجانی برایش تعیین کرده بود. بهرحال جلسه تا تعیین وکیل تازه تجدید شد.

وقتی تنها شدیم، باز سعی کردم با یادآوری جزئیات حرف‌ها و حرکات خلیل آقا، که همه حکایت از دورویی وریاکاری داشت، خیال آقای شهرستانی را راحت کنم. ولی او گوش شنوا نداشت. درنهایت با بی‌حوصلگی گفت:

- ولم کن، برادر. شاید تا جلسه‌ی آینده من مردم و از دست این مردکه خلاص شدم.

***

عاقبت روز محاکمه رسید. وقتی من به کاخ دادگستری رسیدم، با اینکه هنوز خیلی به وقت شروع محاکمه داشتیم، خلیل آقا با پیت بنزینش در سرسرا نشسته بود. آقای شهرستانی هم مدتی بود که آمده و باز مشغول ورق زدن پرونده بود. می‌گفت که از فکر و خیال این پرونده درست نخوابیده و تاریک روشن بیدار شده است. گفتم:

- بهرحال امروز باید حکم بدهید. آنچه مربوط به من است، از ادعانامه طوری دفاع می‌کنم که اگر خواستید بتوانید راحت حکم تبرئه متهمین را صادر کنید.

آقای شهرستانی تکانی خورد:

- شما چه راحت از تبرئه صحبت می‌کنید! هیچ فکر این مردکه‌ی دیوانه را کرده‌اید؟

- راه دیگری ندارید. با دلیل درجه‌ی زیربغل و فالوده‌ی سیب

چطور می‌توانید این زن و این مرد را محکوم کنید؟

- داشتم به همین موضوع فکر می‌کردم. حالا خودمانیم، به اعتقاد تو این‌ها رابطه داشته‌اند یا نه؟

گفتم:

- اعتقاد من یک چیز است و دلایل پرونده یک چیز دیگر. شما روی دلایل موجود در پرونده حکم می‌دهید. اما چون اعتقاد مرا می‌پرسید باید عرض کنم من علم غیب ندارم که بدانم اینها کارشان به عشق‌بازی کشیده است یا نه. اما از یک موضوع کاملاً اطمینان دارم که دلشان پیش هم است. آن جلسه‌ی اول را به یاد بیاورید. این دختر وقتی با آن لهجه‌ی کشدار کرمانی‌اش می‌گفت که به آقای خسروخان فقط به چشم دکتر نگاه می‌کند و برای او احترام زیاد دارد، آدم باید کر و کور باشد تا موقع تلفظ خسروخان، آن ارتعاش عاشقانه صدایش و برق چشم‌هایش را نشنیده و ندیده باشد. این خسروخان او به گوش من «خسرو جان» بلکه «خسرو جان عزیز دلم» رسید.

آقای شهرستانی آمد یک چیزی بگوید اما من ادامه دادم:

- اما دوست داشتن دلیل رابطه‌ی نامشروع نمی‌شود. حکایت پرونده اینست که زن جوان ناخوش بوده، دکتر صدا زده ، دکتر به عیادت او رفته، البته درجه زیربغل او گذاشته فالوده‌ی سیب هم خورده، ولی آیا اینها دلیل وجود رابطه‌ی نامشروع است؟ می‌ماند ادعای پسر عموی خلیل آقا که گفته ساعت ۸ شب از بالای پشت‌بام از فاصله‌ی دور دیده که دکتر و زهرا با هم بگوبخند می‌کنند. هرچند از ریخت این راننده‌ی کامیون در جلسه‌ی پیش پیدا بود که خودش به زهرا نظر  دارد، اما ملاحظه کرده‌اید که وکیل دکتر شهادت او را

کاملاً بی‌اعتبار کرده، چون از شهرداری محل گواهی آورده که آن موقع مدتی بوده که تنها چراغ کوچه شکسته بوده و تاریکی کوچه مکرر مورد اعتراض شفاهی و کتبی اهل محل قرار گرفته است، در نتیجه در کوچه‌ی تاریک آن موقع شب هیچ قیافه‌ای قابل رؤیت و تشخیص نبوده است.

آقای شهرستانی با قیافه‌ی درمانده‌ای گفت:

- اینها را می‌دانم. ولی چه کنیم که یک جنازه‌ی سوخته روی دستمان نماند؟

گفتم:

- ببینید، الان تا شروع محاکمه حدود نیم ساعت مانده است. اجازه بفرمایید من در حضور شما با خلیل آقا صحبت کنم تا به شما ثابت بشود که این پیت بنزین تاکتیک این آقا برای تیغ زدن دکتر است.

- بسیار خوب، اما مرگ من مواظب باش یک حرفی نزنی که یک وقت این دیوانه...

- قول می‌دهم. من دور از شما می‌نشینم با او صحبت می‌کنم. شما سرتان را به پرونده گرم کنید اما گوشتان به ما باشد. اگر دیدید من دارم خطر حریق را زیاد می‌کنم می‌توانید حرفم را قطع کنید.

خلیل آقا را خواستم. در ردیف صندلی‌های مخصوص تماشاچیان، کنار دست او نشستم و گفتم:

- آقای حاجی خلیل آقا، می‌دانید که من به عنوان دادستان وظیفه دارم که نگذارم حقی از شما ضایع بشود.

- خدا از بزرگی کمتان نکند. باور بفرمایید، جناب دادستان، اینها مرا از زندگی ساقط کرده‌اند. از زور بیچارگی دیگر حواس برایم

نمانده است. خدا شاهد است به ناموسم، به مرگ سه فرزندم، شب تا صبح از فکر و خیال خواب ندارم.

– آقازاده‌ها کجا هستند، حاجی‌آقا؟

– همان طرف‌های گلپایگان خودمان یک مختصر علاقه‌ای داریم، همان جا کشت و زرع می‌کنند.

– مادرشان فوت شده؟

– نخیر، هست. ولی ما این زهرا را که خواستیم بگیریم، مادرش گفت به مرد زن‌دار دختر نمی‌دهم، ما هم ناچاری مادر بچه‌ها را که اینجا بود طلاق دادیم رفت پیش پسرهایش.

– عجب! خوب، حاجی‌آقا، شما باید هر خبری و اطلاعی از قضیه دارید که به روشن شدن موضوع کمک می‌کند به من بفرمائید تا بتوانم اجرای عدالت را تسهیل کنم. اولاً بفرمائید ببینم، شما این دکتر را قبلاً می‌شناختید و رابطه‌ای با او داشتید؟

– والله، عرض کنم که این دکتر همسایه‌ی ماست. چند وقت پیش یک دفعه نصف شب ما حالمان بهم خورده بود، نفسمان بالا نمی‌آمد. زهرا را فرستادیم دنبال آقای آصف‌الحکما، چون تلفنش جواب نمی‌داد.نبود یا شبی در را روی زهرا وا نکرد. ناچاری گفتم رفت این دکتر را آورد، آمپول زد نفسمان جا آمد...

خلیل‌آقا بغض کرد و ادامه داد:

– بشکند این گردنم! خودم کردم که لعنت بر خودم باد. من چه می‌دانستم. خیال کردم دکتر است شرف دارد. چه می‌دانستم که بعد پشت سر ما می‌آید زیر بغل ناموس ما درجه می‌گذارد و فالوده‌ی سیب می‌خورد.

– حالا بفرمائید اوضاع و احوال و قرائنی که باعث شد شما به وجود یک رابطه‌ای بین آنها ظن ببرید چه بوده؟

– والله، جناب دادستان، عرضم به حضورتان که ما، غیر از یک روز هفته، باقی روزها صبح تا شب تو سفارت‌خانه گرفتاریم. یک روز چند تا ادویه‌جات کم داشتیم با راننده سفارت رفتم سبزه‌میدان که تهیه کنم. برگشتنی، نمی‌دانم چطور شد، انگار به دلم افتاد که سر راه یک سری به منزل بزنم. به راننده گفتم سرکوچه نگه داشت. اول در زدم، اما چون خیلی عجله داشتم، با کلید وا کردم. با این دکتر خسروخان توی راهرو سینه به سینه شدم. گفت خانم کسالت دارند اما مهم نیست. رفتم تو، دیدم زهرا نشسته پای رادیوساز و آواز گوش می‌کند. گفتم دکتر واسه‌ی چی آمده بود؟

گفت: دلم درد می‌کرد تلفن زدم آمد. گفتم تو که دلت درد می‌کند چرا ساز و آواز گوش می‌کنی؟ گفت: مگر ساز و آواز واسه‌ی دل درد بد است؟ چشمم افتاد، دیدم یک ته لیوان مثل شربت روی میز است. گفتم: این چیه؟ گفت: یک خرده فالوده‌ی سیب واسه دکتر درست کردم. گفتم: پس در زدم نیامدی واکنی، داشتی فالوده‌ی سیب درست می‌کردی؟ گفت: نه، درجه زیربغلم بود.

خیال کردم عوضی شنیدم. گفتم چی زیر بغلت بود؟ گفت: درجه. این را که شنیدم انگار خون جلوی چشمم را گرفت. یک جفت سیلی بهش زدم که دور خودش چرخید و خورد زمین... شما که مرد هستی حال مرا می‌فهمی، جناب دادستان.

گفتم:

– البته، البته.

- فکرش را بکنید. پشت سر شوهر درجه زیر بغل زن بگذارند. زن هم جای اینکه بزند توی گوشش، برایش فالوده‌ی سیب درست کند. دنبالش کردم فرار کرد رفت خانه‌ی مادرش که همسایه‌ی ماست. می‌خواستم بکشمش.

- به هر حال کار عاقلانه‌ای کرده‌اید که او را نکشتید.

- یعنی وقتش را هم نداشتم. باید برمی‌گشتم سفارت شام را درست می‌کردم.

- بالاخره خانم چی شد؟برگشت منزل؟

- نخیر دیگر برنگشت، می‌گوید طلاق می‌خواهم. اما مگر من طلاق می‌دهم؟ بگذارید جرمش ثابت بشود، با پس گردنی برش می‌گردانم. صبر می‌کنم مخصوصاً جرم آن دکتر نادکتر ثابت بشود... فکرش را بفرمائید!... بگو بی‌همه چیز، چطور جرئت می‌کنی پشت سر من زیر بغل ناموس من درجه بگذاری؟... یک درجه‌ای زیر بغل خواهر و مادرت بگذارم که دکتری از یادت برود!

خلیل آقا مکث کرد. بعد از چند لحظه با صدای آهسته‌ای که انگار می‌خواست آقای شهرستانی نشنود گفت:

- جناب دادستان، این را به شما که آدم بامعرفتی هستید می‌توانم بگویم. باور کنید که تا ته جگرم می‌سوزد که این دکتر زیر بغل زهرا درجه گذاشته... آخر، من همیشه بهش می‌گفتم: زهرا، این زیربغلت مرا می‌کشد. یعنی شما نمی‌دانید چه ز یر بغلی دارد! به شما که محرم اهل و عیال مردم هستید، این را می‌توانم بگویم.

طبیعی است که حرف خلیل‌آقا را که به محرمیت من نسبت به اهل و عیالش حکم می‌داد صمیمانه تصدیق کردم. ولی در سن و

سال پیشرفته‌ی امروزی باید اعتراف کنم که آن موقع، تخیل زورمند و سرکش جوانی، بدون آنکه خواسته باشم، «ز یر بغل کشنده»ی زهرا را در نظرم آورد. آرواره‌ام تیر کشید و گلویم خشک شد.

بهرحال، پس از این اعتراف خلیل‌آقا، در این فکر بودم که شاید احساسات لطیف او را دست کم گرفته‌ام، که خودش چرتم را پاره کرد. باصدای بغض‌آلودی گفت:

– اینها مرا از زندگی انداخته‌اند. من بیچاره کلی درآمد داشتم. همه از دستم رفته.

– چطور؟ مگر از کار بیکارتان کرده‌اند؟

– نخیر، ولی من، ورای حقوقم ازمهمانی‌های آقای سفیر کبیر کلی درآمد داشتم. مهمان‌های اینها وقتی از شام راضی هستند یک مشت لیره‌ی طلای جورج کف دست آشپز می‌ریزند. من بعد از هر مهمانی به اندازه‌ی پانصد تومان و هزار تومان انعام داشتم که از دستم رفته.

– بعد از این گرفتاری خانوادگی شما، مهمان‌ها دیگر انعام نمی‌دهند؟

– انعام را آخر شب وقتی می‌خواستند بروند می‌دادند. حالا طوری شده که من تا شام تمام می‌شود دسر و چای وشربت را می‌گذارم عهده‌ی سر پیشخدمت، خودم را می‌رسانم شهر، که هوای زهرا را داشته باشم.

– وضع ناجوری دارید، حاجی‌آقا. از یک طرف عذاب روحی درجه‌ی زیربغل، از طرف دیگر ضرر لیره‌های جورج. کاش می‌شد دادگاه این دکتر را علاوه بر زندان، به پرداخت خسارت مادی شما هم محکوم می‌کرد. لابد در این مدت از سه چهار هزار تومان انعام

محروم شده‌اید.

- مگر نمی‌شود ازش گرفت؟

- شما، حاجی‌آقا، دلیل و مدرکی برای این خسارت ندارید. مگر اینکه سفیر کتباً گواهی کند که شما از فلان مبلغ انعام محروم شده‌اید.

- چی؟ آقای سفیر گواهی کند؟! آقای سفیر اگر بفهمد من انعام می‌گیرم پدرم را می‌سوزاند. من موقع خداحافظی مهمان‌ها، دم در خروجی به هوای اینکه پالتویشان را بگیرم بپوشند یا کتشان را ماهوت‌پاک‌کن بزنم، با کت و کلاه سفید آشپزی می‌روم جلو، یواشکی سکه‌ها را می‌گذارند کف دستم.

- حیف، واقعاً حیف!

- حالا، آقای دادستان، نمی‌شود دادگاه همین طوری خسارت بنده را، که قسم پایش بخورم حساب کند و حکم بدهد؟

- نه، متأسفانه نمی‌شود. مگر اینکه این دکتر بیاید وجداناً قبول کند خسارت شما را تأمین کند.

خلیل‌آقا یا نفهمید یا خودش را به نفهمی زد:

- خوب، این که باید سه سال زندان برود، دیگر پول نمی‌دهد.

- البته این هم هست. مگر اینکه شما بزرگواری کنید و زندانش را ببخشید که در آن صورت...

نگذاشت حرف من تمام بشود نعره زد:

-فهمیدم می‌خواهید بفرمائید به من پول بدهد از ناموسم بگذرم. ای خدا! این هم دادگاه و دادستان! به ما می‌گویند بیا ناموست را بفروش! پس ناموس فروختنی است!

بعد سیلی صداداری به سر خلوت خود زد و گفت:

- این باج و خراج ناموس است. اگر این هم حساب نیست ما تکلیف خودمان را بدانیم.

من آمدم حکایت «باج و خراج ناموس» را از او بپرسم ولی آقای شهرستانی که دیده بود خلیل‌آقا دست به پیچ پیت بنزین برده از جا پرید و گفت:

آقای دادستان وقت محاکمه تقریباً رسیده، اگر موافق باشید شروع کنیم.

با اشاره‌ای او را آرام کردم. دست خلیل‌آقا را گرفتم و کمکش کردم که در پیت بنزین را سرجایش بگذارد. گفتم:

- حاجی‌آقا، چرا خودتان راناراحت می‌کنید؟ من ناچارم همه ی امکانات حل و فصل دعوا را برای شما روشن کنم. گفتم، که اگر این آدم بیاید چهار پنج هزار تومن خسارت شما را بدهد گذشت می‌کنید یا نه. فرمودید نه، نمی‌کنم. این دعوا ندارد.

- شما از اصل نمی‌باید این حرف را می‌زدید. شما باید آدم خودتان را بشناسید.

- حاجی‌آقا، من از لحظه‌ی اول شما را شناختم. فهمیدم یک مسلمان معتقد و یک آدم اصولی هستید. اول، روی دلسوزی فکر کردم شما که از صبح تا شب پای اجاق عرق می‌ریزید چرا باید از این انعامی که پول عرق جبینتان است محروم شده باشید، اما بعد که فکرش را می‌کنم می‌بینم هفت‌هشت هزار تومن دردی را از شما دوا نمی‌کند.

- قربان محبت شما... می‌دانم که از روی دلسوزی این فرمایش را فرمودید.

- اصلاً اگر شما به این معامله رضایت می‌دادید چطور می‌توانستید جلوی مردم سربلند کنید و بگوئید بله، من بعد از این همه بی‌ناموسی آمدم هشت نه هزار تومان گرفتم از متجاوز به ناموسم گذشتم؟

خلیل آقا که ظاهراً به مذاکره علاقه‌مند شده بود گفت:

- حالا این جا هیچی، اگر به گوش خویش و قوممان برسد خون راه می‌اندازند. ما اهل گلپایگانیم. گلپایگانی اگر زنش بی‌اجازه حمام برود خونش مباح است.

- پس اصلاً فکرش را نفرمائید، حاجی‌آقا، بگذارید محکوم بشود برود زندان تا چشمش هشت تا بشود از این غلط‌ها نکند. این که نشد. دیگر سنگ روی سنگ بند نمی‌شود که یکی بیاید زیربغل زن مردم درجه بگذارد، بنشیند باناموس مردم فالوده‌ی سیب بخورد، بعد هم بیاید توی دادگاه دم آخر ده‌هزار تومن به شوهر بدهد و گذشت بگیرد...

بعد از جا بلند شدم، در حینی که بطرف جایگاه خودم می‌رفتم ادامه دادم:

- شما گفتید اهل گلپایگان هستید. چه شهر سرسبز قشنگی است گلپایگان. من دو دفعه گلپایگان بوده‌ام، چه مردم مهمان‌نوازی دارد. مهمان خانواده‌ی معظمی بودم. لابد شما معظمی‌های گلپایگان را می‌شناسید؟

خلیل آقا که از جا بلند شده و دنبال من راه افتاده بود، آهسته گفت:

- جناب دادستان فرمودید که...؟

- عرض کردم که گلپایگان چه شهر قشنگی است. آن رودخانه

قبله و آن امام‌زاده هفده تن و...

– نه، پیش از آن چی می‌فرمودید؟

– پیش از آن... گفتم مهمان خانواده‌ی معظمی بودم... آقای شهرستانی، محاکمه را شروع نمی‌فرمائید؟

– نه، پیش‌تر...؟ راجع به این دکتر چی فرمودید؟

– راجع به دکتر؟... چی عرض می‌کردم؟

آقای شهرستانی دخالت کرد:

– من شنیدم که می‌گفتید اگر دکتر خسارت ایشان را بپردازد... دیگر وقت آن بود که تکلیف دادگاه را روشن کنم. بازوی خلیل‌آقا را گرفتم. چشم در چشم، با لحن تندی گفتم:

– آقای حاجی خلیل‌آقا، دیگر وقتی نمانده. یک سؤالی می‌کنم، خیلی صریح زود تند فوری، آره یا نه جواب بدهید. اگر دادگاه به این دکتر فشار بیاورد که بیست‌هزار تومن نقد خسارت شما را بدهد از شکایتتان گذشت می‌کنید یا نه؟

خلیل‌آقا یک لحظه مبهوت برجا ماند. بعد ناگهان تسبیحی را که در دست داشت به دیوار کوبید و فریاد زد:

– ندارد، آقا ندارد. من می‌دانم ندارد. تازه از دانشکده درآمده، بیست‌هزار تومنش کجا بود؟

سر جایم نشستم و گفتم:

– نه، جناب شهرستانی محاکمه را شروع بفرمائید. امکان سازش نیست.

– خلیل‌آقا جمله‌ای را شروع کرد:

– حالا البته اگر...

ولی آقای شهرستانی نگذاشت تمام کند. دستور شروع محاکمه را داد. زهرا و بعد دکتر و وکلای آنها وارد شدند.

از جریان محاکمه می‌گذرم. همین قدر باید بگویم که وکلای متهمان چهره‌ی خلیل‌آقا را از آنچه بود تیره‌تر کردند. اولاً معلوم شد که حاجی خلیل‌آقا مثل آن شیاد گیسو بافته‌ی حکایت گلستان، که «با قافله‌ی حجاز به شهر درآمد که از حج می‌آیم»، حاجی نیست. و مثل سلف شیاد خود که ـ «شعرش به دیوان انوری یافتند»ـ با آن همه ادعای مسلمانی، نزول‌خور است و معمولاً برای وصول طلبش از آدم‌های آبرودار تنگدست، از تاکتیک پیت بنزین استفاده می‌کند. ازطرفی جای زخم سرش، که آن را «باج و خراج ناموس» می‌دانست، جای ضربت یک قندشکن بود. خلیل‌آقا، قبل از گرفتن زهرا، روی زن اولش یک زن دومی گرفته بود. چون بو برده بود که این زن یک گردن‌بند طلای چل سکه دارد، مکرر با آزار و کتک و شکنجه این گردن‌بند او را خواسته بود. یک روز که به این منظور، طناب به گردن عیالش انداخته بود، زن بیچاره در آخرین لحظه، برای نجات جان خود با قندشکنی که حین تقلا به دستش افتاده بود، ضربت سختی به سر خلیل‌آقا زده بود، بطوری که زخمش را با ده دوازده بخیه بهم آورده بودند.

باری، وقتی منشی رأی دادگاه را می‌خواند، تا به اینجا رسید که: «به علت فقد دلیل متهمان از بزه انتسابی تبرئه می‌شوند»، در حالی که تبسم خفیفی بر چهره‌های زهرا و دکتر نقش بست، نعره‌ی خلیل‌آقا در و پنجره را لرزاند.

ـ چی؟ تبرئه؟ ای خدا! ای مسلمان‌ها! بدادم برسید! کفر و ظلم

دنیا را گرفته. درجه زیربغل زن مردم...

ولی آقای شهرستانی با جرأت و شهامت تازه‌ای صدای او را، با این اخطار که اگر به عربده‌جویـی ادامه بدهد به جرم اخلال نظم دادگاه یکسر به زندان می‌رود، ساکت کرد.

صدایش را برید. اما تا بیرون رفت داد و فریاد تظلم و ناله و نفرین به ما را در سرسرای کاخ از سر گرفت.

وقتی تنها شدیم آقای شهرستانی، که انگار یک بار سنگین صد کیلویـی را زمین گذاشته بود، روی صندلی ریاست ولو شد. گفتم:

– ملاحظه فرمودید که خیلی مشکل نبود.

– اما دیدی که به من و تو در محکمه‌ی عدل الهی وعده‌ی ملاقات داد.

گفتم:

– در محکمه‌ی عدل الهی هم مطمئن باشید نه تنها حکم شما را تأیید می‌کنند، بلکه آن چیزهایـی را که ما، به ملاحظه سنت‌ها و مقررات زمینی جرأت نکردیم به او بگوئیم، رئیس محکمه با وارستگی آسمانی به او خواهد گفت: «پیرمرد متجاوز! حضرت باریتعالی این دو جوان را برای هم خلق فرموده بود. تو غلط کردی با آن سر آفت زده‌ات خودت را انداختی وسط، به زور پدرسوختگی و پول نزول‌خوری حق این طفلک‌ها را غصب کردی!» البته خلیل‌آقا به عدالت محکمه‌ی عدل الهی سخت اعتراض می‌کند که چرا به یک آشپز شرافتمند زحمتکش ظلم می‌کنند. ولی تا می‌آید در پیت بنزینش را باز کند، رئیس محکمه صدا می‌زند:

آهای، نگهبان! بیائید این آشپز زحمتکش رابا پس گردنی ببرید با

پیت بنزینش بیندازید طبقه هفتم زیر جهنم توی هاویه‌ی مخصوص هیتلر و آیشمن، که برای آنها آش زهرمار بپزد!

\*\*\*

خیلی بعد، وقتی دیگر در دادگستری نبودم، یک روز تصادفاً وکیل زهرا را دیدم. از او پایان ماجرا را جویا شدم. گفت: این بچه‌ها در محکمه‌ی استیناف هم تبرئه شدند و خلیل آقا خودش را نسوزاند. زهرا، با گذشتن از مهریه‌اش و بخشیدن همه زر و زیورش به او، طلاق گرفت. خلیل آقا نمی‌دانم به چه ملاحظه‌ای، شاید اشتباه محاسبه، با یک بیوه‌زن مسنی ازدواج کرد. این زن انتقام همه را از او گرفته، روزگارش را سیاه کرده، ولی او از ترس مهریه‌ی سنگین و برادرزن، که قصاب خشنی است و یک بار او را به قصد کشت کتک زده، جرئت نمی‌کند طلاقش بدهد.

از زهرای ماهرو پرسیدم، گفت:

– زهرا با یکی از همکاران ما ازدواج کرده و فعلاً باهم به اروپا رفته‌اند.

پاریس
نوروز ۱۳۷۸

# سگ مادموازل ژولی

در این شب عید نوروز فرخنده‌ی امسال حال و حوصله‌ی قلم بر کاغذ گذاشتن ندارم. چرا حال و حوصله ندارم؟از دست این ناله و زوزه‌ی سگ همسایه که چند روز است از صبح تا شب ادامه دارد و طوری اعصابم را طناب‌پیچ کرده که اگر هم بتوانم چیزی بنویسم، جز در حول و حوش سگ نخواهد بود.

از چند روز پیش سگ همسایه‌ی دیوار به دیوار بنده منزل شروع به زوزه کشیدن کرده، گاه در اتاق و گاه در بالکن، به این زوزه‌ی عصب خراش ادامه می‌دهد. یک روز تحمل، دو روز تحمل، بالاخره روز سوم به سراغ جناب دربان ساختمان، که با عنوان سرنگهبان کّروفری دارد، رفتم. تا حکایت ناله و زوزه‌ی سگ را شروع کردم، قبل از اینکه شرح جراحت اعصابم را بشنود گفت:

– بله، می‌دانم این سگ مادموازل ژولی است. ناراحتش نباشید. برای مامانش که مسافرت رفته گریه می‌کند.

آمدم بگویم من ناراحت او نیستم، ناراحت خودم هستم، که زن دربان و فرزندانش و یک خانم دیگری که آنجا بود، تقریباً همصدا، شروع به غصه خوردن برای تنهایـی و دلتنگی سگ کردند:

- وای طفلکی! وای حیوانکی! وای سگ بیچاره!

خواستم قصه‌ی دلخراش اعصابم را حکایت کنم، که جماعت مهلت ندادند و یکی بعد از دیگری، از من پرسیدند که چه کرده‌ام. از لحن کلام آنها دانستم که متوقع بودند من برای رفع ملال خاطر سگ دور از مامان، در مقام همسایه، گاهی با او حرف بزنم و سرگرمش کنم که زیاد غصه‌ی دوری مامانش را نخورد. با این ترتیب، واقعاً روی هیچ شکوه و شکایتی نمی‌ماند. گذاشتم و آمدم.

باز دو روزی هر جور بود تحمل کردم. چون زوزه‌ی سگ از ساعت ۹ صبح تا ٦ بعدازظهر بود، همسایگانی که به سر کار می‌رفتند چیزی از آن نمی‌شنیدند. تنها یکی از همسایگان، خانمی بازنشسته، که مثل من در خانه کار می‌کند و از این صدا زجر می‌کشید، ابراز همدردی کرد. گفت تحقیق کرده و معلوم شده که مادموازل ژولی به سفر رفته و رفیقش که ظاهراً قول داده که سگ را تنها نگذارد، روزها پی کارش می‌رود و شب‌ها برمی‌گردد. پرسیدم چه می‌شود کرد؟ جواب داد البته می‌توانید به کلانتری شکایت کنید و نتیجه هم بگیرید. ولی اگر این کار را بکنید مطمئن باشید که در چشم نه تنها دربان و خانواده‌اش که خودشان سگ دارند، که در نظر اهل محل قیافه‌ی یک آدم بی‌احساس و بی‌رحم در حد آیشمن جلاد هیتلر را پیدا می‌کنید.

ناچار همچنان دندان روی جگر گذاشته‌ام تا بلکه خدا به دل

مادموازل ژولی بیندازد که زودتر برگردد.

برای اینکه از این درماندگی بنده در مقابله با مزاحمت سگ زیاد تعجب نکنید باید قدری از مقام و منزلت سگ، که در این دیار پادشاهی می‌کند، عرض کنم. سگ‌های اینجا هیچ شباهتی به سگ‌های ما ندارند. موجوداتی هستند که به زحمت می‌شود آنها را سگ خواند. در واقع جز قیافه و صدای سگ دیگر چیزی از سگی- اگر بتوانیم بگوییم از سگیت- در وجودشان باقی نمانده است. به آدمیزاد بیشتر شباهت دارند تا به حیوان: زبان می‌فهمند، حرف حالی‌شان می‌شود، فرمان می‌برند. به دستور واق می‌زنند یا ساکت می‌شوند، سر چهارراه منتظر سبز شدن چراغ راهنما می‌ایستند. نه تنها پاچه‌بگیر نیستند که احتیاط می‌کنند کسی پاچه آنها را نگیرد. به احتمال قوی از نسل قطمیر، همان سگ معروف اصحاب کهف هستند، که به روایت سعدی «پی نیکان گرفت و مردم شد». خلاصه، انگار غرایز سگی را -غیر از عادت بو کشیدن آثار همجنسان در کوچه و خیابان- به کلی فراموش کرده‌اند. هیچوقت فراموش نمی‌کنم آن سال‌هایی که بنده در ژنو بودم، یک روزی بچه گربه‌ی دو ماهه‌ی کوچکی را برای واکسن زدن پیش دکتر دامپزشک بردیم. در اتاق انتظار دکتر، یک سگی به عظمت یک خرس قطبی جلوی پای خانمی طوری لم داده بود که نصف اتاق را گرفته بود.

وقتی ما نشستیم و بچه گربه را از کیف مخصوصش بیرون آوردیم که نفسی بکشد، ناگهان سگ خرس‌آسا از جا پرید و با گوش‌های خوابیده زوزه‌کشان فشار آورد که زیر صندلی صاحبش پنهان بشود. طوری که همه اثاث اتاق را بهم ریخت. صاحبش از من خواهش

کرد که بچه گربه را به راهرو ببرم و توضیح داد:

- این سگ را یک وقتی یک بچه گربه پنجول زده، حالا از بچه گربه می‌ترسد.

گفتم:

- چرا شما سگتان را به راهرو نمی‌برید؟

سر تکان داد و با لحن معذرت گفت:

- خودتان ببینید! این توی راهرو باشد راه را بند می‌آورد.

باید بگویم که همین بچه گربه‌ی سویسی هم که نزدیک بود سگ خرس‌آسا را زهره ترک کند، وقتی بزرگ شد و درشت شد و هیبتی پیدا کرد، تا آخر عمرش از عنکبوت می‌ترسید و وقتی عنکبوت می‌دید، خود را پشت سر ما پنهان می‌کرد.

صحبت سگ بود. گربه را به حال خودش بگذاریم. داشتم عرض می‌کردم که این‌ها فقط ظاهر سگ دارند و در ناز و نعمتی نگفتنی زندگی می‌کنند و عزت و حرمتی حیرت‌انگیز دارند. مؤسسه‌ی آمارگیری «سوفرس» برای کانال پنجم تلویزیون فرانسه از یک همه‌پرسی آماری تهیه کرده است. در این نظرخواهی از فرانسویان سؤال شده: اگر به علتی قرار باشد بین همسرتان و سگتان یکی را انتخاب کنید، کدام را انتخاب می‌کنید؟ نتیجه به این صورت در آخر دسامبر گذشته منتشر شد:

همسرم را: ٦۰ درصد

سگم را: ۲۱ درصد

بی جواب: ۱۹ درصد

احتمالاً بخش بزرگی از ۷ میلیون سگ فرانسوی، در پاریس- که

باید گفت بهشت سگ‌هاست- مقیم هستند. در خیابان‌های پاریس صبح و شب، هر چهار قدم، آقا یا خانمی- بیشتر خانم‌های مسن- را می‌بینید که مشغول گرداندن سگ‌های درشت و ریز، در انتظار قضای حاجت آنها هستند. و این «سگ‌گردانی» البته ضایعاتی دارد و چون هیچ یک از دولت‌های فرانسه، از چپ تا راست، تا حالا زورشان نرسیده که پاریسی‌های سگ‌گردان را وادارند مثل سگ‌داران خیلی شهرهای بزرگ، پس‌ ماندهی سگ‌هاشان را جمع کنند، گذشته از حوادث لیز‌خوردن عابران که سالانه بین دو تا سه‌هزار دست و پا و کمر شکسته راموجب می‌شود، این شهر زیبا اگر- آن طور که خودشان می‌گویند- عروس شهرهای دنیاست، عروس کثیفی است.

این را هم بدانید که طبق آمار رسمی هزینه نگهداری سگ‌های فرانسه، سالانه بالغ بر سی‌میلیارد فرانک (پنج میلیارد دلار) است که از بودجهی بعضی از کشورهای افریقایی بیشتر است.

و گمان نمی‌کنم در هیچ شهری به اندازهی این شهری که ما در آن زندگی می‌کنیم، این تعداد پانسیون سگ، مدرسه سگ، سلمانی و مانیکور سگ، لباس‌فروشی سگ و حتی رستوران مخصوص سگ وجود داشته باشد.

اخیراً یک مؤسسه‌ی ازدواج سگ‌ها نیز شروع به فعالیت کرده است. در ایام عید کریسمس و سال نو، تماشایی‌ترین قسمت فروشگاه‌های معروف مثل گالری لافایت و غیره، غرفه‌ی کادو برای سگ‌هاست که معمولاً نیمی از یک طبقه را اشغال می‌کند. علاوه بر بیمارستان‌های عمومی سگ‌ها، بعضی کلینیک‌های اختصاصی چشم‌پزشکی سگ ها مشغول کارند که بیشتر درآمد آنها از عمل

جراحی آب مروارید چشم سگ‌هاست که بین سه تا پنج هزار فرانک هزینه دارد.

اخیراً از تلویزیون فرانسه شنیدم که بخش روانپزشکی سگ‌ها هم دایر شده است. که پیداست از امریکایی‌ها تقلید کرده‌اند که در کلینیک‌های دامپزشکی‌شان قسمت روانشناسی و روانکاوی سگ دارند.

در این باب، یادم می‌آید دوستمان، دکتر سعید گودرزنیا، از آن زمانی که در نیویورک در سازمان ملل متحد مشغول خدمت بود، حکایتی نقل می‌کرد.

می‌گفت: یک روزی دیدم همسایه‌ی ما، که خانم مسنی بود، در حالی که سگش «میجر» را بغل گرفته بود، با قیافه‌ی گرفته‌ی مصیبت‌زده‌ای جلوی خانه از ماشین پیاده شد. بعد از سلام و علیک، به حکم همدردی همسایگی، پرسیدم که چه اتفاقی افتاده است. گفت که «میجر» را پیش «سایکولوجیست» برده است. پرسیدم چه کسالتی دارد. لحظه‌ای در جواب تردید کرد بعد یکباره زد زیر گریه و هق‌هق‌کنان گفت:

ـ سه‌شب است از غصه نخوابیده‌ام. این میجر مریض شده، دیوانه شده، جادو شده.... دارم از غصه دیوانه می‌شوم.

پرسیدم چه مرضی یا چه عارضه‌ای دارد. با صدای خفه‌ای گفت که سگش تمایلات همجنس‌گرایانه پیدا کرده است. چون دیده که توی پارک جلوی چشم بچه‌های معصوم روی یک سگ نر دیگر پریده است. بیچاره طوری پریشان حال بود که برای آرامش خاطرش گفتم:

- خانم اینقدر ناراحت نباشید. این عارضه در میان حیوانات گاهی پیش می‌آید. خیلی غیرطبیعی نیست. حتی می‌توانم بگویم طبیعی است. و برای اینکه بیشتر خیالش را راحت کنم:

- این سگ ما هم گاهی از این حالت‌ها دارد.

خانم چند لحظه‌ای با چشم‌های گرد مرا نگاه کرد و یک باره با صدای گرفته‌ی دورگه و کلمات بریده گفت:

- چی؟... پس این... پس این میجر من... آره، آره... چند دفعه... دیده‌ام... دیده‌ام توی باغ... با سگ شما بازی می‌کرد... فکر می‌کردم... تو فکر بودم...که این عادت زشت را... این بیماری رو انی را... این را از کجا گرفته... نگو از سگ شما... گرفته... بله، بله، این سگ‌های شرقی! و منتظر هیچ توضیحی نشد. غضب‌آلوده وارد خانه شد و در را به هم کوبید. در دلم گفتم خانم، خدا عقلت بدهد! و پی کارم رفتم. اما بعد، از انجمن تسلیح اخلاقی محله، که ظاهراً خانم همسایه عضوش بود، به من تلفن زدند. خانمی که خود را نایب‌رئیس انجمن معرفی کرد، با لحن خشکی اخطار کرد که ما مکلف هستیم سگمان را فوراً برای تشخیص و معالجه‌ی بیماری روانی‌اش پیش روانشناس ببریم و نظریه‌ی کتبی دکتر را در اسرع وقت به انجمن بفرستیم وگرنه وکیل انجمن برای رفع مزاحمت و جبران خسارت معنوی اقدام قانونی به عمل خواهد آورد. موضوع را به خنده و شوخی برگذار کردم. اما دو روز بعد از طرف انجمن نامه‌ای به همین مضمون رسید. چون دیدم کار دارد بالا می‌گیرد، کتباً جواب دادم که من برای اینکه این خانم خدای نخواسته از فرط غصه و ناامیدی دست به خودکشی نزند، دروغ مصلحت‌آمیزی درباره‌ی عوارض همجنس‌گرایانه‌ی سگمان گفته‌ام.

ثانیاً سگ عفیف ما، به خلاف سگ منحرف جنسی ایشان هیچ نیازی به روانشناس ندارد. و گواهی اخته‌شدگی سگمان را ضمیمه کردم.

***

تا اینجا رسیده بودم که شنیدم سگ مادموازل ژولی، که انگار نیم ساعتی برای تازه کردن گلو ساکت شده بود، دوباره زوزه‌کشی را شروع کرد. قلم را زمین گذاشتم و حالا که شب شده و صدایش را بریده ادامه می‌دهم.

این ایام که زوزه‌ی این سگ اعصابم را خرد می‌کرد، مکرر به یاد آن شاعر حکایت گلستان سعدی افتادم که مدیحه‌ای برای رئیس دزدان گفته بود و در حال فرار از دست سگ‌ها در زمستان یخ‌بسته، گفت: «این چه حرامزاده مردمانند که سگ را گشاده و سنگ را بسته‌اند.» البته این یک یاد آمدن ناخواسته است وگرنه بنده به این سگ زوزه‌کش، سنگ که هیچ، تشر هم دلم نمی‌آید بزنم. شاید بتوانم ادعا کنم که کم کسی به اندازه‌ی من حیوانات را دوست دارد. هروقت از ناسازگاری آدم‌ها دلم می‌گیرد به تماشای حیوانات می‌روم. حیوانات تمیزترین، بی‌گناه‌ترین، دوست‌داشتنی‌ترین مخلوق خدا هستند. وجودشان از حرص، حسادت، تکبر، تنگ‌نظری، کینه‌توزی، انتقام‌جویی و سایر آلودگی‌های اشرف مخلوقات مبری است. با شیخ اجل که می‌فرماید: «سگان را بود در طبیعت بدی- ولیکن نباید ز مردم سگی». به هیچ وجه موافق نیستم. سگان جز خدمت به انسان چه بدی کرده‌اند؟ خانه را از دزد و گله را از گرگ حفظ می‌کنند، به داد گمشدگان کوهستان می‌رسند، راهنمای نابینایان می‌شوند،

در سیرک بچه‌ها را می‌خندانند، سنگ صبور تنهایان هستند... پس کدام بدی در طبیعتشان می‌توان سراغ کرد؟ به هرحال، من همه‌ی حیوانات را از بزرگ و کوچک، وحشی و اهلی، پرنده و چرنده و خزنده، دوست دارم. بخصوص سگ، این حیوان مأنوس و مألوف و خدمتگزار قدیمی انسان را دوست دارم و نمی‌توانم زجری را که در گذشته از بدرفتاری مردم با سگ، برده‌ام وصف کنم.

نسل ما قدیمی‌ها، شاهد رفتاری به نهایت زشت با سگ بوده است. در دوران طفولیت ما، سگ صاحب شناخته شده‌ای نداشت. هرچه بود سگ ولگرد کوچه وخیابان بود و بزرگترین تفریح بچه‌های کوچه سنگ‌پرانی به سگ بود. صدای جیغ مخصوص سگ سنگ خورده یک صدای آشنای همیشگی بود. بچه‌های کوچه که هیچ اسباب بازی و وسیله‌ی تفریح نداشتند اوقات خود ر ا در کوچه به تیله‌بازی یا الک دولک می‌گذراندند واگر در این میان سر و کله یک سگ لاغر و مردنی – همه‌ی سگ‌ها لاغر و مردنی بودند– پیدا می‌شد، طوری سر شوق می‌آمدند که انگار خدا یک اسباب‌بازی پیشرفته‌ی قیمتی برایشان فرستاده است. بازی‌شان را قطع می‌کردند و به بازی سنگ زدن به سگ مادرمرده می‌پرداختند. اما از آنجا که این سنگ زدن به سگ‌ها به عنوان یک تفریح ملی، قرن‌ها ادامه یافته بود، انگار که در وجود سگ‌ها نسل بعد از نسل، نوعی غریزه‌ی پرهیز از بچه‌های کوچه به وجود آمده بود که به محض دولا شدن بچه‌ها برای برداشتن قلوه سنگ از زمین، بسرعت فرار می‌کردند. البته بچه‌ها هم برای مقابله با این ترفند دفاعی، تاکتیک‌های غافلگیری هوشمندانه‌ای یافته و وسایل دورزن، مثل تیرکمان و غیره برای پرتاب

سریع سنگ اختراع کرده بودند. طبیعی است که سگ‌های بالغ بعد از تحمل چند ضربه‌ی قلوه سنگ جانی به در می‌بردند. اما غم‌انگیزتر سنگ خوردن توله‌های یکی دو ماهه بود که پای دویدن نداشتند و صدای ضجه و ناله‌ی آنها را هنوز درگوش دارم. بعد که بزرگ‌تر شدم گاهی به بچه‌های سگ‌آزار کوچه نهیبی می‌زدم. آرام می‌گرفتند، ولی چهار قدم آنطرف‌تر این بازی را از سر می‌گرفتند.

یادش به خیر دوستمان دکتر حسین‌خان، که اهل قم است، می‌گفت: - من تا هفده‌هجده سالگی که از شهرمان قم خارج نشده بودم، هیچوقت قیافه‌ی یک سگ را از روبرو و از نزدیک ندیده بودم. چون در شهر قم سگ وجود نداشت. و اگر تصادفاً یک سگ بخت‌برگشته‌ای راه گم می‌کرد و از قم سردرمی‌آورد، بچه‌های قم تا با قلوه‌سنگ از رخنه‌ی حاج زمون- که یک شکافی در حصار قم بود- بیرونش نمی‌کردند، خوابشان نمی‌برد. در نتیجه من تا وقتی به تهران نیامده بودم، در شهر قم سگ ندیده بودم. یعنی اگر بعد از سال و ماهی سگ دیده بودم، سگ در حال فرار پیشاپیش بچه‌های قلوه‌سنگ به دست بود. دلم برای سگ‌ها همانقدر می‌سوخت که برای بچه‌های بی‌کس‌وکاری که به تلقین آخوندها خیال می‌کردند سگ‌زنی و سگ کشی ثواب دارد!

اصولاً در کشور ما علت این سگ‌آزاری، اگر در درجه اول عدم تربیت و بی‌سروسامانی بچه‌های آن دوران بود، یک ریشه‌ی سنتی مذهبی هم داشت. تا دورترین سالهای مملکت، در هرچه شنیده‌ایم و خوانده‌ایم، نشانی از قوم‌خویشی «سگ» و «سنگ» داشته است.

شهادت شیخ اجل سعدی در این باب گویاست:

همیشه بر سگ شهری جفا و سنگ آید

از آن که چون سگ صیدی نمی‌رود به شکار

یا وقتی از راه ترحم یک لقمه نان جلویش می‌انداختند، احتمالاً
دسر آن قلوه‌سنگ بود:

سگی را لقمه‌ای هرگز فراموش

نگردد گر زنی صد نوبتش سنگ

در ادبیات ما تنها صحنه‌ی مهر و محبت نسبت به سگ را در
مثنوی مولانا می‌بینیم. آن هم نه از جانب خود مولانا، بلکه ضمن نقل
دیوانگی‌های مجنون است که سگ کوی لیلی را می‌بوسید:

همچو مجنون کو سگی را می‌نواخت

بوسه‌اش می‌داد و پیشش می‌گداخت

بوالفضولی گفت ای مجنون خام

این چه شید است این که می‌آری مدام

پوز سگ دایم پلیدی می‌خورد

مقعد خود را به لب می‌استرد

که مجنون بعد از شنیدن ملامت‌ها آخر کار می‌گوید این سگ
کوی لیلی است:

گفت مجنون تو همه نقشی و تن

اندر آ و بنگرش از چشم من

کاین طلسم بسته‌ی مولی‌ست این

پاسبان کوچه‌ی لیلی‌ست این

خلاصه آن که برای دیدن نگاهی با عطوفت در ادبیاتمان نسبت به جنس سگ، باید منتظر صادق هدایت می‌ماندیم.

البته به خلاف نظر بعضی کوتاه‌بینان، این تفاوت سرنوشت سگ‌های ما و سگ‌های فرنگستان، نه دلیل شقاوت و شرارت ذاتی ما و نه حجت عطوفت و انسانیت طبیعی فرنگی‌هاست. لااقل در فیلم‌های مستند دیده‌ایم که اعظم اشقیای فرنگ، آدلف هیتلر، چطور عاشقانه سگش را ناز و نوازش می‌کرد، در حالی‌که خیلی راحت چند میلیون آدم را در اردوگاه‌های خوفناک نابود کرد.

سگ آزاری ما بیشتر نتیجه فقر و فاقه و نادانی و عدم تربیت و ولگردی بچه‌ها بود. به دلیل اینکه این آخری‌ها، وقتی شکمشان کمی سیر شده و سروسامانی یافتند، تحت تأثیر مدرسه و کتاب و سینما و تلویزیون و این جور چیزها (و البته کمبود قلوه‌سنگ در خیابان‌های آسفالته) آن عارضه‌ی بی‌رحمی و سگ‌آزاری بسیار تخفیف یافته و وضع سگ‌ها رو به بهبود گذاشته بود. بعضی سگ‌ها صاحبی پیدا کرده بودند. انجمن حمایت حیوانات به وجود آمده بود. حتی در کرج یک مؤسسه بزرگ نگهداری سگ‌ها با بیمارستان و تجهیزات کامل تأسیس شده بود. کم‌کم داشتیم با سگ آشتی می‌کردیم که انقلاب شد و دوباره اوضاع به هم ریخت. یک ماه بعد از انقلاب، به فتوای یکی از علمای کرج، درهای این مؤسسه‌ی سگداری را گشودند و بچه‌های کرج سگ‌های بیمار را تا مسافتی در راه قزوین با قلوه‌سنگ بدرقه کردند.

با وجود این، تحول روحیات را نمی‌شود انکار کرد. به قرار شنیده‌ها امروز در داخل مملکت بجز در شهر قم که گویا هنوز رسم

قلوه‌سنگ جاری است، در سایر نقاط از شدت سگ‌ستیزی کاسته شده است. سگ‌هایـی خانه و آشیانه‌ای دارند و به شرط اینکه زیاد جلوی چشم آقایان علماء آفتابی نشوند، از مصونیت نسبی برخوردارند.

در خارج مملکت هم، تا آنجا که بنده دیده‌ام روابط هم‌میهنان با سگ‌ها بسیار وگاهی زیاده از حد دوستانه است. تا آنجا که بعضی اوقات پاره‌ای مشکلات اجتماعی به بار می‌آورد. بخصوص این مشکلات در برخورد نسل گذشته‌ی آشنا با قلوه‌سنگ، با نسل جدید قلوه‌سنگ ندیده  قابل ملاحظه است که چند موردش را شخصاً شاهد بوده‌ام.

برای مثال، بنده، در منزل سابقم که همکف خیابان بود، با یک خانواده‌ی هم‌وطن همسایه بودم که سگ داشتند. همسایگانم یک تیمسار سابق ارتش و خانمش بودند. تیمسار که سنی داشت، بعد از فوت همسرش و زن دادن  پسر و شوهر دادن دختر، زن گرفته بود. خانمش بیوه‌ی جوان زیبایی بود که سگی به اسم «منگوله» داشت. البته چون خودش او را سگ معرفی می‌کرد ناچار باید قبول می‌کردیم. ولی برای دیدنش ذره‌بین لازم بود. از آن سگ‌های مینیاتور پوزه‌باریک دست و پا نازک، به اندازه یک موش صحرایـی بود که راحت توی جیب پالتو جا می‌گرفت. خانم عاشق بیقرار منگوله بود. طوری که تمام زندگی خانواده تحت‌الشعاع وجود منگوله قرار می‌گرفت. تیمسار در خانه‌اش هیچوقت نتوانست یک حکایت از خاطرات نظامی‌اش را تمام کند. وسط صحبت او یکباره منگوله با صدای تیز نازکش واقی می‌زد و خانم تفسیر می‌کرد: منگوله حوصله‌اش سر رفته می‌گوید چرا با من حرف نمی‌زنید. و تیمسار که عاشق

زن جوانش بود، برای دلبری از او، صحبتش را می‌گذاشت و سر صحبت با «منگوله‌جون» را باز می‌کرد. ولی چون زبان منگوله جون را که فرانسه بود نمی‌دانست، به فارسی قربان صدقه‌اش می‌رفت، که خانم اعتراض می‌کرد: باهاش فارسی حرف نزن، ذهنش شلوغ می‌شود! اما من درباره‌ی واقعی بودن احساسات دوستانه‌ی تیمسار نسبت به منگوله، تردید داشتم. بخصوص اینکه دیده بودم وقتی تیمسار به تنهایـی منگوله را برای رفع حاجت شبانه بیرون می‌برد، در کوچه کلاه را تا روی ابرو پایین می‌کشید و در سایه‌ی دیوارها در تاریکی راه می‌رفت. پیدا بود که نمی‌خواست کسی او را در این حال سگ‌گردانی ببیند. حق هم داشت.

قیافه‌ی تیمسار درشت هیکل با شاید صدوچند کیلو وزن که تسمه‌ی باریک منگوله‌ی اندازه یک موش را به دست داشت و قدم به قدم می‌ایستاد که منگوله مراتب بوکشی مقدماتی خود را انجام بدهد، براستی مضحک بود. اما یک شبی واقعاً به کنه احساسات تیمسار نسبت به منگوله پی بردم. آن شب پرده‌ی پنجره‌ی رو به کوچه‌ی اتاقم بسته بود. یک وقت صدای تیمسار را در حال سگ‌گردانی در کوچه که از جلوی پنجره‌ام رد می‌شد، شنیدم که آهسته با صدایـی خسته که به زحمت از گلویش درمی‌آمد با منگوله حرف می‌زد:

ـ ده! پدرسگ زودباش! یک ساعته معطلم کرده‌ای! خیر سر بابات کارت را بکن! کمرم درد می‌کند. مرده‌شور آن ریخت کثافتت را ببرد!تو پدر سگ کی سقط می‌شوی جان مرا خلاص کنی!

انگار نفرین تیمسار منگوله را گرفت و آنچه نباید بشود شد. یک روز تیمسار که از دوره‌ی با همکاران سابق می‌آمد، خیلی خسته از

پیاده‌روی، هیکل درشت صدوچندکیلویــی خود را روی یک صندلی ناهارخوری انداخت. نگو منگوله روی آن صندلی زیر یک شال گردن پشمی خوابیده بود. نتیجه معلوم است. تمام دوندگی تیمسار و خانم و تلاش دامپزشک برای نجات منگوله به جایــی نرسید و اقعه‌ی مولمه اتفاق افتاد.

شرح ناله و نفرین خانم که تیمسار را قاتل عمدی منگوله معرفی می‌کرد، گفتن ندارد. دو روز بعد مجلس یادبودی برای منگوله در منزل تیمسار برگذار شد. خیلی‌ها برای ابراز همدردی به دیدار خانم رفتند. تیمسار، بطوری که می‌گفتند، برای جبران خطای خود و به دست آوردن دل شکسته‌ی خانم خیلی تلاش کرده بود. از جمله در مجلس یادبود منگوله کراوات سیاه زده و خود را صاحب عزا نشان داده بود. ولی خانم دیگر تیمسار را نبخشید. حتی شنیدم تهدید کرده بود که انتقام خون منگوله را به سختی از او بگیرد. تا وقتی ازدواج آنها به طلاق کشید و، چون شنیدم خانم خیلی زود دوباره ازدواج کرد، حدس زدم که برنامه‌ی انتقام را قبل از درگذشت منگوله ریخته بود.

یک مورد دیگر را هم شاهد بودم که نزدیک بود اختلاف‌نظر یک زن و شوهر راجع به سگ کارشان را به طلاق بکشاند ولی خوشبختانه به علت به سرقت رفتن سگ، زندگی مشترکشان نجات یافت. خانم وقتی از راه می‌رسید سگش را می‌بوسید و سرسفره نصف ژامبونی را که می‌خورد، با لب خود در دهن سگ می‌گذاشت و در مقابل اعتراض شوهرش که اعتقادات مذهبی داشت، می‌گفت که سگش «استرس» دارد و فقط با این تظاهرات مهر و محبت حالش جا می‌آید.

مشکل این آقا این بود که به جای اینکه خیلی صریح موضوع را

یا از نظر مذهبی مطرح کند و بگوید برای ما مسلمان‌ها سگ نجس و گوشت خوک حرام است و یا جنبه‌ی احساساتی را پیش بکشد و بگوید من بدم می‌آید و حاضر نیستم لب‌های سگ بوسیده را ببوسم، به سبک این بچه آخوندهای فکلی فرنگ رفته که می‌کوشند آداب و رسوم مذهبی را با تئوری‌های علمی توجیه کنند، از خطرات بیمارهای برخاسته از وجود سگ و بیماری «تریشینوز» حرف می‌زد که توی کَت خانم نمی‌رفت و قرینه‌ی سلامت فرنگی‌های سگ‌دار و خوک‌خوار را که یک برابر و نیم شرقی‌های متنفر از سگ و ژامبون عمر می‌کنند، به رخ او می‌کشید. خلاصه به علت این بگومگوی دائمی، زندگی‌شان به مویی بسته بود، که خدا به داد رسید و سگ را یک سارق بانی خیر دزدید.

البته اینها بیشتر نتیجه‌ی غربت و به هم ریختن مدار زندگی تبعیدی‌هاست وگرنه در مملکت خودمان تا بودیم و بود، بعضی‌ها سگ داشتند و ما ندیدیم کسی در نتیجه‌ی سگداری و ژامبون‌خوری، سگباد هندی یا زخم خنازیر بگیرد یا سگ، خانواده را بهم بزند. اصلاً چرا راه دور برویم. همین رفیق قدیم خودم، تورج که اهل شکار است و عمری سگ‌دار بوده، هفتاد را پشت سر گذاشته و به سلامت و صلابت و قبراقی یک جوان سی چهل ساله است.

صحبت به درازا کشیده، اما حالا که صحبت سگ‌داری دوستم تورج شد، این اتفاق را هم که باز به عدم تفاهم درباره‌ی سگ، حتی در یک نسل قلوه‌سنگ دیده مربوط می‌شود، عرض کنم و تا سگ مادموازل ژولی برنامه‌ی زوزه‌کشی را از سر نگرفته مرخص بشوم و کمی استراحت کنم.

تورج که عاشق حیوانات است سگی داشت. این سگ، که اخیراً از دارفانی به سرای باقی شتافت و در گورستان زیبای سگ‌ها در حومه‌ی پاریس آرامگاه آبرومندی دارد، موسوم به «کیمبا» از آن سگ‌های پاکوتاه سوسیس شکل پوزه باریک، و به نهایت بدریخت و بدصدا بود. تورج او را از تهران با خود به پاریس آورده بود. با اینکه دارای شجره‌نامه بود و به اصالت نژاد تظاهر می‌کرد، من تردیدی ندارم که مادر احتمالاً اصیلش، یک شبی سری به نازی‌آباد معروف خودمان زده بود. چون خلقیات سگ نازی‌آباد را که نه آشنا می‌شناسد نه غریبه، به کمال داشت. جای زخم دندانش هنوز روی پای نگارنده این سطور باقی است. روزی که پای بنده را گرفت، صاحبش به عنوان توجیه عمل او فرمود: این بچه تکان دادن پا زیر میز را دوست ندارد. حتماً زیرمیز پا را جنبانیده‌اید! که ناچار بنده از بابت گناه جنباندن پا زیر میز عذرخواهی کردم.

چندی پیش، وقتی کیمبا در قید حیات بود، از قضاء دکتر حسین‌خان، که پیش از این خاطرات سگ‌آزاری بچه‌های قم را از زبان او نقل کردم، و آدمی ظریف ولی کمی حساس است، به پاریس آمده بود. شوق دیدار تورج را داشت. با توجه به اخلاق مهمان‌نواز کیمبا، قبلاً از صاحبش خواهش کردم ترتیبی بدهد که سگ، پاچه مهمان از راه رسیده را نگیرد. گفتم این دکترحسین‌خان که می‌دانید میانه‌ی چندانی با سگ ندارد، اگر از کیمبا چشم زخمی ببیند، تا قیام قیامت شما و حتی بنده را نخواهد بخشید. بعد از تعهد خودداری از تکان دادن پا زیرمیز، امان‌نامه گرفتیم و به خدمتش رفتیم.

انگار پیش از ورود ما ناملایمی برای حضرت کیمبا پیش آمده بود که دوستمان او را بغل خودش نشانده و مشغول دلداری‌اش بود:

- ترا دعوا کرد؟ بی‌خود کرد، غلط کرد... می‌زنمش، می‌کشمش، تکه‌تکه‌اش می‌کنم... غلط کرد پسر مرا دعوا کرد!

ما که رسیدیم سگ را مرخص کرد. تازه نشسته بودیم که کیمبا دوباره به بغل صاحبش پرید و نشست و صحبت ما را مختل کرد. تورج درحال ناز و نوازش او گفت:

- آن کارت را که کرده‌ای، غذا هم خورده‌ای، دیگر چه می‌خواهی؟... می‌خواهی بروی دَدَر؟ چشم، صبر کن دَدَر هم می‌رویم.

بعد رو به دکتر حسین‌خان کرد و از اوضاع ایران پرسید. مهمان، تازه زبان به صحبت باز کرده بود که کیمبا واق زد و تورج باز مشغول او شد. انگار با او مکالمه‌ای را دنبال می‌کرد:

- چشم، کیمباجان... چشم باباجان، دَدَر می‌رویم... واق... چشم، از آن قلقلی‌ها برایت می‌خرم... واق... قلقلی نمی‌خواهی؟ چشم، پوفکی می‌خرم... واق واق... پوفکی هم نمی‌خواهی؟... پس از آن یام‌یام‌هایـی که آن روزی مامان برایت خرید می‌خرم... واق واق واق... خیلی خوب، نمی‌خواهی نخواه. دعوا ندارد....

دکتر حسین‌خان آهسته زیر گوش من گفت، فلانی، بهتر است قدر خودمان را نگه داریم و مرخص بشویم. با اشاره‌ای به صبر و تحمل دعوتش کردم. تورج، که ناراحتی مهمان را احساس کرده بود، سگ را به رعایت ادب دعوت کرد:

- حالا دیگر پسر خوبی باش، پاشو برو پیش مامان... واق واق... خیلی خوب، نمی‌خواهی نرو، اما ساکت بنشین تا من یک خرده با

عموحسین خان صحبت کنم... واق‌واق‌واق...

دکتر حسین‌خان که احساس کردم از این نسبت قرابت عمو برادرزادگی با سگ هیچ خوشش نیامده بود، باز آهسته زیر گوش من گفت:

– پاشو، برادر. با سگ پاکوتاه نسبت فامیلی هم پیدا کردیم. پاشو، پاشو تا بیشتر از این خوار و خفیف نشده‌ایم زحمت را کم کنیم.

تورج آخرین رشوه‌ها را برای ساکت کردن کیمبا، به او می‌داد:

– بارک‌الله پسرخوب، جلوی عموحسین‌خان از این کارهای بد نکن که بگویند بچه‌شان بی‌ادب است... بارک‌الله پسر... نخیر، این پسر خوبی است، پسر با ادب منه، پسر خوب باباست. آقای حسین‌خان، شما می‌دانستید که این کیمبا پسرخوب باباست؟ می‌دانستید که این پسر باباست؟

دکتر حسین‌خان خیلی آرام ولی اخم‌آلود جواب داد:

– بله، چون از سایر آقاز اده‌ها به خودتان شبیه‌تر است.

و در پایان دیدار، درراه مراجعت گفت:

– خیال دارم آقای تورج‌خان را دعوت کنم به اتفاق آقازاده یک چند روزی ما را در قم سرافراز بفرمایند که محبتشان را جبران کنیم. ضمناً آقازاده یک خرده کوچه خیابان‌های قم را سیاحت کنند.

***

مقارن آخرین سطرهای این «سگ نامه»، خبر بهجت اثر بازگشت مادموازل ژولی را دریافت کرده‌ام. نمی‌دانید چقدر خوشوقتم که قصه‌ی غصه‌ام به موقع آخر شده و می‌توانم به اقبال کله‌گوشه‌ی گل،

قدم و مقدم فرخنده‌ی نوروز را بی‌زوزه‌ی جانخراش سگ مادموازل ژولی جشن بگیرم.

پاریس

نوروز ۱۳۷۹

# باغ دلگشای من

حاجی بین‌الله سه بار، در سه مرحله از زندگی، سر راه من قرار گرفته است. یا، فرق نمی‌کند، می‌شود گفت من سه بار سر راه او قرار گرفته‌ام. آن چه در زیر می‌خوانید حکایت این سه برخورد است که برای هر کدام عنوانی اختیار کرده‌ام.

## ۱- وام بی‌بهره

تازه از سفر تحصیل، به تهران برگشته بودم. دوران ملی شدن نفت و مضیقه‌ی مالی بود. مثل خیلی از همدوره‌ها، بیکار بودم. البته در خانه‌ی پدری شام و ناهاری می‌خوردیم ولی پول توجیبی و رفت و آمد و تفریح را دیگر نمی‌شد از پدر پیر بازنشسته خواست. حق‌التحریر خرت و خورتی که توی این مجله آن مجله می‌نوشتیم، ناچیز بود و به جایی نمی‌رسید. ناچار مدام محتاج قرض و قوله بودیم. دوستان اهل قلم حاجی آقایی را معرفی کرده بودند که بدون گرویی قرض می‌داد و بابت ربح هیچ چیزی نمی‌گرفت. فقط ملزم

بودیم یک قالیچه از فرش‌فروشی او بخریم. عنوانش حاجی تقی بود ولی ما بین خودمان اسمش را گذاشته بودیم «حاجی‌بین‌الله» چون تکیه کلام دائمی‌اش «بینی و بین‌الله» بود. قرضی که می‌داد، معمولاً سیصد، چهارصد، پانصد... و استثنائاً حداکثر هزار تومن بود. به این ترتیب که معرف ضمانت شما را می‌کرد. به دیدن جناب حاجی در مغازه‌ی بزرگ چند دهنه‌ی فرش فروشی‌اش می‌رفتید. با روی خوش برای شما دستور چای می‌داد. بعد ورقه‌ای را به عنوان یادداشت قرض‌الحسنه به امضای شما می‌رساند که حوصله‌ی خواندن جملات دراز فارسی و عربی‌اش را نمی‌کردید. آن وقت، برای مثلاً هزار تومن یک چک هزار تومنی به تاریخ یک ماه بعد از شما می‌گرفت. بعد، از صندوق هزار تومن اسکناس درمی‌آورد، می‌شمرد و روی میز می‌گذاشت و می‌پرسید:

– ببینم، شما برای منزل قالی، قالیچه‌ای لازم ندارید؟

دفعه اول، شما، بدون توجه به الزامی که قبلاً به اطلاعتان رسیده بود، جواب می‌دادید:

–نخیر، خیلی ممنونم.

– شما قالیچه‌های ما را ندیده‌اید. وقتی ببینید نظرتان عوض می‌شود. آهای، مَمَد! آن قالیچه‌ها را نشان آقا بده!

لحن صحبت، تکلیف را به یادتان می‌آورد. شاگرد مغازه شما را به تماشای یک پشته‌ی مخصوص قالیچه می‌برد. این قالیچه‌ها در واقع خرسک‌های بنجل بسیار بدشکلی بود که رغبت نمی‌کردید حتی به عنوان کفش پاک‌کن جلوی در خانه بیندازید. ولی گزیری نبود. باید یکی از آن‌ها را انتخاب می‌کردید. شاگرد قالیچه را بلند می‌کرد و می‌آورد کنار میز حاجی‌آقا پهن می‌کرد. حاجی نگاهی به آن می‌انداخت وزبان به تحسین شما می‌گشود:

– ماشاءالله! شما آقا انگار تو کار فرش بوده‌اید. چون بینی و

بین‌الله درجه یکش را انتخاب کرده‌اید. از قضا من توی فکر بودم که این را ببرم منزل برای خودمان.چون یک همچو نقشی به این قیمت! اینقدر مفت!

– چیه قیمتش، حاجی‌آقا؟

– خیلی بیشتر از این‌هاست. اما چون به معرّفتان ارادت دارم به خودتان هم ارادت پیدا کردم، مایه‌کاری حساب می‌کنم: دویست تومن. مبارکتان باشد. انشاءالله سفره‌ی عقد روی این قالیچه بیندازید.

جای حرفی نمی‌ماند. حاجی‌آقا شروع به شمارش مجدد دسته‌ی هزار تومنی اسکناس می‌کرد. دویست تومن از آن را جدا می‌کرد، بابت پول قالیچه، همراه با تعهدنامه به اضافه‌ی چک شما، دوباره در صندوق می‌گذاشت. باقیمانده‌ی اسکناس‌ها را یک دفعه‌ی دیگر با صدای بلند می‌شمرد. البته از شماره‌ی ۲۰۱ شروع می‌کرد و عاقبت دودستی تقدیم شما می‌کرد. اما، اگر شما، وام خواه تازه‌کار، برای رهایـی از گرفتاری حمل این بنجل خریداری شده، پیشنهاد می‌کردید که آن را بگذارید و بروید، حاجی از جا می‌پرید و با لحن رنجش می‌گفت:

– بله، ارزان خریدی به چشمت نمی‌آید. به مرگ سه تا پسرم اگر وضع بازار به این خرابی نبود، محال بود کمتر از چهارصد بدهم. بینی و بین‌الله شانس خوبی داری که این موقع به صرافت فرش خریدن افتادی. بازار فرش رو به ترقی است. دو ماه دیگر اگر نخواستی بیاورش، خودم با صد منفعت ازت می خرم. مبارکت باشد. آی مَمّد! یک ماشین کرایه واسه‌ی آقا صدا کن.

اگر رقم وام چهارصد یا پانصد تومن بود، مکلف بودید یک قالیچه‌ی کوچک‌تر و زمخت‌تر، به اسم «جانمازی» به قیمت صد تومن بردارید که بیست سی تومن هم نمی‌ارزید. ولی حاجی همچنان از شانس و زرنگی شما تعریف می‌کرد. باری، وقتی شما با یکی از

این به اصطلاح قالیچه‌ها، در تاکسی به سوی خانه می‌رفتید، اولین فکرتان این بود که این بنجل را به کدام خدمتکاری هدیه کنید که سلیقه‌ی شما را مسخره نکند. وقتی آدمش را پیدا می‌کردید و خیالتان از این بابت راحت می‌شد، می‌توانستید سرانگشتی حساب کنید که به فرض این که می‌شد روی این شاهکار هنر قالی‌بافی، بیست، سی، چهل یا حداکثر پنجاه تومن قیمت گذاشت، شما در واقع و بینی و بین‌الله، ربحی بین صد و هشتاد تا دویست درصد می‌پرداختید، شاید هم بیشتر، چون من هیچ وقت حوصله‌ی محاسبه‌اش را نکردم.

از گرفتاری‌های وامخواه در صورت تأخیر در پرداخت اصل و فرع این قرض‌الحسنه و مراسم تجدید چک با خرید قالیچه جدید می‌گذرم. چون موجب تکدر خاطر می‌شود.

من ظرف یک سال و اندی، دو قالیچه به نوکر خواهرم هدیه کردم. چون از ماجرای این وام بی‌بهره مطلع نبود، سر قالیچه‌ی دوم، دیگر به شک افتاده بود که من چه منظوری دارم.

چون وضع مالی، با پیدا کردن کار کمی بهتر شد و ضمناً نزول‌خورهای با انصاف‌تری سراغ کردیم، از سال بعد دیگر سروقت این عنصر «نیکوکار» یا به قول سعدی «حاجی مردم گزای» نرفتم و به مرور فراموشش کردم.


## ۲- شوهر شوهردار

قاضی دادگستری بودم و در دادسرای تهران خدمت می‌کردم. یک روز تعطیل بود و من در دادسرا کشیک داشتم. چون پلیس حق نداشت، البته از نظر متن قانون، متهمی را بیش از مدت معینی درکلانتری نگه دارد، روزهای تعطیل، دادسرا کشیک قضات داشت. از قضا، روز خلوتی بود و مشتری زیادی نداشتیم.

پاسبان، پرونده زیر بغل، زن و شوهری را وارد کرد. مرد نسبتاً

مسن ولی عیالش جوان و خوش بَر و رو بود. چادر به سر داشت ولی رویـی نمی‌گرفت. موضوع را پیش از مطالعه‌ی پرونده می‌شد حدس زد. زن جوان با لب شکافته کمی خون‌آلود، نگاه‌های غضب‌آلودی به مرد می‌انداخت. خیلی زود شوهر را شناختم حاجی بین‌الله خودمان بود، با آرایش تازه، یعنی ته ریش سیاه و سفید را یکدست سیاه کرده بود. اما حاجی مرا نشناخت، دلیلی هم نداشت که بشناسد. چند سال گذشته بود. وانگهی او برای ما مرکزیت و مرجعیتی داشت. قیافه‌اش در ذهنمان با روزهای بی‌پولی و گرفتاری و بعد گشایش موقت، همنشین بود. ولی او از صبح تا شب ده‌ها کارمند و پیشه‌ور و روزنامه‌نگار گرفتار بی‌پولی را راه می‌انداخت که هر کدام را یک دفعه موقع گرفتن قرض می‌دید وعلتی نداشت که تصویرشان در ذهنش بماند.

پرونده حکایت از این داشت که حاجی، سر سفره‌ی ناهار، با ملاقه به صورت زن جوان زده و یک دندان او را شکسته است. شکستن دندان یک نقص عضو است، که آن موقع، طبق قانون جزا، در صورت اثبات، جرم جنایی با چند سال زندان بود.

تلاش مأمورین کلانتری برای آشتی و سازش دادن آن‌ها به جایـی نرسیده بود. زن جوان آشفته‌تر از آن بود که حاضر به گذشت بشود. در دادسرا هم با اولین سؤال درباره‌ی امکان گذشت، فریادش به آسمان رفت. علاوه بر شکایت ضربتی که از حاجی خورده بود، او را به انواع منهیات و منکرات، که با شخصیت ظاهری حاجی نمی‌خواند، متهم می‌کرد. حاجی چیزی نمی‌گفت. با حرکات عصبی تسبیح می‌گرداند و در برابر اتهامات زنش، زیر لب «لااله‌الاالله» می‌گفت.

چون ضمن اظهارات طرفین در کلانتری، ذکری از شخصی به نام جمال شده بود، پرسیدم:

ـ خانم، این جمال که انگار موجب اختلاف شما با شوهرتان

شده، کیه؟

خانم بیشتر برآشفت:

– از آقا بپرسید! از آقا بپرسید!... دِه بپرسید ازش! دِه بپرسید دیگه!

حاجی آقا باز سری تکان داد و گفت: «لااله‌الاالله»!

– حاجی‌آقا، از شما می‌پرسم، این جمال که ظاهراً باعث بگومگوی شما شده، کیه؟

– این زن سلیطه‌گری می‌کند، آقا، جمال شاگرد مغازه‌ی فرش فروشی بنده است، کارگر بنده است. چه ربطی به موضوع دارد؟

خانم باز آتشی شد:

– بله، بله، کارگر است! شاگرد است! آقای رئیس، شما را به خدا بفرستید این شاگرد دکان بیاید تماشایش کنید! کارگر بیچاره‌ی زن و بچه‌دارش را بعد از چند سال، بیرون کرد که این پسره‌ی هجده نوزده ساله را بیاورد...

حاجی حرف او را برید:

– مزخرف می‌گوید، آقا بیست و چند ساله است.

گفتم:

– خانم، شما ایرادتان به سن این آدم است؟

– دِه نه! عرض کردم بفرستید بیاید ببینید . بفرستید جمال جون بیاید ببینید این قیافه مال قالی بلند کردن است؟!

برای این که میانه را گرفته باشم گفتم:

– خانم، چرا تعویض شاگرد مغازه را بد تعبیر می‌کنید؟ شاید که..

زن جوان عصبانی‌تر، میان حرفم دوید:

– ببینم، آقا، شما به شاگردی که جلوی اوسایش زنجیر بچرخاند و سوت بزند، می‌گویید شاگرد؟

حاجی دخالت کرد:

– حیا کن، زن!

من، باز برای آرام کردن زن گفتم:

– خانم، توجه داشته باشید، دیگر آن آداب و رسوم قدیم احترام شاگرد به اوسا در این دور و زمانه...

این دفعه حاجی تو حرف من دوید:

– ملاحظه می‌فرمایید، بی‌حیایی و بی‌آبرویی تا کجاست؟

خانم از کوره در رفت.فریاد زد:

– خفه شو، مردا! من بی‌آبرویی می‌کنم یا جمال جونت؟

بعد رو به من کرد:

– آقا، من بو برده بودم که یک جیک و پیکی با هم دارند. چون جمعه‌ها من باید قابلمه می‌بستم آقازاده را می‌برد کرج صبح تا شب، به هوای اینکه قالی می‌برند واسه‌ی شستن. تا این که دیروز رفتم در مغازه، ازش واسه‌ی یک کاری پول بگیرم. مغازه خلوت بود. جمال هم نبود. پرسیدم کجاست. اول گفت همین جاست. گفتم این جا که نیست. آن وقت برگشت گفت تشنه‌اش شده بود رفته یک سینالکو بخورد. من با جون کندن، صنّار از آقا گرفتم. می‌خواستم از مغازه بروم بیرون، دیدم چادرم گلی شده، یک گوشه نشستم پاکش کنم. همین وقت آقاجمال برگشت.پیدا بود که سینالکو را خالی نخورده، چون خیلی شنگول بود. وقتی آمد توی مغازه مرا پشت عدل فرش‌ها ندید، خیال کرد حاجی تنهاست. تا پایش را گذاشت تو، یک دفعه شروع کرد رِنگ گرفتن و بشکن زدن و خواندن. بگو چی می‌خواند؟ تصنیفش راَ واسه این که یادم نرود، تا رفتم خانه حاشیه‌ی مجله نوشتم. بشکن می‌زد و قِر می‌داد و می‌خواند: حاجی تقی، زیر سبیلت هیش، هیش، هیش مو نداره– سرخی لپ ترا نا...نا... نارنگی و لی... لی... لیمو نداره...

حاجی باز اعتراض کرد:

– حیا کن، زن! از خدا بترس!

ولی خانم ادامه داد:

- بشکن می‌زد و می‌خواند. حاجی هم که خیال می‌کرد من رفته‌ام و کسی توی مغازه نیست، وایستاده بود با خنده قر و قنبیل این تحفه را تماشا می‌کرد. حالا رویم نمی‌شود بگویم تصنیفش از زیر سبیل حاجی به چه جاهای بدتری هم می‌رفت. وقتی هم می‌خواند زیر سبیلت هیش هیش مو نداره، همراه هر هیش چه کار زشت دیگر هم می‌کرد. بعد شنیدم که حاجی بهش با خنده گفت: باز از آن زهرماری خوردی؟ گفت خوب کردم. بعد هم، نمی‌دانم حاجی چه انگولکی بهش کرد که جیغ زد: نکن! می‌زنمت ها! من، که پشت فرش‌ها قایم شده بودم و می‌ترسیدم از جایم تکان بخورم، دیگر طاقت نیاوردم. داشت حالم به هم می‌خورد. نزدیک بود بالا بیاورم. از جا پریدم، به دو خودم را از مغازه انداختم بیرون، برگشتم خانه.

حاجی مرتباً لااله‌الاالله می‌گفت و زنش را به بی‌حیایی متهم می‌کرد. اما وقتی خانم، در باب منهیات و منکرات حاجی، بعد از اشاره به مشروب‌خوری پنهانی او، به فصل نزول‌خوری‌اش رسید، انگار کارد به جگر حاجی خورد. از جا پرید و به طرف زنش حمله برد و فریاد زد:

- ببند این دهن صاحب مرده را، پدرسوخته!

اگر منشی جلوی دستش را نگرفته بود، شاید یک دندان دیگر زنش را هم شکسته بود. خانم، با خنده‌ی تلخی این عکس‌العمل شدید حاجی را تفسیر کرد:

- دیدید، آقا؟ همه‌ی پدر سوختگی‌هایش یک طرف، این نزول‌خوری یک طرف! دیدید چطور پرید به من؟ واسه‌ی این که آن کثافتکاری‌هایش اگر رو بشود برایش ضرر پولی ندارد. اما این یکی، یعنی نزول‌خوری، دکان پول درآوردنش است. باید زیرجُل بماند. اگر مردم بفهمند با پول نزول‌خوری مسجد ساخته، دیگر تُف هم به

رویش نمی‌اندازند چه رسد به این که سِفته و براتش را قبول کنند.

حاجی گفت:

ـ لال بشی زن! کور بشی زن! من نزول می‌خورم؟ آقا، به شرفم، به ناموسم، به انبیاء و اولیاءالله قسم، اگر من همه‌ی عمرم یک دینار نزول‌خوری کرده باشم. الهی سه تا پسرم زیر ماشین بروند اگر من دیناری نزول گرفته باشم...

حاجی بعد دست‌ها را به آسمان بلند کرد و بغض در گلو نالید:

ـ خدایا! از تو چیزی پوشیده نیست. اگر من همه‌ی عمرم یک دینار نزول‌خوری کرده باشم، به عزت و شرفت، به بزرگی‌ات قسمت می‌دهم، همین جا قبض روحم کنی، همین جا طاق این دادسرا را روی سرم خراب کن!

گفتم:

ـ حاجی‌آقا، شما نزول خورده‌اید یا نخورده‌اید، بقیه چه تقصیری دارند؟ سقف روی سر شما خراب بشود، من هیچی، این آقای منشی با چند سر عیال زیر آوار می‌رود!

ـ باید ببخشید، اما شما نمی‌دانید یک همچو بهتانی به یک مسلمان چه می‌کند، کجایش را الو می‌زند!

قسم‌های حاجی درباره‌ی پرهیزش از ربا‌خواری و فحش و نفرین به ربا‌خواران عالم تمام شدنی نبود. باز تلاش کردم میانه را بگیرم. خانم فقط به این شرط حاضر بود از گناه حاجی بگذرد که او را فوراً طلاق بدهد و حاجی می‌گفت اگر شاه رگش را هم بزنند حاضر به طلاق دادن نیست و زنش باید آن قدر بنشیند که موی سرش مثل دندان‌هایش سفید بشود. ولی من به حکم وظیفه برای ایجاد سازش بین آن‌ها پافشاری می‌کردم.

خانم، وقتی اصرار زیاد مرا به ایجاد صلح و آشتی دید، مشت روی میز کوبید و فریاد زد:

- نمی‌خواهم، آقا، مگر زور است. من شوهری که زیرسبیلش هیش مو نداره نمی‌خواهم. این خودش شوهر دارد. من شوهر شوهردار نمی‌خواهم.

عاقبت، حاجی را با وجه‌الضمان سنگینی به زندان فرستادیم. که البته روز بعد تأدیه کرد و آزاد شد. ولی تصّور می کنم یک شب استراحت در زندان فرصتی بود که به زندان طولانی در صورت محکومیت به جرم نقص عضو، فکر کند. چون بعد، شنیدم که قضیه به طلاق ختم شد.

من، مثل معمول که موارد جالب توجه را در دفترچه‌ای یادداشت می‌کردم، مورد حاجی و عیالش را زیرعنوان «شوهر شوهردار» ضبط کردم و حاجی، برای بار دوم از صحنه‌ی ذهن من بیرون رفت.

## ۳- باغ دلگشا

اواسط دهه‌ی چهل بود که از مأموریت خارج به تهران برگشتم. مصمم بودم دیگر برای مدت طولانی تهران را ترک نکنم. به این ملاحظه به فکر افتادم بعد از سال‌ها آپارتمان‌نشینی، به یاد دوران کودکی و نوجوانی که در میان درخت و گل گذشته بود، باغچه‌ای تهیه کنم. اما به هر دری زدم با صنّاری که ته کیسه داشتم ممکن نشد. تا عاقبت، به راهنمایی دوستی، در بیست‌کیلومتری تهران، در مجاورت یک باغ بسیار بزرگ میوه، یک قطعه زمین بی‌سند ثبتی هفت‌هزار متری- چون قطعه‌ی کوچک‌تر آن‌جا پیدا نمی‌شد- از صاحب باغ، که به آقای مهندس معروف بود، با چند ساعت آب هفتگی از چاه نیمه‌عمیق او، خریدم. فروشنده وعده داد که خودش و حسین، نگهبان باغ، از هیچ گونه کمک و راهنمایی به من دریغ نکنند.آن موقع به شوق گل و درخت به خودم نگفتم که: ای آدم بی‌عقل، ریشت به پر کمرت می‌رسد تا این زمین خشک بی‌آب و

علف باغ بشود، تازه وقتی باغ شد، چه اطمینانی به امنّیت محل می‌کنی که زیر درخت پشه‌بند بزنی؟

بگذریم. هیچ تجربه‌ای در کار باغ و باغچه نداشتم. اما بختم بلند بود که همان روزهای اول به یک آشنای قدیمی به نام جواد برخوردم، که مرا از کمک مهندس و حسین، که آدم‌های زیاد شسته رفته‌ای به نظرم نرسیده بودند، بی‌نیاز کرد. این جوادآقا را از زمان خدمت در دادگستری می‌شناختم. به مناسبت کمک ناچیزی که به او کرده بودم، احساس حق‌شناسی و محبت فوق‌العاده‌ای به من داشت. سال‌ها بود که دیگر مستخدم دادگستری نبود. در ده مجاور باغ یک دکان فروش مصالح ساختمانی باز کرده بود. روزها پسرش را در دکان می‌گذاشت و قسمتی از وقتش را صرف کار من می‌کرد. من هم هر چه از قلم زدن درمی‌آوردم، صرف ایجاد این باغ می‌کردم. دوستانم صمیمانه کمکم کردند. یکی باغبان معرفی کرد. یکی نقشه‌ی درختکاری و گل‌کاری داد. یکی لوله‌کشی آبرسانی را عهده گرفت، بعد از چند سال، به برکت صبر و حوصله و کوشش، زمین خشک بایر به باغ قشنگ مصفایی مبدل شد. تا آن جا که مهندس صاحب باغ میوه، با پیشنهاد چشم‌گیری، داوطلب خریدش شده بود. ولی من به هیچ قیمت حاضر به حتی صحبت فروش هم نبودم. از تماشای این باغ نوساز نوشکفته که محصول کار خودم بود و اسمش را گذاشته بودم «باغ دلگشا» چنان لذتی می‌بردم که خیال نمی‌کنم لویی چهارده از تماشای باغ ورسای این قدر لذت می‌برد. در عالم خیال، صحنه‌های مهمانی‌های باشکوهی را... که اگر خدا پولش را می‌رساند- می‌خواستم ترتیب بدهم، می‌دیدم. به خصوص بعد از آن که موفق شدم، باز به کمک دوستانم، که یکی نقشه کشید و یک بنا و نقاش و سیم‌کش آورد، با مصالح ساختمانی دکان جواد، یک ساختمان دو اطاقه و یک استخر ده متری در آن احداث کنم.

اولین واقعه‌ی ناگوار باغداری من، ضمن همین عملیات ساختمانی پیش آمد. موتور پمپ استخر را شب همان روزی که نصب کردیم، دزدیدند. جوادآقا معتقد بود که سرقت پمپ به تحریک مهندس صورت گرفته که مرا از ادامه‌ی کار دلسرد کند و باغ را به او واگذار کنم. به هر حال، من به پاسگاه ژاندارمری محل شکایت کردم. دو روز بعد، نزدیک غروب، وقتی به خانه رسیدم، چند زن و بچه که توی کوچه جلوی در خانه نشسته بودند، با دیدن من قیامتی از فریاد و فغان و شیون به راه انداختند. معلوم شد ژاندارمری به دنبال شکایت من، به حسین، نگهبان باغ مهندس، سوءظن برده و او را بازداشت کرده است. آن جماعت، زن و بچه و بستگان واقعی یا قرضی حسین بودند. صدای شیون همصدا و آبروریزشان به آسمان می‌رفت که ای امان! ای خدا! نان‌آور ما را انداخته‌اند زندان، خاک بر سرمان شده، بیچاره شدیم، پس زن و بچه‌اش را هم بیندازید زندان!

جواد آقا را خواستم، آمد. دخالت او هم اثر نکرد. معتقد بود این‌ها به تحریک مهندس آمده‌اند. خلاصه، ناله و افغان مستمر این جماعت انگار در اهل محل و در همسایه‌های ما مؤثر افتاده بود، چون مرا کج‌کج به چشم یک ظالم شقی نگاه می‌کردند. عاقبت، خانواده‌ی حسین را، بعد از پذیرایی شام و قول اقدام برای آزادی حسین، روانه کردم. روز بعد، کار و زندگی را گذاشتم و دنبال پرونده‌ی حسین رفتم. فرمانده‌ی پاسگاه ژاندارمری، بعد از شرحی درباره‌ی سوابق سوء حسین، گفت که مطمئن است که در این سرقت دست داشته و حالا دنبال همدستش می‌گردند که ببینند موتور پمپ را کجا پنهان کرده‌اند. و در جواب من، در مورد آزادی حسین، گفت که کسی را که مورد اتهام در چنین سرقتی است در صورتی می‌تواند آزاد کند که من صریحاً اعلام کنم موتور پمپ مورد بحث پیدا شده است. چون در خودم تاب تحمل یک دفعه دیگر شیون و زاری آن گروه را نداشتم،

نوشتم که موتور پمپ پیدا شده و دیگر تعقیب قضیه موردی ندارد.

چند روز بعد که موتور پمپ جدید را جواد آقا کار می گذاشت، سروکله‌ی حسین پیدا شد، با لحن طلبکاری خطاب به من که آن جا بودم، گفت:

- دیدید آقا، که پمپتان جایی نرفته بود، ما را ناحق و ناروا انداختید زندان؟

جوادآقا به جای من جوابش را داد و بعد از رفتن او گفت:

- بی‌چشم و رو آمده بود که پولی بابت خسارت دو سه روز زندان رفتنش از شما بگیرد. دیدید که وقتی گفتم نخیر پمپ جدید است، با چه قیافه‌ی عنقی رفت؟

بگذریم. در مراحل آخر ساختمان بودیم که یک روز جناب مهندس رسید و خبر داد که باغ میوه را فروخته است و بلافاصله برای اطمینان خاطر من گفت:

- از جهت تعهدات ما نسبت به باغتان نگران نباشید چون خریدار غریبه نیست. دایی من است، عین خود من است.

جواد آقا زیرچشم نگاهی به من و به آسمان انداخت. او هم عین من می‌توانست حدس بزند که دایی‌جان «عین خود او» از چه قماشی است. چون خود مهندس- که از نظر قیافه و رفتار و لحن کلام هیچ شباهتی به یک مهندس نداشت- استاد حساب سازی بود. برای مثال، نصف خرج نصب ترانسفورماتور برق را از من گرفت در حالی که مساحت باغ او شاید متجاوز از سی هکتار بود.

به هرحال، همان روز سعادت دیدار آقا دایی را پیدا کردم. باید حدس زده باشید: حاجی بین‌الله. حاجی، حالا دیگر مرد جا افتاده‌ای شده بود. میان سر خلوت، شقیقه‌ها و ریشش سفید شده بود. عینک ذره‌بینی ته استکانی به چشم داشت. مرا که دید گفت قیافه‌ام به نظرش آشنا می‌آید. ولی من به روی خود نیاوردم گفتم شاید جایی یکدیگر

را دیده باشیم. آمد باغ دلگشا را تماشا کرد و پای اولین اظهارنظر خود امضای قدیمی را گذاشت:

– شنیدم این باغ را خودتان درست کرده‌اید. آفرین، مبارکتان باشد. بینی و بین‌الله باغ مصفایی است.

بعد، از من سؤالاتی درباره‌ی خانواده و پدر و مادر و شغلم کرد. وقتی دانست که عضو وزارت خارجه هستم، شرحی از سفر به لندن برای معالجه همراه خواهرزاده‌اش و رفتن به سفارت گفت و از کمک و محبت یکی از همکاران ما، که در کنسولگری شناخته بود، شمه‌ای تعریف کرد.

اما بعد از بازدید ساختمان کوچک من، سری تکان داد:

– با این ناامنی این صفحات، بینی و بین‌الله خیلی دل و جرأت دارید که این جا ساختمان مسکونی درست کرده‌اید. من که جرأت نمی‌کنم یک شب یک همچو جایی بخوابم.

حاجی با پیش کشیدن موضوع ناامنی محل می‌خواست، به قول اهل بازار، توی سر مال بزند. چون چند روز بعد غیرمستقیم زمزمه آغاز کرد که حاضر است باغ دلگشا را بخرد چون کار او را از نظر رفت و آمد به مرغداری بزرگی که چند فرسخ بالاتر تأسیس کرده، تسهیل خواهد کرد. ولی جواب من معلوم بود.

سال ۱۳۵۷ بود که کار باغ و ساختمان از هر جهت تمام شده بود. ولی وقایع آن سال بحرانی حال و مجالی نمی‌گذاشت که به فکر مبله کردن ساختمان و استفاده از باغ باشم. فقط گاهی سرکشی می‌کردم.

یک روز حاجی، به وسیله‌ی جوادآقا پیغام داد که برای کار مهمی می‌خواهد مرا ببیند. وقتی دید، بی‌مقدمه گفت:

– از حسین شنیدم که شما به مأموریت خارج می‌روید و خیال فروش باغتان را دارید.

این هم حکایتی بود! حسین بعد از قضیه‌ی موتور پمپ، با آن

که بابت فقط باز کردن هفتگی شیرآب، ماهانه‌ی مرتبش را از من می‌گرفت، ولی دیگر با من حتی سلام علیک درستی نمی‌کرد. آن وقت حاجی مدعی بود که من برنامه‌ی زندگی‌ام را به اطلاع او رسانده‌ام!

البته من خبر را تکذیب کردم. ولی صحبت مأموریت خارج بهانه‌ای شد برای حاجی که دوباره سفر لندن را پیش کشید و از آن همکار ما که در کنسولگری شناخته بود و در اولین دیدارمان از لطف و محبت او بسیار گفته بود، مجدداً یاد کرد. بعد ناگهان پرسید که آیا این جوان بهایی نیست؟ و بلافاصله اضافه کرد: آخر می‌گویند بیشتر اجزای وزارت خارجه بهایی هستند.

چنین شایعه‌ای وجود نداشت. در وهله‌ی اول تعجب کردم که حاجی این را از کجا شنیده است. اما لحظه‌ای بعد، به اصطلاح بچه‌ها، دوزاری‌ام افتاد. فهمیدم حاجی، با توجه به اوضاع و احوال و جریانات سیاسی روز، مشغول ساختن زیربنای یک پرونده برای آینده‌ی روابطمان است. جوابش را دادم و گذشت.

حوادث و آشفتگی‌های سیاسی غم‌انگیز آن قدر بود که حاجی بین‌الله و سابقه مردم گزایی‌اش را از یاد برده بودم. بعد از هفته‌ها که به باغ دلگشا نرفته بودم، یک روز تعطیل در فروردین ماه ۵۸ بود که فکر کردم سری بزنم.

وقتی از آخرین پیچ بعد از ده، برای رسیدن به باغ گذشتم، با منظره‌ای به کلی غیرعادی مواجه شدم. عده‌ی زیادی جلوی یکی از باغ‌های تازه جمع شده بودند. یک ماشین جیپ در کناری متوقف بود دو سه مرد مسلح به تفنگ در میان جمع در رفت و آمد بودند. چشمم بین جمعیت به حسین افتاد، او را صدا زدم و علت تجمع را پرسیدم. خیلی خونسرد جواب داد:

– چیزی نیست. مردم ریخته‌اند توی این باغ، صاحبش را که یک ساواکی بوده به یکی از درخت‌ها دار زده‌اند.

بعد، با لحنی که به نظرم معنی‌دار آمد، اضافه کرد:

– همین است دیگر، ظلم عاقبت ندارد. مردم بیچاره را می‌اندازند زندان، شکنجه‌شان می‌کنند، مالشان را می‌خورند، می‌آیند این جا باغ می‌سازند. یک روزی هم این جوری تقاص ظلمشان را پس می‌دهند.

به طرف باغ رفتم. چشمم به حاجی افتاد که او هم گویا به پرسیدن ماجرا آمده بود و حالا به طرف باغ میوه برمی‌گشت. حین عبور سلامش گفتم. دست بلند کرد و گفت که می‌خواهد راجع به موضوع مهمی با من صحبت کند. در باغ دلگشا را باز کردم و در گوشه‌ای زیر سایه‌ی درختی نشستیم. حاجی شروع به صحبت کرد. پس از دلسوزی برای آن بدبخت به دار کشیده شده، گفت:

– من، روی ارادتی که به شما پیدا کرده‌ام می‌خواستم سفارش کنم که شما یک چند وقتی این طرف‌ها کمتر تشریف بیاورید.

متحیر پرسیدم:

– چرا؟ به چه مناسبت؟

– ملاحظه می‌کنید که اوضاع غیرعادی است. خون جلوی چشم مردم را گرفته، برای مجازات عوامل طاغوت بی‌صبرند. بینی و بین‌الله حق هم دارند، از بس ظلمٍ کشیده‌اند. صبر نکردند ببینند این ساواکی جرمی کرده یا نه، اصلاً ساواکی هست یا نه. ساواکی که توی پیشانی‌اش ننوشته، چون که سر زبان‌ها افتاده بود ساواکی است رفته‌اند دارش زده‌اند. برای همین است که عرض کردم یک مدتی جلوی چشم این‌ها نیایـید.

گفتم:

– نمی‌فهمم. موضوع چه ربطی به من دارد؟

– خوب، اوضاع شلوغ است. شما هم که از اجزای وزارت خارجه هستید. به چشم مردم، البته مردم عوام‌الناس، این وزارت خارجه است که پای اسرائیل را به این مملکت واکرده، مردم عوام‌الناس می گویند

اگر نصف پول نفت ما توی جیب اسرائیل می‌رود، تقصیر وزارت خارجه است. بینی و بین‌الله، پرت هم نمی‌گویند.

روشن بود که منظور حاجی از بالا بردن پرچم «مردم عوام‌الناس» و جنایت نابخشودنی وزارت خارجه، تهدید و ارعاب و بُل گرفتن از موقعیت بود. باید مرا می‌ترساند تا بتواند روی باغ دلگشا که آخری‌ها چند بار پیشنهاد خریدش را تکرار کرده بود، دست بیندازد. نفسی تازه کرد و دنباله حرفش را گرفت:

–ضمناً به طوری که شنیده‌ام جنابعالی اهل روزنامه و کتاب و این جور چیزها هم هستید و تازگی‌ها یک کتابی نوشته‌اید و یک مطالبی در تلویزیون نمایش داده‌اید که خیلی به عصمت و شرف مردم مسلمان برخورده، حتی به مراجع شکایت کرده‌اند. بنده روی ارادتی که در این یک سال و اندی آشنایـی به جنابعالی پیدا کرده‌ام...

دیگر جای تردید نبود. حاجی پرونده‌ی کاملی برای من ساخته بود که خردخرد جزیـیاتش را عنوان می‌کرد. تا این موقع آرامش خود را حفظ کرده بودم. ولی وقتی شنیدم آقایـی که می‌گفتند «زیر سبیلش هیش مو نداره» برای عصمت و شرف مردم مسلمان دلسوزی می‌کند، نتوانستم وقار خود را حفظ کنم. من هم، به دنبال او قدم در جاده‌ی پررویـی گذاشتم. گفتم:

–اختیار دارید، حاجی‌آقا! فقط یک سال و اندی؟ آشنایـی ما خیلی بیشتر از یک سال و اندی است. خاطرتان هست روز اولی که تشریف آوردید این جا، فرمودید که قیافه‌ی من به نظرتان آشنا می‌آید؟ برای من هم همین‌طور بود، تا عاقبت یادم آمد همدیگر را خیلی سال پیش در دادسرای تهران دیده بودیم.

حاجی خیلی آرام سری تکان داد و گفت:

– حتماً اشتباه می‌فرمایید، چون من، شکر خدا، هیچ وقت پایم به دادسرا نرسیده.

- خوب فکر کنید یادتان می‌آید. خانمتان از شما شکایتی کرده بود.
با لبخندی گفت:

- خیال می‌کنم اخوی بزرگم را جای بنده گرفته‌اید. چون بنده،
نه با عیال فعلی‌ام و نه عیال قبلی‌ام هیچ وقت کوچک‌ترین اختلافی
نداشته‌ام. اخوی بزرگم یک گرفتاری‌هایـی در دادسرا داشت که...
به میان حرفش دویدم:

- عجیب است. چون من وقتی در دادسرا خدمت می‌کردم، موارد
جالب توجه را توی دفتری یادداشت می‌کردم. مگر اسم جنابعالی
حاجی تقی نیست که فرش فروشی داشته‌اید؟

- چرا، حاجی تقی خود بنده‌ام، ولی... ولی... آهان! یادم آمد. بله،
بله، همان قضیه‌ی پرونده سازی ساواک! بله، ساواک برای لطمه‌زدن
به من و منصرف کردنم از فعالیت به طرفداری از امام، آن ضعیفه
را وا داشته بود که از من شکایت کند.

در مقابل وقاحت خدشه‌ناپذیر حاجی، عنان زبان را رها کردم
که به خیال خودم به اصطلاح رویش را کم کنم.

- من در دفترم قضیه‌ی اختلاف شما با خانمتان را زیر عنوان
«شوهر شوهردار» یادداشت کرده‌ام. چون اگر خاطرتان باشد، آن
روز خانمتان در دادسرا فریاد می‌زد من شوهر شوهردار نمی‌خواهم.
ولی هیچ تیغی و نیزه‌ای به حاجی رویین تن کارگر نبود. با
خنده گفت:

- خیال می‌کنید ساواک وقتی پرونده می‌ساخت، لای پرونده نقل
و نبات می‌گذاشت؟ مگر برای امام آن پرونده‌ی بی‌آبرو را نساخت؟
باید در مقابل این پررویـی سپر می‌انداختم ولی پایداری کردم:

- حاجی‌آقا، آن موقع ساواک هنوز تأسیس نشده بود. وانگهی
قضیه‌ی اختلاف شما و خانم چندین سال پیش از خرداد ۴۲ و شروع
فعالیت سیاسی آیت‌الله خمینی بود. چطور شما را...

حاجی مهلت نداد تمام کنم:

ـ اختیار دارید! امام خیلی پیش از آن که شما تصورش را بکنید دست به کار شده بود. البته شما وزارت خارجه‌ای‌ها سرتان به کار رابطه با امریکا و اسرائیل و این‌ها گرم بود خبر از امام نداشتید.

حاجی داشت زمینه را برای حمله‌ی بعدی آماده می‌کرد. نفسی تازه کرد و ادامه داد:

ـ به هر حال، آشنایی ما چه یک سال چه بیست سال، بنده روی ارادتی که پیدا کرده‌ام، نمی‌خواهم برای شخص شریفی مثل شما، دردسری تولید بشود. باور بفرمایید برای آرام کردن این حسین، همین چند روزه از نفس افتاده‌ام، از بس به گوشش خوانده‌ام و نصیحتش کرده‌ام.

موضوع تازه‌ای بود، با تعجب پرسیدم:

ـ آرام کردن حسین؟

ـ بله، این چون دیده همه‌ی آن‌هایی که بهشان ظلم شده، حالا حقی پیدا کرده‌اند و می‌روند شکایت می‌کنند، پایش را توی یک کفش کرده که برود از شما به دادگاه انقلاب شکایت کند.

ـ چی؟ شکایت از من؟ من به حسین ظلم کرده‌ام؟ من همه‌ی این سال‌ها فقط برای این که هفته‌ای یک دفعه شیرآب را به طرف باغ من باز کند، ماهانه‌ی مرتب خوبی به حسین داده‌ام. چه ظلمی به او کرده‌ام؟

ـ این طور که می‌گوید شما داده‌ایدش دست ساواک و زندان اوین و...

ـ حاجی‌آقا، دروغ می‌گوید. این پسر آدم دروغگوی نابابی است. یادتان هست خودتان یک روزی نمی‌دانم چه کلکی به شما زده بود که می‌گفتید خداوند عالم مادر قحبه‌تر از این پسر نیافریده؟

- والله، من که این جا نبودم خبر از اتفاقات قبلی ندارم. این حرفی است که او می‌زند.

- بله، حاجی آقا، حسین دو سه روز زندان رفت. ولی به دستور من نبود ، ربطی به ساواک نداشت. موتور پمپ ما را دزد برد. به ژاندارمری شکایت کردیم. آن‌ها هم به حسین سوءظن بردند و بازداشتش کردند. کاری که من کردم این بود که از پمپ گذشتم. برای این که آزادش کنند رفتم نوشتم که پمپ پیدا شده. اگر جز این گفته نمی‌دانم اسمش را چه می‌توانم بگذارم.

حاجی ابرویی بالا برد و گفت:

- ولی این پسر می‌گوید که شما چون عکس امام را دستش دیده‌اید، بهش یک تهمتی زده‌اید و داده‌ایدش دست ساواک. حالا می‌خواهد برود شکایت کند.

- بگذارید برود شکایت کند، تا من پرونده‌ی بایگانی شده‌اش را از پاسگاه ژاندارمری بگیرم بگذارم روی میز دادگاه.

- ای آقا! موقع برگشتن از جلوی پاسگاه ژاندارمری رد بشوید ببینید چیزی ازش مانده؟ مردم، همان روز ۲۲ بهمن پاسگاه را آتش زدند، خاکستر شد. به هرحال، این پسر می‌گوید وقتی زندان بوده مادرش از غصه دق کرده و مرده، خیلی دل شکسته است. خدا کند به نصیحت من گوش کند.

دیگر طاقت تحمل نداشتم با لحن تندی گفتم:

- این پسر را تحریک کرده‌اند که مرا از این محل فراری بدهند. خواهش می‌کنم ابداً نصیحتش نفرمایید، بگذارید برود شکایت کند تا ببیند چه بر سر خودش و محرکش می‌آورم.

از حاجی بین‌الله جدا شدم، در حالی که به این تهدید توخالی خودم در دل می‌خندیدم.

برای تأیید حقانیت این خنده‌ی تودلی، زیاد منتظر نماندم. چون چند روز بعد، وقتی توانستم وزیر دادگستری دولت موقت را، که از پیش می‌شناختم، ببینم، با حوصله، همه‌ی ماجرای باغداری من، به دار کشیدن همسایه‌ی باغ و حکایت طمع حاجی به باغ من و شانتاژ به وسیله‌ی حسین را شنید. بعد سری جنباند و گفت:

−فلانی، ما توی چاردیواری شهر تهران هم زورمان نمی‌رسد که نگذاریم هر که را می‌خواهند دار بزنند، چه رسد به بیست کیلومتری خارج شهر! شما هر جور هست با این آقایان کنار بیایید و قال قضیه را بکنید.

گفتم:

− آقای عزیز، منظورتان این است که به قول حافظ:

برق عشـــق ار خرمن پشمینه‌پوشـــی سوخت سوخت

جور شـــاهی کامران گـــر بر گدایـــی رفت رفت

با لبخند درمانده‌ای حرف مرا تأیید کرد.

حاجی چند روز بعد، باز به وسیله‌ی جوادآقا، به عنوان دلسوزی پیغام داد که بهتر است من یک مدتی از رفت و آمد به باغ دلگشا خودداری کنم. گرچه در آن اوضاع و احوال خونبار، دل و دماغ باغ رفتن برای کسی نمی‌ماند و احتیاجی به نصیحت حاجی نبود.

جواد، که قرینه‌هایی پیدا کرده بود که دار زدن آن بینوا، به تحریک حسین و با مشارکت خود او بوده است، یک اول شبی آشفته حال به دیدن من آمد و با نگرانی حکایت کرد که شب پیش،

آخوند ده، سر منبر بعد از این که مقداری از جنایات و فجایع اسرائیل در مملکت صحبت کرده، آخرش فریاد زده: آتش به این وزارت خارجه بیفتد که پای اسرائیل را به این مملکت واکرد. این وزارت خارجه‌ای‌ها از خوارج بدترند، این‌ها اولاد و احفاد ابن‌ملجم ملعونند. جواد آقا متحیر بود که آخوند ده چطور میان همه‌ی مشکلات یکباره یاد وزارت خارجه افتاده است. ولی من منبع الهام او را می‌شناختم. چون «باز شدن پای اسرائیل به مملکت به وسیله‌ی وزارت خارجه» عبارتی بود که قبلاً از زبان حاجی شنیده بودم.

هر بار که جواد را می‌دیدم نگرانی‌اش برای من، از دفعه‌ی قبل بیشتر بود. می‌گفت به در باغ شعار ضد اسرائیلی نوشته‌اند. یک بار که به کلی دست و پایش را گم کرده بود، می‌گفت در ده شایع شده که شما قبلاً سفیر ایران در اسرائیل بوده‌اید. و می‌گفت که سبدهای میوه است که از طرف حاجی به خانه‌ی کدخدا و آخوند ده و دیگران هدیه می‌شود. و بین آن و برافروختگی محیط ده علیه روابط با اسرائیل رابطه‌ای می‌دید و صمیمانه تکرار می‌کرد:

«آقا، بده بهش برود. این حاجی یک شرّی به پا می‌کند. بفروش یک جای دیگر یک چیزی بخر!»

حالم طوری از گل و سبزه و خاک و خاکیان به هم خورده بود که دیگر رغبت دیدن باغ دلگشا را هم نداشتم. من که ده سال بود دیگر پیشنهاد هر مأموریت خارج را رد کرده بودم و می‌خواستم بمانم که بمانم، آرزومند رفتن و رفتنِ هر چه دورتر شده بودم. یک موج دلزدگی و نفرت از شهر و دیار وجودم را فرا گرفته بود که از آن، تا امروز احساس شرمندگی می‌کنم. ولی چه می‌شود کرد؟

وقتی بزرگی، به بزرگی حافظ، آن طور عاشق بی‌قرار وطنش، گاهی در مقابل نامردمی‌ها به جایـی می‌رسد که آرزو می‌کند که شیراز عزیز و آب رکنی و آن باد خوش نسیم را بگذارد و برود و می‌نالد:

یارب زمین پارس عجب سفله‌پرور است

کـو همرهی که خیمه ازین خاک برکنم

آن وقت، بر ما آدم‌های عادی در این باب زیاد خرده نمی‌توان گرفت.

دفعه بعد که جواد خبر آورد که دورتادور باغ روی دیوارها را با رنگ سیاه و قرمز شعار مرگ بر نوکران امریکا و مرگ بر نوکران اسرائیل نوشته‌اند، به او گفتم که هر جور مصلحت می‌داند به اطلاع حاجی برساند که آماده‌ی فروش باغ هستم. روز بعد زنگ زد که حاجی گفته با من تماس خواهد گرفت.

سه چهار روز بعد حاجی تلفن زد. از اظهار دوستی و برادری و ارادتش می‌گذرم. خلاصه‌ی مطلبش این بود که من خبط بزرگی کرده‌ام زودتر به نصایحش گوش نکرده‌ام. چون حالا ناامنی در آن نواحی به حدی است که خود او جرأت رفتن به باغ میوه‌اش را ندارد و هیچ کس حاضر نیست در این شرایط حتی صنار صرف خرید ملک و آب بکند. با وجود این، نظر به ارادت قلبی که به من پیدا کرده، سعی می‌کند ببیند شاید خدا به دل یک کسی بیندازد که بیاید یک پولی بابت این باغ بدهد.

از رفت و آمدها و بندبازی‌های حاجی می‌گذرم. عاقبت یک روزی گفت که یک مرد فقیر مستحقی را، که صاحب چند رأس گوسفند است پیدا کرده که با ذخیره‌ای که دارد می‌خواهد باغ را بخرد.

در حالی که من ظرف ده دوازده سال، بیش از نیم میلیون تومن خرج خرید و ایجاد باغ و ساختمان کرده بودم و خود حاجی پیش از انقلاب تا حدود یک میلیون تومن پیشنهاد می‌کرد، فقیر مستحق گوسفندی حداکثر مبلغ ۱۲۰ هزار تومن پیشنهاد کرده بود.

به جواد پیشنهاد کردم که اگر قرار باشد به ۱۲۰ هزار تومن بفروش برود، او بیاید و بخرد. چون واقعاً، و به قول حاجی، بینی و بین‌الله، او، از گوسفندی مستحق‌تر بود. سری تکان داد و گفت:

- اگر نصف این قیمت هم باشد به درد من نمی‌خورد. چون حاجی به این باغ نظر دارد، دودمان مرا به باد می‌دهد. برای احتیاط، از حالا هو انداخته‌اند که من وقتی دادسرا خدمت می‌کردم زندانی‌ها را شکنجه می‌کردم، که شما می‌دانید من در دادسرا فقط پیشخدمت بودم. در فکر هستم که زودتری اصلاً از تهران بروم.

بعد از این که یک شب، شعارنویس‌ها به داخل باغ رفتند و دیوارهای ساختمان را هم با شعار مرگ بر نوکران اسرائیل سیاه کردند، درباره‌ی قیمت پیشنهادی «گوسفندی مستحق» - که بعدها دانستیم نوه‌ی برادر حاجی است و شباهتش با او، قوم‌خویشی را فریاد می‌زد- توافق شد.

بخش آخر حکایت، ماجرای تحویل و تحول است. نصف وجه به من پرداخت شده بود و قرار بود برای دریافت نصف دوم و تحویل کلید به باغ بروم. وقتی آن جا رسیدم جلوی در باغ را شلوغ دیدم جمعیتی آن جا بود. دو سه ماشین پیکان متوقف بود. به محض این که من از ماشین پیاده شدم سه چهار نفر به طرف در باغ هجوم بردند ولی حسین که بیل به دست جلوی در باغ موضع گرفته بود آن‌ها را با فریاد گوشخراشی عقب زد: الزرع للزارع!

این صحنه بسیار تماشایی و مسلماً از شاهکارهای حاجی بود. به حسین بی‌سواد که حرف روزمره‌اش را نمی‌توانست درست تلفظ کنند. حدیث عربی یاد داده بود. ولی معلوم نبود این مرد که بابت فقط باز کردن شیرآب، ماهانه‌ی مرتبی گرفته بود و به مناسبت این معامله‌ی پرسود هم، من انعام خوبی به او داده بودم، به چه حقی ادعا می‌کرد که الزرع للزارع، یعنی کشت مال کشتگر است؟ چه کشتی در باغ دلگشا کرده بود؟

گوسفندی و همراهانش که مسلماً بازیگران این صحنه‌سازی بودند، رو به من آمدند که آقا، رفع مزاحمت کنید. شما باید باغ را بدون مدعی تحویل بدهید! مذاکرات برای اجازه‌ی دخول بیش از یک ساعت به طول انجامید عاقبت حسین، با دریافت پنج هزار تومن از نیمه دوم قیمت باغ، بیل را پایین آورد و از جلوی در کنار رفت. جواد را سوار کردم و به راه افتادم. هوای آن جا دیگر برایم قابل تنفس نبود. خیال نمی‌کنم هیچ دزدی بعد از سرقت بانک، به آن سرعتی که من از باغ دلگشا دور شدم، فرار کرده باشد.

برای این که انسانیت به یکباره در نظرم نمیرد، دست قضا جواد بزرگوار را سر راهم قرار داده بود. این مرد را هر چه کردم حاضر نشد سهمی از این «مداخل» من بگیرد. با قاطعیت رد کرد و گفت:

– شما به من ماهیانه داده‌اید، دیگر چه پولی؟ ابداً فکر من نباشید منم که باید برای شما غصه بخورم. یادم نمی‌رود که می‌گفتید حسرت درخت و گل داشتید. دیدیم که تا فراهم شد، حاجی زد و برد. اما، به دلتان بد نیاورید. خداوند آن بالا ناظر است. انشاءالله جای دیگر برای شما باغ درخت و گل جور می‌کند که حسرت به دلتان نماند.

این نامرد نامسلمان را هم به خاک سیاه می‌نشاند.

الان بیست و چند سال از آن واقعه می‌گذرد. خداوند برای من هنوز باغ درخت و گل جور نکرده و همچنان آپارتمان‌نشین و حسرت به دلم. ضمناً نشنیده‌ام که آن «نامرد نامسلمان» را به خاک سیاه نشانده باشد. چند سال پیش آشنایی، که به فرانسه می‌آمد، نامه‌ای از جواد برای من آورد. نوشته بود که تهران را گذاشته و به زادگاهش، اراک، برگشته است. از حال من جویا شده بود. احساس کردم که این مرد پاک‌نهاد به خصوص می‌خواست بداند دعایش، که برای من از خدا باغ درخت و گل خواسته بود، چقدر مستجاب شده است. در جواب، برای راحتی خیالش، به او اطمینان دادم که میان باغ درخت و گل زندگی می‌کنم.زیاد دروغ هم نمی‌گفتم. چون نه تنها من، که همه‌ی ساکنان پاریس میان درخت و گل زندگی می‌کنند. این شهر باغ بزرگ زیبایی است که در آن، اگر آسمان ایران هم بالای سرم بود و دوستان همدل و همزبانم هم بودند، دیگر بینی و بین‌الله، کم و کسری نداشتم.

پاریس

مرداد ماه ۱۳۸۰

# چون قضا آید طبیب ابله شود

دیدار دوست قدیم و ندیم، مهران، که عمری بود ندیده بودمش، غنیمتی بود. دو روز در پاریس توقف داشت. دیدار این رفیق عزیز را مدیون حضور یکی از امیران ارتش در پاریس بودم. دکتر مهران که دانشگاهی و مورخ است و یک تألیف تاریخی راجع به دوران سلطنت صفویه در دست تهیه دارد، قصد داشت از تیمسار، که مطالعات و تحقیقاتی درباره‌ی تاریخ استفاده از اسلحه‌ی آتشین در ایران دارد، اطلاعاتی راجع به سلاح‌های جنگ چالدران بین ایران و عثمانی، کسب کند. چون حومه‌ی پاریس را درست نمی‌شناخت، قرار شد من او را به خانه‌ی تیمسار راهنمایی کنم.

مدتی در هتل به انتظارش نشستم تا برگشت. شخص دیگری هم درهتل منتظر او بود. مردی مسن وموقر، که بعد معلوم شد سرهنگ ارتش سابق و از بستگان سببی مهران است و برای دیدار

او از آلمان به پاریس آمده است. مهران رسید و برای تأخیرش فراوان عذرخواهی کرد. یکی از دوستانش یک شماره‌ی قدیمی یک مجله‌ی علمی فرانسوی را از او خواسته بود و او برای پیدا کردن آن مدت زیادی وقت صرف کرده بود و چند مجله‌فروشی و کتابفروشی را زیر پا گذاشته بود. سرهنگ هم وقتی دانست مقصدمان کجاست، با علاقه همراه ما به راه افتاد. بطوری که می‌گفت، از همکاران و دوستان نزدیک تیمسار بوده است.

مهران تصادف سختی را پشت سر گذاشته بود. بعد از چند ماه بیمارستان و جراحی‌های متعدد در امریکا، هنوز به کمک عصا، آهسته و لنگان قدم برمی‌داشت. در راه، هم او و هم سرهنگ، فصل مشبعی از فضائل و معلومات تیمسار، بخصوص درباب تاریخ، حکایت کردند، بطوری که من هم به دیدارش مشتاق شدم و مثل دوستم کاغذ و قلم آماده کردم که از سئوال و جواب یادداشت بردارم.

تیمسار که در آپارتمانی دورافتاده و تنگ و تاریک ولی به نهایت تمیز و به نهایت ایرانی منزل دارد، ما را با روی گشاده پذیرفت. تزیینات ساده‌ی سالن از ذوق و سلیقه‌ی صاحب خانه حکایت می‌کرد. طرز قرار گرفتن مبل‌ها طوری بود که من می‌توانستم در کناری با فاصله از دیگران بنشینم و بدون جلب توجه از صحبت‌ها یادداشت بردارم و از این کار غفلت نکردم. در انتظار رسیدن صحبت به باب تاریخ، گفتگوی مقدماتی را هم- البته بعد از تعارفات مرسوم و احوالپرسی‌ها- به این صورت یادداشت کردم:

**تیمسار**- ما اینجا همین قدر شنیدیم که تصادف سختی داشته‌اید. کسانی هم که از آنجا می‌آمدند می‌گفتند که سرتاپایتان را گچ گرفته‌اند چون چندین شکستگی استخوان داشته‌اید. هم من و هم خانم خیلی

ناراحت شدیم. بخصوص که نه آدرس داشتیم نه نمره تلفنی که از حالتان جویا بشویم. بفرمائید ببینیم چی بود این تصادف؟

**مهران**- عرض کنم که این تصادف بنده...

تیمسار به میان حرف او دوید:

- البته حدس می‌زنم که چه عذابی کشیده‌اید. چون خود ما هم تقریباً مقارن تصادف شما گرفتار بودیم.

**مهران**- جنابعالی هم تصادف داشتید؟

**تیمسار**- نخیر مال من تصادف نبود. بلای آسمانی بود که بر سر ما نازل شد. چطور شما اطلاع ندارید؟ خبرش به همه‌ی دوستان و آشنایان رسید. همه از همه جا برای احوالپرسی زنگ زدند. از ایران از امریکا حتی از دوبی تلفن‌هایی داشتم.

**مهران**- بنده شرمنده‌ام که مطلع نشدم که...

**تیمسار**- شما که عذرتان خواسته است. اما خبر این اتفاق من هم، همین طوری دهن به‌دهن به دوستان رسید. چون من از آنهایی نیستم که به محض احساس سرماخوردگی همه را به طلب عیادت و احوالپرسی خبر می‌کنند. بگذریم. از تصادفتان می‌فرمودید.

**مهران**-تصادف من هم مثل همه تصادف‌ها ضایعات و خساراتی داشته که چون گذشته، دیگر قابل بحث و صحبت نیست.

**تیمسار**- شما هم همان خلق و خوی مرا دارید. دوست ندارید از گرفتاری‌ها و ناخوشی‌هاتان صحبت کنید. بعکس خیلی‌ها، که وقتی به حکایت ناخوشی‌شان می‌نشینند دیگر صحبتشان تمامی ندارد. آن چیزی هم که بخصوص برایشان مهم است رساندن عظمت ناراحتی‌شان است که با ناراحتی دیگران قابل مقایسه نیست. درد و عذاب سایرین در مقابل درد و عذاب آنها شوخی است. اگر خانه

روی سر همسایه خراب شده باشد، به اندازه‌ی یک پیله‌ی دندان آن‌ها عذاب نداشته است. از آن طرف ملاحظه کرده‌اید که این هموطنان عزیز ما  که هر کدام عمری در فرنگستان سر کرده‌اند، هنوز نفهمیده‌اند یا نمی‌خواهند بفهمند که این «حالتان چطوره؟» یا در فرانسه «کمان تاله‌وو؟» یا در انگلیسی «هاو آریو؟» هر چند شکل سئوال دارد، جزو تعارفات و اتیکت معاشرت است و جوابش  در واقع جز یک اظهار تشکر ساده نیست. در نتیجه، در مقابل این کلام ادب و احترام، شروع می‌کنند به گزارش تفصیلی آنفلونزای اخیرشان، از فین فین اولیه تا سردرد و  سرما سرما شدن و احیاناً تغییر رنگ ادرار و در نهایت صرف مسهل و اجابت‌های مزاج حکایت می‌کنند. حالا، بنده در مقابل، در عین بحران درد کشنده هر کس تلفن می‌زد و می‌پرسید چطوری؟ اگر در جواب نمی‌گفتم بسیار خوب یا خوب، لااقل می‌گفتم بد نیستم. در حالی که از شدت درد آرزوی مرگ می‌کردم. بگذریم  صحبت تصادف شما بود.

**مهران**- تصادف من همانطور که عرض کردم...

**تیمسار**- درد هم فقط درد جسمانی نبود. درد روحیِ ندانستن علت درد هم آزار می‌داد. حالا شما تصادف کرده‌اید دستتان شکسته، پاتان شکسته، می‌فهمید چرا درد می‌کشید ولی من متحیر مانده بودم. آدم صحیح و سالم، سه چهار روز پیش‌تر در مریض‌خانه چکاب کامل کرده‌ام. همه چیز سر جا و به قاعده: فشارخون، چربی‌خون، تری‌گلیسیرید، کولسترول ، همه به نهایت نورمال. همان روز یک ساعت راهپیمایی معمولم را کرده‌ام. سرسفره نشسته‌ام، با کمال اشتها شام را خورده‌ام. جای شما خالی خورشت قیمه‌بادمجان با غوره داشتیم. غوره‌ای که همشیره‌ی خانم از تهران سوغات آورده

بود. نشسته‌ام دارم دسر می‌خورم. یادم نیست پرتقال بود یا گلابی، نصفش را پوست کنده بودم که یکباره یک دردی توی شکم و کمرم پیچید که از وسط دوتا شدم و از روی صندلی به زمین غلتیدم.

**مهران**- کرامپ معده!

**تیمسار**- کاشکی کرامپ معده بود. کرامپ کی همچو دردی دارد؟ از شدت درد سرم را به زمین می‌کوبیدم. ببینید چه دردی باید باشد که آدمی مثل مرا از پا بیندازد. سرهنگ که با من در مأموریت‌ها بوده می‌داند که کمتر کسی به اندازه‌ی من تحمل و مقاومت در برابر درد را دارد.

**سرهنگ**- ماشاءالله کوه مقاومت.

**تیمسار**- پایم شکسته، دستم شکسته، خم به ابرو نیاورده‌ام و تحمل کرده‌ام. اما این یکی فوق طاقتم بود. بگذریم صحبت از تصادف شما بود.

**مهران**- نخیر، صحبت دردکمر تیمسار بود.

**تیمسار**- در تصادف شما نمی‌دانم یک همچو درد شدیدی پیش آمده یا نه. ولی دوستانی که تصادف ماشین داشته‌اند قبول دارند که دردشان با مال من قابل مقایسه نبوده. درد شدید از پهلوی راستم راه می‌افتاد می‌رفت به پهلوی چپم و...

**سرهنگ**- لومباگو.

**تیمسار**- کاشکی لومباگو بود! بگذریم. سرتان را درد نیاورم. خلاصه اینکه خانم دستپاچه زنگ زد و اورژانس پزشکی آمد. دکتر اورژانس انگار سر در نیاورد. با آمبولانس مرا بردند بیمارستان، آنجا آمپول مسکن قوی زدند. درد افتاد، اما دردسرتان ندهم. یک ساعت بعد از نو گرفت و چه کشیدم و چه بلاها سرم آوردند تا وقتی که

عکس گرفتند و فهمیدند قضیه از چه قرار است که...

**سرهنگ**- سنگ کلیه؟

**تیمسار**- کاشکی سنگ کلیه بود!

**سرهنگ**- پس چی بود، تیمسار؟

**تیمسار**-اگر حوصله بفرمائید شرح تصادف دوست عزیزمان را بشنویم، بعد عرض می‌کنم. بله می‌فرمودید.

**مهران**- تصادف من در مقابل عذاب و آزاری که به جنابعالی داده‌اند...

**تیمسار**- عذابی که تا مرحله‌ی عکس گرفتن به من دادند خودش یک فصل مستقل است که باید وقتش حکایت کنم. اما تا آن موقع چند تا دکتر متخصص آمدند و رژه رفتند و از سوابق ناخوشی‌ها پرسیدند و در نهایت هیچ نفهمیدند، بماند. فرمود: چون قضا آید طبیب ابله شود. وقتتان را تلف نکنم. عاقبت پروفسور رئیس بخش آمد. بعد از بررسی نتیجه‌ی معاینات خیلی تند و نظامی‌وار دستور داد: شلوارت را دربیاور و روی شکم بخواب! اینها یک امتحانی دارند که بهش می‌گویند توشه رکتال...

**سرهنگ**- بله می‌دانم. سابقه‌اش را دارم. همان است که از طریق مقعد پروستات را معاینه می‌کنند. آلمانی‌ها بهش می‌گویند...

**تیمسار**- بله، همان. اما خودمانیم امتحان ناراحت کننده‌ی خفت‌آوری است. ولی چه می‌شود کرد؟ کارمان بجایی کشیده که برای راحتی این ته مانده‌ی عمر به هر خفتی تن در می‌دهیم. وقتی پروفسور این دستور را صادر کرد در حینی که پرستار برای بیرون آوردن شلوار کمکم می‌کرد، ذهنم به پنجاه شصت سال پیش برگشت که مرحوم پدرم از پدرش، مرحوم سالار، حکایت می‌کرد. می‌گفت

یک وقتی سخت مریض شده بود. مظفرالدین شاه، روی علاقه به او یا احتیاج به خدماتش، دکتر گلاریو طبیب مخصوص فرانسوی خودش را همراه میرزا محمودخان، مترجم دکتر، به عیادتش فرستاد. پدرم می‌فرمود: من در را باز کردم و دکتر و مترجم را به اطاق مریض راهنمایی کردم. دکتر،بعد از مدتی امتحان سینه و شکم و سر و گردن پدرم، یک وقتی به مترجم گفت بگو شلوارش را دربیاورد و دمرو بخوابد. مترجم، بعد از چند لحظه تردید، دستور دکتر را ترجمه کرد. پدرم انگار درست نفهمید. پرسید چی گفت؟ وقتی مترجم دوباره با تردید و نگرانی موضوع را تکرار کرد، من دیدم یکباره رنگ روی پدرم مثل چغندر سرخ شد. خون به چشمهایش دوید. توی رختخواب نیم خیز بلند شد، دست دراز کرد و از صندوقچه‌ی کنار رختخواب پیشتوی پنج تیرش را درآورد و گفت:

-پدرسوخته‌ها!

من، که مراقب وضع بودم خودم را روی دستش انداختم و گفتم: بابا، ببخش. دستم به دامنت! خوشبختانه دکتر و مترجمش انگار بال درآوردند و از اطاق بیرون پریدند. تازه پدر بزرگم از جزئیات عملی این امتحان خبر نداشته و از نفس پیشنهاد شلوار درآوردن و دمرو خوابیدن می‌خواسته خون راه بیندازد. حرف توی حرف آمد. قضیه‌ی تصادف مهران عزیز را نشنیدیم. می‌فرمودی.

**مهران**- عرض کردم که تصادف من...

**تیمسار**- می‌خواستم عرض کنم که همان دستوری که طبیب مظفرالدین شاه به پدربزرگ داده بود و چیزی نمانده بود که خون به پا کند، پروفسور فرانسوی به من داد و من با کمال خونسردی یا بگو بی‌غیرتی، اجرا کردم و بعد از این امتحان بود که حکم به

عکس‌برداری کرد و فهمیدند که...

**سرهنگ** – که سنگ کلیه بود.

**تیمسار** – نخیر، سنگ کلیه نبود.

**سرهنگ** – پس چی بود؟

**تیمسار** – سنگ حالب.

**سرهنگ** – همان است دیگر، تیمسار، سنگ کلیه است که...

**تیمسار** – نه، تصدقت. سنگ کلیه نیست. ببین جانم، این کلیه‌هاست. این مثانه است. آن قلمت را لطف کن! حالب این لوله‌ای است که ادرار را از کلیه به مثانه می‌رساند که به فارسی میزه نای است و به فرانسه بهش «اوره‌تر» می‌گویند.

تیمسار ضمن ادای این کلمات قلم ماژیکی که سرهنگ در دست داشت و با آن بازی می‌کرد، از دست او گرفت. صندلی را به میز نزدیک کرد و شروع به کشیدن نقش کلیه‌ها و مثانه کرد.

من، که با این جابجایی قلم و صندلی سرم را از روی کاغذ بلند کرده بودم، متوجه شدم که زمینه نقاشی تیمسار روی جلد مجله‌ای است که دوست بیچاره‌ام به هزار زحمت پیدا کرده بود. خود او هم متوجه شده بود. ولی سری به علامت یأس در مقابل کار شده تکان داد.

تیمسار ادامه داد:

– ملاحظه کنید. این کلیه‌هاست. این مثانه است. این هم بین آنها، لوله‌ی حالب است که ادرار را از کلیه‌ها به مثانه می‌رساند. این سنگ که از کلیه راه افتاده آمده این دم ورودی به مثانه گیر کرده دیگر سنگ کلیه نیست. سنگ که هویتی ندارد هویتش را محل قرار گرفتنش تعیین می‌کند. اینجا که رسید به مناسبت عوارض

مخصوصش بهش می‌گویند سنگ حالب. بهرحال این را بدانید که عوارض عبور سنگ از کلیه به حالب، در مقابل عوارض عبورش از حالب به مثانه شوخی است. موقعی که می‌خواهد از حالب به مثانه وارد بشود و گیر می‌کند جان مریض را طوری به لبش می‌رساند که هر لحظه آرزوی مرگ می‌کند که از درد خلاص بشود بگذریم از تصادفت می‌فرمودی، دکترجان.

**مهران**– تصادف بنده را اصلاً فراموش بفرمائید، تیمسار.

**تیمسار**–نه، نه. علاقه دارم جزئیاتش را بدانم. پرحرفی من نگذاشت صحبتتان را تمام کنید.

**سرهنگ**– حالا متوجه شدم تیمسار. همان گرفتاری است که خدابیامرز تیمسار خزائی داشت که...

تیمسار به میان صحبت او دوید:

– نه اشتباه می‌کنی، سرهنگ. ناخوشی سپهبد خزائی سنگ کلیه بود. یکی‌اش را بطور طبیعی دفع کرده بود، گرفتار دومی بود که با عمل جراحی درآورد.

**سرهنگ**– ولی تیمسار، از این که عرض کردم مطمئن هستم. برادر دامادش که دخترعمه‌ی ما را دارد، جزئیاتش را برایم حکایت کرده که حتی بعد از عمل....

**تیمسار** باز کلام او را برید:

– من خبر دست اول دارم. از رستم‌خان بختیاری که رئیس تشریفات دربار بود شنیده‌ام. حکایت می‌کرد که در یکی از مسافرت‌های اعلیحضرت به مشهد که برای افتتاح نمی‌دانم چه کارخانه‌ای تشریف برده بودند، می‌گفت موقع مراسم افتتاح، وقتی رئیس کارخانه گزارش کار را به شرف عرض می‌رساند، یک وقت

من دیدم سپهبد خزائی طفلک رنگش سفید شده مثل میت، و طوری به خودش می‌پیچد که وحشت کردم. چون سابقه‌ی کسالت سنگ کلیه‌اش را داشتم، آقای علم را بی‌سروصدا متوجه حال او کردم. ایشان هم تا عرض گزارش تمام شد، آهسته به شرف عرض رساند که وضع خزائی به علت بحران سنگ کلیه هیچ خوب نیست. اعلیحضرت هم اجازه فرمودند برود. این حکایت را از رستم‌خان شنیده بودم. چندی بعد که برای کاری آقای علم را دیدم، از ایشان تشکر کردم که باعث نجات یکی از امیران خوب ارتش شده است. چون با آن وضع وخیم اگر آن روز نمی‌رفت با توجه به سنگی که بعد با عمل درآوردند، چه بسا جان بدر نمی‌برد. علم خنده‌ای کرد و گفت: بله یادم هست که وقتی به عرض رساندم که خزائی مشکل سنگ کلیه دارد، اعلیحضرت با لبخندی آهسته فرمودند: بگوئید برود. ولی این ارتش است یا کارخانه‌ی سنگ‌سازی؟ چون چند روز پیش هم سپهبد امیر عزیزی اجازه گرفت برای عمل سنگ کلیه به خارج برود.

سرهنگ کوتاه آمد:

—بله. حالا که توضیح فرمودید متوجه شدم. گمانم تیمسار همان گرفتاری والاحضرت را داشته‌اید.

**تیمسار** — بگذریم. شرح تصادف دکتر مهران را بشنویم... کدام والاحضرت؟

**سرهنگ** — روانشاد والاحضرت محمودرضا که سنگ حالبشان را در لندن عمل کردند.

تیمسار، که تا آن موقع از دادن هر امتیازی به دیگری در باب همسانی و همسنگی عارضه‌ی خود مقاومت و مخالفت کرده بود، انگار تحت تأثیر هیبت و هیمنه‌ی خانواده‌ی سلطنتی بود که سر

تمکین فرود آورد و گفت:

- بله، درست است والاحضرت هم همین گرفتاری را داشتند. ولی صحبت تصادف دوستمان را گوش کنیم. می‌فرمودید، جناب دکتر.

**مهران**- اگر اجازه بفرمائید موضوع تصادف را بنده یک وقت دیگری سر فرصت به عرضتان برسانم که بتوانم...

تیمسار، که ظاهراً از امتیاز آسان بخشیده‌ی خود به سرهنگ پشیمان شده بود، به میان صحبت دوید:

- شانس والاحضرت این بود که مال ایشان از نوع خفیفش بود.

**سرهنگ**- از نوع خفیف؟

**تیمسار**- بله سنگ حالب داریم تا سنگ حالب! از نظر شکل و فورم سنگ، که عوارضش از یک به ده بلکه بیشتر متفاوت است. من سنگ والاحضرت را که درآورده بودند دیده‌ام. سنگ خودم هم اینجاست. خانم برگردد می‌گویم بیاورد ببینید. ملاحظه کنید این مدخل حالب است این هم مخرجش...

تیمسار حین ادای این کلمات نقاشی روی جلد مجله را از سر گرفت:

- این مثانه است. با توجه به مدخل این شکلی مثانه اگر سنگ به این صورت باشد، هرطور هست رد می‌شود ولی اگر این شکل را داشته باشد، واویلا! نمی‌تواند عبور کند. ملاحظه کنید این سنگ والاحضرت که تقریباً مدور است، این سنگ بنده که می‌بینید شکل یک عقاب در حال پرواز را دارد.

**سرهنگ**- ولی تیمسار، عمل جراحی هم برای درآوردن یک سنگی به این شکل واقعاً...

**تیمسار**- خوشبختانه به عمل جراحی نکشید. البته جزءبهجزء تمام مقدمات عمل را از شستشوی معده تا خوراندن آن دوای بدمزه و مهوع تا حتی تراشیدن موی بدن را انجام دادند ولی طبیعت قادر خودسر حکم کرد که چند ساعت قبل از زخم تیغ و چاقوی جراح، این سنگ خطرناک از راه مجرای طبیعی دفع بشود.

**سرهنگ**- بفرمائید این عارضه چه مدت طول کشید؟

**تیمسار**- یک عمر، یک قرن، حساب زمان از دست من در رفته بود.

**سرهنگ**- می‌پرسم، برای آن است که بنده تا شنیدم تیمسار را برده‌اند بیمارستان عازم شرفیابی شدم. ولی روز بعد که تماس گرفتم گفتند به سلامتی برگشته‌اید منزل. فکر کردم کوتاه مدت برای چکاب بوده، مزاحم نشدم.

**تیمسار**- بله، از روز دوشنبه تا چهارشنبه بود. به حساب ظاهری چهل و هشت ساعت. اما اگر چهل و هشت روز هم حساب کنید، باز زیر واقعیت هستید. فرمود:

درازنای شب از چشم دردمندان پرس

که هر چه   پیش تو سهل است

سهل      پنداری

من دوست ندارم با حکایت گرفتاری‌هایم سر دیگران را درد بیاورم. ولی هر کس که جای من بود، بخصوص با آن گرفتاری پشت سرش برای خانم، که آن دیگر تیر خلاص بود، نمی‌دانم...

**مهران**- گرفتاری خانم؟

**تیمسار**- بله. بعد عرض می‌کنم. شما موضوع تصادف را تمام

کنید. جزئیاتش را عرض می‌کنم.

**مهران**- تیمسار، اگر اجازه بفرمائید موضوع تصادف را...

**سرهنگ**- کسالت خانم چی بود؟ خدا بد ندهد!

**تیمسار**- ملاحظه می‌کنید که داده، دنباله همان آرتروز گردن.

**سرهنگ**- خانم آن دفعه که آلمان تشریف آورده بودند می‌فرمودند به کلی رفع شده.

**تیمسار**- ای آقا! مگر آرتروز رفع شدنی است. تاره یک ناراحتی معده هم در نتیجه مصرف این قرص‌های وایاکس مزید بر علت شده بود که ما را...

(صدای باز و بسته شدن در آپارتمان شنیده شد.)

**تیمسار**- پروانه جان. آقای دکتر مهران اینجا تشریف دارند.

صدای خانم- الان می‌آیم خدمتشان.

**تیمسار**- بیست وچهار ساعت درد. خلاصه دو سه روز تمام روزگار ما را سیاه کرد. خودش باید بیاید تعریف کند. از تصادف می‌فرمودی، دکترجان.

**مهران**- صحبت تصادف را اگر اجازه بفرمائید بکلی فراموش کنیم چون بنده...

**تیمسار**- دوست ندارید از ناخوشی‌هاتان بگوئید.... من هم مثل شما هستم. اما هر قدر من اکراه دارم از شرح و تفصیل ناخوشی‌هایم بگویم، بعکس خانم خیلی راغب است. ماشاءالله حافظه‌ی خوبی هم دارد که همه‌ی جزئیات از سئوال و جواب گرفته تا اسم قرص‌ها و آمپول‌ها یادش می‌ماند... ده! چرا بلند شدید، جناب دکتر؟

**مهران**- اگر اجازه بفرمائید مرخص بشوم. چون عصر عازم هستم و بعضی کارهایم مانده که باید انجام بدهم.

**تیمسار**- پس سئوالاتی که گفته بودید راجع به آتشبارهای جنگ چالدران دارید...

**مهران**- غرض سلام و عرض ادب حضورتان بود، آن سئوالات فوریت ندارد با پست خدمتتان می‌فرستم.

از تعارفات و اصرار محبت‌آمیز تیمسار و خانم به نگه داشتن مهمانان برای صرف ناهار می‌گذرم. تیمسار در آخرین لحظه به مهران یادآوری کرد که مجله‌اش را جا نگذارد و عذر خواست که روی جلد آن خط کشیده است.

مهران به حکم ادب مجله را برداشت و راه افتادیم. ولی نمی‌توانست آن را با تصویر مثانه‌ی تیمسار و سنگ حالب والاحضرت روی جلد، برای دوستش که قصد داشت آن را به عنوان سند به یک سمینار علمی ارائه کند، ببرد. ناچار از من خواست که هر جور هست یک نسخه‌ی دیگر از آن شماره را تهیه کنم و با پست فوری برایش بفرستم.

پاریس
خرداد ماه ۱۳۸۳

# یک سفر نوروزی

سفر از اروپا به امریکا، به علت فاصله‌ی زیاد، هرقدر هم کتاب و مجله برای وقت‌کشی برداشته باشید، باز خسته‌کننده و کسالت‌انگیز است. اما سفر اخیر من، به برکت یک عبارت خلبان بسیار راحت و حتی به خوشی گذشت. حالا عرض می‌کنم چطور:

در صندلی شماره C٣٤ هواپیما که سر ردیف بود جا داشتم و به این ترتیب یک طرفم آزاد بود و این، در هواپیماهای امریکایی که گاه بین دو مسافر ماشاءالله تنومند امریکایی می‌افتید سعادتی است. موتورهای هواپیما در انتظار اجازه‌ی پرواز از برج مراقبت می‌غریدند. صدای خوش‌آمد خلبان از بلندگو شنیده شد: «کاپیتن جکسون به شماخوش‌آمد می‌گوید مدت پرواز ما از پاریس تا سانفرانسیسکو یازده ساعت خواهد بود و در ارتفاع سی‌هزار پائی...»

دنباله‌ی صحبتش را نشنیدم. حواسم به دنبال «یازده ساعت» به

جای دیگری رفت. این رقم یازده ساعت را یک بار دیگر در جای
دیگری شنیده بودم. در دنیای خاطرات به شصت و چند سال پیش
و یک سفر نوروزی برگشتم.

از اول اسفندماه بیشتر صحبت ما بچه‌ها در اطراف سفر عید نوروز
دور می‌زد. ما تنها نبودیم. بزرگترها هم از این سفر که مدت‌ها بود به
تأخیر افتاده بود می‌گفتند. مادربزرگ مدت‌ها قبل نذر کرده بود که
اگر حاجتی که داشت برآورده شود، عید نوروز به زیارت قم برود.
وعده داده بود که بعضی‌ها را هم به شرط و شروطی به این سفر
ببرد. شرط و شروط در مورد ما بچه‌ها این بود که درس و مشقمان
مرتب باشد و رخت عیدمان را تا روز عید نپوشیم. شور و شوق ما
برای این سفر هیچ عجیب نبود. چون آن وقت‌ها سفر تفریحی وجود
نداشت. کسی از شهر خودش برای تفریح بیرون نمی‌رفت. تعطیلات
هم در همان جایـی می‌گذشت که بقیه‌ی سال گذشته بود. نه تابستان
سفر شمال رسم بود و نه عید نوروز سفر  جنوب. اگر کسی کاری
داشت سفر می‌کرد. سفرهای زیارتی به مشهد و قم هم در واقع سفر
کار بود. کاری داشتند و حاجتی داشتند می‌رفتند از ائمه طلب کنند.
به هر حال همه‌ی امید تفریح ما بچه‌ها این سفر عید بود و خداخدا
می‌کردیم که اتفاقی نیفتد که موقوف شود. چون سال پیش هم قرار
همین بود ولی  به علت فوت یکی از پیرمردهای دوردست خانواده
موقوف شده بود.

در هفته‌ی سوم اسفند بودیم که با شنیدن خبر اقدام برای گرفتن
جواز سفر، دلمان تا حدی قرص شد. آن وقت‌ها، تا پیش از شهریور
۱۳۲۰، برای سفر در داخل مملکت هم باید اجازه می‌گرفتند. اسم
رسمی این اجازه «جواز» بود که کلانتری محل اقامت مسافر صادر
می‌کرد. معمولاً  برای اینکه صدورش زیاد طول نکشد با پارتی اقدام
می‌کردند. پارتی ما، در کلانتری محل، آقای زین‌العابدین‌خان، قاضی

دادگستری، بود. جواز با وساطت او دو روزه صادر شد. در مرحله‌ی بعد خطری که برای موجودیت سفر پیش‌آمد مسأله یک خداحافظی بود. خداحافظی از بستگان و دوستان جزو مراسم لازم‌الاجرای سفر بود و مسافرت بدون خداحافظی را به منزله‌ی بی‌احترامی و حتی اهانت می‌شمردند. خطر پیش‌آمده برای سفر ما این بود که دائی‌جان غلامرضاخان- به قول همه غلامضاخان- با تمام اصرار و ابرام خانم بزرگ، از رفتن به دیدن آقای ساعدالممالک برای خداحافظی جداً خودداری می‌کرد. زیرا که از قرار، آقای ساعدالممالک در سفر سال گذشته به مشهد، از او خداحافظی نکرده بود. مرافعه به جایی رسید که خانم بزرگ تهدید کرد که اصلاً سفر را موقوف می‌کند.

به التماس و درخواست ما بچه‌ها، بزرگترها راه‌حلی پیدا کردند. به این ترتیب که دسته‌جمعی از خانه به قصد دیدار و خداحافظی با آقای ساعدالممالک بیرون رفتیم. چون خانم بزرگ خداحافظی‌اش را قبلاً کرده بود، دیگران از آقای ساعد خداحافظی کردند و گواهی دادند که دائی‌جان غلامضاخان هم بوده و در مراسم خداحافظی شرکت کرده است.

بلیط اتوبوس، بعد از مدتی بحث و جدال و تردید بین گاراژ فردشیشه و گاراژ فولادی، عاقبت با استناد به وقت‌شناسی نسبی، از گاراژ اولی تهیه شد. صبح زود، بعد از گذشتن از قلعه یاسین و رد شدن از زیر قرآن، با چند درشکه به طرف خیابان ناصرخسرو محل گاراژ فردشیشه حرکت کردیم. چون تحویل سال حدود ساعت ۷ بعدازظهر بود و با توجه به این که مدت سفر بین ٤ تا ۵ ساعت برآورد شده بود، تصمیم بر این بود که ساعت ۸ صبح- که آن وقت‌ها می‌گفتند ٤ به ظهر- حرکت کنیم که موقع ناهار طوری به قم برسیم که فرصت مستقر شدن و آماده شدن را داشته باشیم و بتوانیم طبق نذر خانم بزرگ در لحظه‌ی تحویل سال در حرم باشیم.

کمی بعد از ساعت ۸ صبح به گاراژ رسیدیم. خانم بزرگ و
دائی‌جان در صندلی پشت راننده که می‌گفتند تکانش کمتر است
جا گرفتند و ما در ردیف‌های جلو نشستیم. مسافران دیگر هم به
مرور می‌رسیدند و هر کدام بعد از چانه زدن سر بهای بلیط به
توافق می‌رسیدند و سوار می‌شدند. از جمله یک ژاندارم مسلح به
تفنگ همراه یک پیرمرد پنجاه شصت ساله سوار شدند. با تمام قول
و قرار حرکت سر وقت، هیچ خبری ازحرکت نبود. متصدی گاراژ
در پیاده‌روی خیابان برای سفر تبلیغ می‌کرد، چون اتوبوس هنوز
جا داشت و باید پر می‌شد. بزرگترهای ما بی‌تابی می‌کردند. ولی ما
بچه‌ها سرمان با پرحرفی و هره کّره گرم بود. حکایت پیرمرد همراه
ژاندارم شنیدنی بود. از قرار، اهل سلطان‌آباد بود. چون برای اشتغال
به کار در کرج از او شناسنامه خواسته بودند و نداشت، از شناسنامه
پسر مرحومش استفاده کرده بود. کارفرما هم به همین که شناسنامه
او را گرو بگیرد اکتفا کرده و به تاریخ تولد توجهی نکرده بود. چند
سال بعد، وقتی موقع خدمت نظام‌وظیفه فرزند از دست رفته رسیده
بود و از طرف اداره‌ی نظام وظیفه اراک احضار شده بود، نمی‌دانم
چطور و به چه مناسبت و وسیله‌ای، پدر در کرج گیر افتاده بود. هر
چه اعتراض کرده بود که سن و سالی دارد، فایده نکرده و اداره‌ی
نظام وظیفه کار را به تحقیق در محل موکول کرده بود. حالا، ژاندارم
او را تحت‌الحفظ به اراک می‌برد که آنجا به وضعش رسیدگی شود.
از سن و سال خودش- مثل خیلی‌ها در آن دوران- اطلاع دقیقی
نداشت و در جواب دائی‌جان که از سن واقعی‌اش پرسید، گفت:
والله یک پنجاه شصت سالی دارم. ژاندارم به محض سوار شدن، به
مسافران رساند که پیرمرد از لفظ پوستین بدش می‌آید. در نتیجه،
هرکس از هر گوشه‌ی ماشین به بهانه‌ای از پوستین یاد می‌کرد و
پیرمرد، جدی یا شوخی، شروع به اعتراض و فحش دادن می‌کرد.

این وسیله‌ی شادی و خنده‌ی همه بخصوص ما بچه‌ها شده بود. چهره‌ی مشخص دیگر مسافرین یک طلبه‌ی خیلی جوان بود که چانه را به زحمت به مختصر ریش هنوز کرکی آراسته بود. یک زن آبستن پا به ماه هم که با شکم بزرگش فقط در ردیف آخر جا می‌گرفت، با یک پسربچه دماغوی شاید ده ساله، که مادر اصغری صدایش می‌زد، سوار شدند، که از همان اولین لحظه پسربچه نغمه‌ی «ننه من گشنمه» را سر داد که دفعه‌ی اول با جواب «کوفت بخوری الان یک سنگک لمبوندی» و دفعات بعد هر بار با «کوفت بخوری» یا «کارد به سیرابیت بخوره» روبرو شد. اعتراض خانواده‌ی ما به تأخیر حرکت و جواب گاراژدار که «رفتیم آقا، رفتیم» تمام شدنی نبود. ساعت از ۹ هم گذشت و به ۱۰ رسید. آخرین مسافران بعد از مدتها چانه زدن سر قیمت بلیط، ساعت ۱۱ سوار شدند و عاقبت اتوبوس به سلامتی از در گاراژ بیرون آمد.

هنوز کاملاً وارد خیابان نشده بودیم که یکی از ته ماشین صلا در داد: حق پدر صلوات فرست را بیامرزد! که بلافاصله اولین صلوات فرستاده شد.

لال از دنیا نری دومی را بلندتر ختم کن! دومی هم فرستاده شد. با آل عبا محشور بشی بعدی را بلندتر ختم کن!...

موضوع صلوات فرستادن در سفرها بخصوص در سفرهای زیارتی امری عادی بود و همه با آن کاملاً آشنایی داشتند. در طول سفر هر یک از مسافران، محض ثواب، سایرین را به فرستادن صلوات دعوت می‌کرد و صلوات دوم و سوم بخصوص که باید با حد اعلای صدا فرستاده می‌شد، اگر برای ما بچه‌ها زحمتی نداشت و حتی خوشمان می‌آمد که عضلات حلق را به کار بیندازیم، به یقین اعصاب بزرگترها را آزار می‌داد ولی از آن چاره‌ای نبود. شعارهای این بانیان خیر صلوات هم با مختصر تغییری همیشه همانها بود که

همه‌ی همسالان ما به یاد دارند:

−لال ازدنیا نری یک صلوات بلند ختم کن... با آل عبا محشور بشی دومی را بلندتر...

البته وقتی یک «آقا» یعنی یک معمم در ماشین بود شعارها یک ته مایه‌ی عربی می‌گرفت:

− به شرف اسمع السامعین صلوات بلند ختم کن!... به عزت اسرع‌الحاسبین دومی را بلندتر!... به عظمت احکم‌الحاکمین سومی را بلندتر!...

یا به صورت تهدید به مجازات بعد از مرگ تجلی می‌کرد:

−سرازیری قبر بی‌یاور نمانی صلوات بلند ختم کن!... شب اول قبر روسیاه نکیر و منکر نشی دومی را بلندتر!...

و در این قبیل موارد مسافرین از وحشت فشار قبر، از همان صلوات اول چنان صداها را بالا می‌بردند که در و پنجره‌ی ماشین به لرزه می‌افتاد و حال دومی و سومی معلوم است.

سالها پیش، از یکی از نزدیکان صادق هدایت−خانلری یا رضوی یا انجوی− شنیدم که هدایت یک بار که با اتوبوس سفر کرده بود، آنقدر از این تکرار بی‌انتهای صلوات‌ها با صدای بلند آزار دید که تصمیم جدی به انتقام گرفت. بعد از مدتی، سفری به قم با اتوبوس به اتفاق حسن قائمیان جور کرد و از لحظه حرکت دقیقه به دقیقه خودش دعوت به صلوات بلند و بلندتر را تکرار کرد. به قدری به این کار ادامه داد که نفس همه را برید. عاقبت یکی از مسافران سالمند قمی در یکی از قهوه‌خانه‌های میان راه، حسن قائمیان را به کناری کشیده و با التماس و وعده یک چلوکباب در قم، از او خواسته بود که وساطت کند تا این همسفر مؤمن و مقدسش این تکرار دعوت به ختم صلوات را تمام کند و توضیح داده بود که چون کسبه‌ی رقیبش به او نسبت بی‌دیانتی داده‌اند ناچار است از همه بلندتر صلوات بفرستد.

ولی از بس فرستاده تنگی نفس گرفته و گلویش زخم شده است.

***

به اتوبوس خودمان برگردیم. حدود ظهر بود که حضرت عبدالعظیم را پشت سر گذاشتیم. نباید فراموش کرد که آن وقت‌ها سرعت اتوبوس‌ها، در آن جاده‌های خاکی پردست‌انداز از پنجاه کیلومتر در ساعت تجاوز نمی‌کرد و بخصوص اتوبوس کهنه و قراضه‌ی ما مسلماً پنجاه کیلومتر در ساعت هم سرعت نداشت. یکی دیگر از علل کندی سفر ما این بود که ماشین چند بار به خاطر احتیاج زن آبستن به ادرار کردن توقف کرده بود. احتیاجی که ناگهان او را می‌گرفت و چون در اطراف پناهگاهی نبود باید مدت‌ها به اتفاق اصغری می‌رفت تا جای مناسبی پیدا کند.

اتوبوس کمی بعد از حضرت عبدالعظیم توقف کرد و مسافران قاچاق را که جواز نداشتند پیاده کرد. زیرا مرز بازرسی در ده کهریزک بود و مسافران بی‌جواز باید از بیراهه و تپه و ماهور خودشان را به آن طرف پست بازرسی می‌رساندند.

ماشین در پست بازرسی کهریزک به اندازه‌ی شاید یک ربع ساعت توقف کرد تا مأموران جواز مسافران را بازرسی کردند و اجازه‌ی حرکت دادند. صلوات‌ها که مدت کوتاهی شاید از ترس مأموران اونیفورم پوشیده‌ی قانون دچار وقفه شده بود، از سر گرفته شد. این بار طلبه‌ی جوان ابتکار عمل را در دست گرفت و از ته اتوبوس به آواز شش دانگ شروع کرد:

– بریده باد زبانی که نگوید این کلمات– که بر شفیع روز قیامت هدا صلوات... دومی را بلندتر!

– بریده باد زبانی که نگوید این کلمات– که بر حبیب خدا صاحب صفا صلوات... سومی را بلندتر!

- بریده باد زبانی که نگوید این کلمات- که بر یکایک احباب انبیا صلوات...

ممدآقا راننده که تا پست بازرسی کهریزک، شاید از ترس بعضی بی‌قانونی‌هایی که کرده بود و ما خبر نداشتیم ساکت بود، با شنیدن آواز طلبه به زبان آمد و بعد از خنده‌ی صداداری گفت:

- حالا بیا آواز این قمرالملوک را گوش کن!

ظاهراً طلبه به علت سر و صدای ماشین، این متلک را نشنید چون به ردیف «بریده باد زبانی» آنقدر ادامه داد تا داد و قال دائی جان با راننده صدای آواز او را پوشاند. ساعت تحویل نزدیک می‌شد و ما هنوز در اوایل راه بودیم. ولی راننده‌ی خونسرد با خلق خوش جواب داد که طوری خواهیم رسید که حتی فرصت چرت بعد از ناهار را هم داشته باشید و شاگرد راننده بر سبیل تملق به استادش از مهارت ممدآقا در رانندگی و اینکه از چه کسانی در سرعت جلو زده است، داد سخن داد.

***

چند کیلومتر بعد از کهریزک درجاده به انتظار رسیدن چند مسافر قاچاق متوقف بودیم. خوشبختانه ژاندارم آدم راحتی بود و گاهگاه به پیرمرد تحت‌الحفظش پیشنهاد می‌کرد که اگر سردش است برای او فکر یک پوستین بکند و فحش و فریاد پیرمرد و خنده‌ی دیگران گرفتگی محیط را جبران می‌کرد. یکی دیگر از وقایع پرسرو صدای این مدت انتظار، مرافعه‌ی مسافرین ردیف‌های آخر با زن آبستن درباره‌ی اصغری بود که در نتیجه‌ی پرخوری مرتباً بوی ناخوشایندی صادر می‌کرد و مادرش مانع می‌شد که شیشه‌ها را باز کنند. شاگرد راننده هم هربار متلکی بار می‌کرد: اصغری می‌خواهی خیرات کنی دست نگه‌دار برسیم سر خاکشان! یا - اصغری، این کارخانه‌ی گلاب‌کشی

را شب عیدی تعطیل کن!

عاقبت انتظار به پایان رسید و مسافران قاچاق خود را به ما رساندند و به سلامتی به راه افتادیم. مشکل بعدی گردنه‌ی حسن‌آباد بود. آنهایی که سفر قم را به یاد دارند، به خاطر می‌آورند که این گردنه آنقدرها هم گردنه نیست زیرا جاده از تپه‌های بلندی عبور می‌کند. البته بالا رفتن از همان شبه گردنه، برای اتوبوس قراضه‌ی ما در حکم بالا رفتن از هیمالیا بود. شاگرد راننده پیاده به دنبال اتوبوس می‌آمد یک قالب چوبی سه بر در دست داشت که وقتی راننده می‌خواست دنده عوض کند در فاصله دنده‌ی دو و یک آن چوب را پشت چرخ اتوبوس می‌گذاشت که عقب نرود.

تا گردنه را پشت سر گذاشتیم و سرازیر شدیم دو ساعت از ظهر گذشته بود. خانم بزرگ مدام از دائی‌جان ساعت می‌پرسید و دایـی‌جان به ممدآقا غر می‌زد. کمی بعد دم قهوه‌خانه‌ای برای صرف ناهار توقف کردیم. خانواده‌ی ما حاضر بودند برای زود رسیدن به مقصد از ناهار بگذرند ولی با تمام مسافران نمی‌شد در افتاد. بخصوص که فریادهای «ننه من گشنمه» اصغری غیرقابل تحمل بود. با اینکه تمام وسائل طبخ و آذوقه را همراه داشتیم، خانم بزرگ برای زودتر تمام کردن ناهار رضایت داد که از تخم مرغ نیمروی قهوه‌خانه بخوریم.

ناهار را خورده بودیم و در اتوبوس انتظار راننده را می‌کشیدیم که غیبش زده بود. وقتی انتظار از حد گذشت، دائی جان اصغری را فرستاد ببیند چه بر سر راننده آمده است. رفت، خبر آورد که در اطاقک پشت قهوه‌خانه پای منقل مشغول کشیدن تریاک است. دائی‌جان از کوره در رفت و اولین کسی را که پیدا کرد که غیظش را سر او خالی کند، شاگرد راننده بود. فریاد زد: این مردکه کجاست؟ نمی‌شد گور مرگش تریاکش را صبح بکشد ما را اینطور آلاخون والاخون نکند؟ شاگرد راننده خونسرد جواب داد:

- ای آقا؟ صبح چه ربطی به حالا دارد؟ این ممدآقا عملی است. اگر بعد از ناهار خودش را نسازد کی ماشین را براند؟ خوشتان می‌آید که خمار پشت رل بنشیند شب عیدی سی چهل تا بنده‌ی خدا را نفله کند؟ تا شما گرد و خاک سروصورتتان را بتکانید کارش تمام شده، رفتیم.

دلیل بی‌جوابی بود، ولی پیشنهاد تکاندن گرد و خاک هیچ عملی نبود. خاکی که به سر و روی مسافران نشسته بود نه آنقدر بود که بشود تکاند. هر کس صبح هر رنگ لباسی پوشیده بود حالا به رنگ بژ خاکی یک دست درآمده بود. باری، حدود ساعت سه‌ونیم بعدازظهر بود که با سلام و صلوات به راه افتادیم. شاگرد راننده مژده داد که به برکت مهارت ممدآقا در رانندگی و بلدیتش در سرعت، پیش از ساعت پنج بعدازظهر به قم می‌رسیم و یادآوری می‌کرد که وقتی به کوشک نصرت برسیم مثل این است که به قم رسیده باشیم.

اتفاقی که تا کوشک نصرت پیش آمد از ناحیه‌ی زن آبستن بود که وقتی برای چندمین بار از راننده خواست که ماشین رانگه دارد تا او رفع حاجت کند، راننده که تریاکش را کشیده و سرحال بود، وقتی ترمز کرد گفت:

-بفرمائید! این هم واسه‌ی خاطر این دختر چارده ساله که سلسلت‌البول دارد!

زن آبستن در حال پیاده شدن سخت برآشفت و به راننده شروع به هتاکی کرد:

- سلسلت‌البول بابات داره! ننه‌ات داره! جد و آبادت داره!

و در مراجعت به اتفاق اصغری، با قلوه سنگی که همراه آورده بود شیشه یک چراغ جلوی اتوبوس را شکست. دعوا ومرافعه و فحاشی بین راننده و شاگردش از طرفی و زن آبستن و اصغری از طرف دیگر، مدتی وقت گرفت. این بار وقتی به راه افتادیم. باز طلبه

به آواز، صلای صلوات در داد:

– به شرف رحمت ارحم‌الراحمین صلوات بلند ختم کن!... به عزت عظمت احکم الحاکمین دومی را بلندتر!...

ولی ممدآقا راننده که از جنگ و جدال با زن آبستن هنوز عصبانی بود، صدای او را برید:

– تو دیگه بنشین سرجات، قمرالملوک! یک دور دیگه چهچه بزنی از ماشین می‌اندازمت پائین ها!

طلبه آمد اعتراض کند ولی خوشبختانه ژاندارم میانه را گرفت و با پیشنهاد تهیه‌ی یک پوستین برای پیرمرد مشمول خدمت نظام وظیفه محیط دعوا را خندان کرد. اصولاً طلبه‌ها در آن دوران چندان نفس و زوری نداشتند. آسته می‌آمدند و آسته می‌رفتند.

اما هرّ و کرّ خنده را واقعه‌ای ناگهانی بند آورد. تازه به کوشک نصرت رسیده بودیم که موتور ماشین پت پتی کرد و خاموش شد. راننده با یک فحش عرض و ناموسی به سازنده‌ی ماشین، ترمز دستی را کشید و پیاده شد. به اتفاق شاگردش به سراغ موتور ماشین رفت. مدتی در انتظار گذشت هوا سرد نبود و ما بچه‌ها از فرصت برای بازی در اطراف اتوبوس استفاده می‌کردیم. عاقبت شاگرد راننده خبر داد که می‌توانیم برای استراحت به قهوه‌خانه برویم چون تعمیر موتور معطلی خواهد داشت. باز فریاد خانواده‌ی ما به آسمان رفت بخصوص دائی‌جان آتشفشان شد ولی راننده هم که دلایل خودش را داشت کوتاه نیامد و فریاد زد:

– می‌فرمائید چه کنم، آقاجان؟ موتورش را که من نساخته‌ام، یک زن... فرنگی ساخته. بنزینش را که صد جور آت و آشغال قاطی دارد که من درست نکرده‌ام، یک مادر... فرنگی درست کرده. این جاده‌ی سگ مصب را که من نساخته‌ام، یک... لااله‌الاالله، نمی‌گذارند دهن آدم وا نشود! صد دفعه به ارباب گفتم بابا سه تا از این فوردها

را بده یک شورلت بگیر!

– خوب، حالا چه باید بکنیم؟

– والله، دیگر با خداست، اگر ما بتوانیم یک کاریش بکنیم که چه بهتر. اگر نه باید یکی را بفرستیم تهران، آن هاراطون میکانیک را با یک کربورات نو بیاورد.

ناچار همه تن به قضا دادند و در قهوه‌خانه به انتظار نشستند. ترس از گذراندن شب در قهوه‌خانه‌ی کثیف دود گرفته و احتمالاً پر از حشرات گزنده‌ی گوناگون، عجله برای رسیدن به مقصد را از یاد برده بود.

ساعت ٦ بعدازظهر بود که شاگرد راننده خبر داد که می‌توانیم سوار بشویم. اتوبوس حرکت کرد. ولی چه حرکتی! خیال می‌کنم باید این شیوه‌ی حرکت را به عنوان یک چشمه‌ی تازه از ابتکارات رانندگان ایرانی در تاریخ تحولات اتومبیل ثبت کرد: کاپوت موتور بالا بود. شاگرد راننده روی گلگیر سمت راست نشسته بود، یعنی در واقع خود را به نحوی روی گلگیر بند کرده بود. یک آفتابه حلبی در دست داشت. از لوله‌ی آفتابه که سرش را فشرده و تنگ کرده بودند، در کاربوراتور ماشین که سرش را برداشته بودند، به آرامی بنزین می‌ریخت و اتوبوس با سرعت کمی تندتر از پیاده، با تکان‌های نامنظم حرکت می‌کرد. راننده که از فرط عصبانیت رودروایسی را کنار گذاشته بود، با هر تکان یک فحش عرض و ناموسی به سازنده‌ی ماشین و تصفیه‌کننده‌ی بنزین و هاراطون مکانیک که ظاهراً آخرین بار موتور را تعمیر کرده بود، نثار می‌کرد. بی‌صبری و عصبانیت راننده به همه‌ی مسافرین سرایت کرده بود و تمام خشم و غضب خود را در لحن عصبی صلواتی که می‌فرستادند بروز می‌دادند.

کوتاه کنم وقتی به سلامتی وارد گاراژ فردشیشه در قم شدیم ساعت ۹ شب بود از ماشین که پیاده شدیم، راننده ضمن تبریک

نوروز و سال نو، برای جبران زحمات شاگردش وساطت کرد:
– انشاءالله سال نو مبارک باشد. عیدی این جواد ما یادتان نرود.
دائی‌جان با صدائی خفه از عصبانیت گفت:
– عیدی شما را می‌گذاریم پیش آن رئیس فلان فلان شده‌ی متوفیات که این نعش‌کش را زیر پای ما گذاشت. خجالت هم خوب چیزی است! بیست فرسخ راه تهران قم در یازده ساعت؟!
خاطره‌ی این سفر نوروزی و رقم یازده ساعت در ذهن من حک شده است و از یاد رفتنی نیست. علی‌الخصوص که در آن سفر درقم اتفاقاتی افتاد که دائی‌جان مدتها از آن یاد می‌کرد. روز اول سال در حرم مطهر کیف پولش را از جیبش زدند و موقع بیرون آمدن کفش عید پسرش سیامک را با وجود مراقبت کفشدار یکی دیگر پوشیده و رفته و به جای آن کفش پاره پوره‌ای را گذاشته بود. در نتیجه، این حکایت را هر عید و به مناسبت هر سفر زیارتی برای هرکسی نقل می‌کرد:
– بله، سفر آن سال ما به قم هم واقعاً حکایتی بود. اولاً تهران تا قم یازده ساعت در راه بودیم. روز بعد هم در حرم کیف پولم را از جیبم زدند. کفش بنده زاده سیامک را هم یک پدر سوخته‌ای پوشید و رفت.

***

با این سیر و سیاحت در خاطره‌ی یک سفر نوروزی بخشی از راه دراز را بی‌کسالت و حتی به خوشی سر کرده بودم. اما، انگار طبیعت، برای اینکه آدمیزاد خیال نکند که می‌تواند بی‌دغدغه‌ی امور جاری، با خاطرات گذشته‌اش به عیش بنشیند، قدرتش را به رخم کشید.
دقیقاً آن طرف راهروی هواپیما در صندلی‌های ۳۳D ۳۴E یک پسربچه‌ی تنومند امریکایـی و مادر تنومندتر از خودش جا

گرفته بودند. بچه که بیشتر راه در خواب بود، بعد از بیدار شدن، مثل اصغری در اتوبوس تهران- قم، مرتباً نغمه‌ی «ننه من گشنمه» را - البته به زبان خودشان - سر می‌داد ولی مامانش به جای منوی رنگارنگ ننه‌ی اصغری از قبیل «کارد» و «کوفت کاری» و «درد و مرض»،سوسیس و سالامی و کالباس تعارف بچه می‌کرد. شاید به علت این پذیرایـی زیاده از حد محبت‌آمیز بود که از ناحیه‌ی بچه‌ی تنومند بوهای ناخوشایندی نفس همسایگان را تنگ می‌کرد.

خوشبختانه طولی نکشید که خلبان اعلام کرد که کم کردن ارتفاع برای نشستن در سانفرانسیسکو را آغاز کرده است. و در سانفرانسیسکو، من که با خاطراتم در طول این سفر عشرت کاملی کرده بودم، به خلاف سایر مسافرین خسته و کوفته، شادان و خندان هواپیما را ترک کردم و این را مدیون کاپیتن جکسون هستم.

پاریس

نوروز ۱۳۸۵

# حسود هرگز نیاسود

با کمال شرمندگی اعتراف می‌کنم که حسودِ نیاسوده خود من هستم و محسودم- خدا از گناهم بگذرد- یک سیّد اولاد پیغمبر است. یک سیّد جلیل‌القدر به نام پرزیدنت سیّد محمد خاتمی. (بنابر مرسوم بین‌المللی، رؤسای جمهور سابق مادام‌العمر عنوان پرزیدنت دارند.)

البته این احساسی که اسمش را ناچار حسادت گذاشته‌ام، راستش را بخواهید آنقدرها هم حسادت نیست. غبطه است و می‌دانید که غبطه یعنی غصه‌ی نداشتن آن چیزی که دیگری دارد، نه زوال نعمتش. اما چه کنم که در فارسی مثلی به این شسته رفتگی درباره‌ی غبطه نداریم.

خواهید گفت: خوب، که چه؟ نوبرش را که نیاوردی! وقتی بزرگان دست اول مملکت به عزّت و حرمت جناب رئیس‌جمهور سابق و رئیس مؤسسه‌ی بین‌المللی گفتگوی تمدن‌ها و دکتر افتخاری

دانشگاه سنت‌اندروز حسد می‌برند، تو آدم دست دوم بلکه دست چندم، اگر حسد نبری باید یک عیب و علتی یا یک کم و کسری داشته باشی!

بله، می‌دانم فکرتان به کجاها رفته و چه حساب‌هایی کرده‌اید: اولاً، این آقا رئیس جمهور سابق یک مملکت بزرگ است و من کارمند سابق، بلکه اسبق، یکی از اداره‌جات آن مملکتم. ثانیاً، برو بیا و نوکر و کلفت و آشپز و اتوکش دارد، که من سال‌هاست خودم پخته‌ام و خورده‌ام و خودم شسته‌ام و پهن کرده‌ام. ثالثاً، ماشین ضد گلوله با ارکاندیشن و بار شربت‌آلات سوار می‌شود، که من، در صف اتوبوس خداخدا می‌کنم با این پادردم جای نشستن گیرم بیاید. رابعاً، چند تا بادی گارد بلند و کوتاه دارد، که تنها بادی گارد من این زنجیر و مدال نقره‌ی پنج تن است که به گردن دارم. خامساً، طبق سنّت دیرینه‌ی ملی، جماعتی شاعر و نویسنده و روزنامه‌نگار مدیحه‌گو دارد که نُه کرسی فلک را زیر پای اندیشه می‌گذارند تا بوسه بر رکاب ماشینش بزنند، که من دور افتاده را سال تا سال یکی نمی‌گوید خرت به چند! سادساً، حسن عاقبتش هم که گفت و گو ندارد. آخوند و سید است و از حالا جایش در جنّت‌المأوی رزرو شده، که من بینوای غرق گناه را فقط خدا می‌داند در کدام کوره‌ی هاویه باید منزل بدهند.

بله، همه‌ی اینها می‌تواند مایه‌ی خوبی برای حسادت باشد. ولی نه! من به هیچکدام از این مایه‌های عزّت و شوکت- که خدا زیادترش بدهد- غبطه نمی‌برم. غبطه‌ی من تنها و تنها به خنده و چهره‌ی همیشه خندان پرزیدنت است.

روزنامه‌های فارسی این دوماهه‌ی اخیر – که بعلتی نرسیده بود و حالا یک جا به دستم رسیده– روی میزم جمع شده و این عکس‌های پرزیدنت، یکی از یکی خندان‌تر، که به مناسبت سفرهای خارجی‌اش چاپ شده است، دارد از حسادت کورم می‌کند.

می‌گویید این چه حسادتی است؟ خوب، تو هم بخند! خنده که مالیات ندارد! نه، توجه نکردید، نفس خنده‌ی پرزیدنت نیست که چشمم را می‌گیرد.

من به آن اصل کاری‌اش، یعنی آن «شادی و نشاط» سبب‌ساز خنده‌ی مستمر و البته دلپذیر پرزیدنت – که موجب شده لقب «سیدخندان» او جهانگیر بشود– حسادت می‌کنم یا غبطه می‌برم.

یک وقت هست که یکی دارد «رساله‌ی دلگشا»ی عبید زاکانی را می‌خواند، یا به تماشای بذله‌گویی و طنزپردازی هادی خرسندی نشسته و می‌خندد که البته طبیعی است. ولی وقتی کسی همین طوری بی‌علت ظاهری، سال به دوازده ماه در سفر و حضر، در گرما و سرما، بعد از دیدار با حجت‌الاسلام رفسنجانی و آیت‌الله مشکینی یا بازدید آیت‌الله جنتی، به نشاط است و خندان، الزاماً باید یک احساس امن و آسایش و راحتی وجدان و رضایت کامل از وجود خود و از ایفای بی‌عیب و نقص وظائف خود در هر زمینه، داشته باشد. این احساسی است که ظاهراً برای پرزیدنت مدام فراهم است و برای من عمری است که فراهم نشده که نشده و حسرتش به دلم مانده که مانده!

٭٭٭

این را هم وسط دعوا عرض کنم که فراموش نمی‌کنم یک موقعی

از همین خنده‌رویـی چه غوغایـی برپا شد و چه بارقه‌ای از امید به دلهای گرفته‌ی نسل جوان محرومیت کشیده تابید.

نزدیک بیست سال بود که سگرمه‌ی آخوندهای رژیم جدید- از معمم و کلاهی- از هم باز نشده بود. یک از یک تلخ‌تر، به قول معروف، عین برج زهرمار که با صد من عسل نمی‌شد خوردشان. حدنصاب اخم و عبوسی را هم البته خود آیت‌الله خمینی داشت که انگار یک ماسک اخم و گره پیشانی را روی صورتش میخکوب کرده بودند.

در چنین عبوس‌آبادی بود که پرزیدنت خندان، به مثابه‌ی چهره‌ی خندان شمع در دل تاریکی ظهور کرد و جوانان سختی کشیده چراغ رویش را پروانه شدند.

این را هم بگویم که اخم و عبوسی این جماعت تازگی ندارد. از بدو اختراع آخوند وجود داشته است. یعنی آخوندها از وقتی به سمت واسطه‌ی حرفه‌ای رابطه‌ی خالق و مخلوق داوطلبانه، البته با حقوق مکفی، مشغول کار شده‌اند، دائماً گریه و زاری را تشویق و خنده و شادی را منع کرده‌اند.به حدی که در ذهن بسیاری ازمردم ما گریه را به مرحله‌ی ثواب و خنده را به مرحله‌ی معصیت رسانده‌اند که البته برای نفوذ کلام در این باب، قیافه‌ی عبوس و اخمو را به عنوان وسیله‌ی کار لازم داشته‌اند، و در این زمینه موفق هم بوده‌اند. چون هنوز خیلی از مردم ما، بعد از یک خنده‌ی طولانی با قیافه‌ی گنه‌کار رو به آسمان می‌گویند: خدایا ما را ببخش، زیاد خندیدیم.

علت موافقت آخوندها با گریه معلوم است. اما مخالفتشان با خنده از اینجاست که عمیقاً معتقدند خنده پایه‌ی اعتقادات دینی مردم

را سست می‌کند و در نتیجه از رونق بازار آنها می‌کاهد. تئوریسین و مرجع درجه اول آنها، علامه مجلسی– که عادت دارد نظریات خودش را بی‌محابا به ائمه‌ی اطهار نسبت بدهد– در این باب در کتاب حلیةالمتقین می‌نویسد: «از حضرت صادق (ع) منقول است که بسیار خندیدن دل را می‌میراند و دین را می‌گدازد، چنانچه آب نمک را می‌گدازد».

نتیجه آنکه، تبلیغات خنده‌زدایـی و گریه‌روایـی آخوند به مرور جامعه‌ی ما را، که به علت مصائب تاریخی ماده‌ی مستعد هم داشته، طوری تسخیر کرده که در سراسر ادبیات پربار فارسی تقریباً هیچ حرف و حدیثی و ترانه‌ای درباره‌ی خنده‌ی آدمی نمی‌یابیم. اگر هم در گوشه‌ای باشد آنچنان است که ما را از خنده می‌ترساند. مثلاً از قلم حکیم سخنور، ناصرخسرو قبادیانی می‌خوانیم:

با گروهی که بخندند و بخندانند

چون کنم چون نه بخندم نه بخندانم

از غم آنکه دی از بهر چه خندیدم

خود من امروز به دل خسته و گریانم

خنده از بی‌خردی خیزد چون خندم

چون خرد سخت گرفتست گریبانم

اما، هر چه از خنده خبری نیست، در عوض گریه جای وسیعی را اشغال کرده و حضور سنگین و رنگینی دارد. برای مثال، در کتاب گرانقدر «امثال و حکم» دهخدا، در باب خنده فقط دو ضرب‌المثل می‌بینیم، با این یادآوری که دومی از مجموعه‌ی امثال هندی است.

در حالیکه در باب گریه، چهل و سه مثل و شعر ردیف شده است.

باری، عرض می‌کردم که ظهور چهره‌ی خندان پرزیدنت، در میان قیافه‌های عبوس و تلخ آخوندها واقعه‌ای بود. ولی برای اینکه مشغول‌ذمه‌ی آخوندهای خودی نباشم، باید این را هم عرض کنم که بدعنقی و عبوسی و گریه‌روایـی و خنده‌زدایـی، مختص این آقایان نیست. شیوه و راه و رسم آخوندهای کم‌و بیش تمام مذاهب است. تقریباً مقارن همان روزگاری که ملامحمدباقر مجلسی در «حلیةالمتقین» و «بحارالانوار» به نفع گریه و علیه خنده شعار می‌داد، از آن طرف دنیا، صدای ولتر را می‌شنویم که از دست آخوندهای عبوس خودشان- که به ملاحظه‌ی مقتضیات وقت به آنها عنوان فیلسوف می‌دهد- سخت می‌نالد:

«سیه‌روزی باد بر فیلسوفان عبوسی که گره از پیشانی نمی‌گشایند. من به عبوسی به چشم یک بیماری نگاه می‌کنم» و در پی آن می‌افزاید: «سلاح عمده و مسالمت‌آمیز بشر در نبرد زندگی دو چیز است: یکی کار و دیگری خنده و شادمانی».

تأکید بسیار فیلسوف فرانسوی در باب خنده و شادی، به خاطر آن است که در دوران او، با همه‌ی روشنایـی‌های قرن هجدهم، هنوز کلیسا بر زندگی مردم حکم می‌راند و تلاش برای خوشبختی دنیوی در واقع عیب و عار بود. تا جایـی که در انقلاب کبیر فرانسه، کلامی که بر زبان «سن ژوست»، نماینده‌ی جوان مجلس ملی گذشت ماندگار و جهانگیر شد: «در اروپا خوشبختی یک اندیشه‌ی نو آئین است.» که البته منظور او از این خوشبختی، خوشی و شاد زیستن در دنیا، در مقابل سعادت مسیحی، تبلیغ شده از سوی کلیسا، به عبارت

دیگر خوشبختی عمومی و شاد زیستن همگان، در برابر سعادت و رستگاری فردی روحانیون بود.

عرض می‌کردم که پرزیدنت در چنین حال و هوای اخم‌آلود و غمزده، با چهره‌ی خندانش گل کرد. یعنی چند شانس آورد. یکی این که جزء دستچین شده‌های شورای نگهبان بود. دوم این که منتخب دیگر شورا، یعنی همپالکی او در مسابقه‌ی انتخاباتی، آیت‌الله ناطق نوری بود که بعد از آیت‌الله خمینی صاحب رکورد اخم و بدعنقی و واقعاً مصداق عبوساً قمطریرا بود.

شانس سوم این که بزرگان ولایت بفهمی نفهمی و ببین و نبین! تظاهر به طرفداری از ناطق نوری کردند و این امر مردم را به گرفتن جانب پرزیدنت ترغیب کرد. هر چند بدبینان و متعنّدان گفتند که این غمزه‌ها و پس و پیش‌زدنها، ترفند و تمهید خود ولایت برای خوب جا انداختن پرزیدنت است که قیافه‌ی عبوس و اخموی جمهوری اسلامی را در انظار دنیا تعدیل کنند و نشان بدهند که ولایت فقیه چهره‌ی خندان هم می‌تواند داشته باشد. ما نمی‌دانیم. هر چه بود و هر چه نبود، نتیجه‌ی عملی‌اش گرایش فوق‌العاده‌ی مردم بخصوص جوانها به پرزیدنت بود که با بیست میلیون رأی انتخاب شد و با چهره‌ی خندان بر مسند ریاست جمهوری قرار گرفت.

اهل نظر بر این عقیده بودند که محال است این خنده‌ی شیرین رضایت دوام بیاورد. این آقا وقتی از نزدیک با واقعیت امور، که از دور ناظر بوده، آشنا بشود، خنده بر لبهایش خشک خواهد شد. منِ حسود هم، راست حسینی‌اش، همین انتظار را داشتم. اما، گذشت و گذشت و خنده‌رویی همچنان ادامه یافت.

روزنامه بستند خندید، روزنامه‌نگار زندانی کردند خندید، دانشجو کتک زدند و از بام پائین انداختند خندید، معترض محکوم کردند خندید، زندانی شکنجه کردند خندید، نویسنده کشتند خندید، سیاستمدار سر بریدند، خندید، آنقدر خندید که من دیرجوش عاقبت جوش آوردم و با قاصدک برایش پیغامی فرستادم، نمی‌دانم رساند یا نه! عرض کرده بودم: مولانا عبید حکایت می‌کند که «مادر جحی بمُرد. غسّاله چون از غسل فارغ شد گفت مادرت زنی بهشتی بود. در آن زمان که او را می‌شستم می‌خندید، گفت او به فلان تو و از آنِ خود می‌خندید. آن جایگاه که او بود چه جای خنده بود» حالا، سیّد والاتبار، قربان جدّاطهرت بروم، آن جایگاه که تو بودی چه جای خنده بود؟

باری، چهار سال سرآمد و غیر از کمی تخفیف فشار خیابانی و کشف حجاب دوسه سانتیمتری زلف خانمها، معجزه‌ای از امامزاده پرزیدنت دیده نشد و جوانان خام طمعی که به صد امید او را پرزیدنت کرده بودند، نه تنها به آرزوی دموکراسی بدون آقابالاسر فقیه نرسیدند و نه تنها حسرت به دل این ماندند که سالهای جوانی را مثل همه جوانهای دنیا، جوانوار با شادی و نشاط بگذرانند، بلکه زبانشان پیش دیگران هم کوتاه شد. کشورهای آزاد دنیا دیگر پناهنده‌ی ایرانی راه ندادند. پناهندگان سابق را هم تا توانستند هل دادند که به کشور برگردند. بله، بفرمایید بروید مملکتتان! دیگر چه مرگتان است؟ این رئیس جمهور متمدن خندان که دیگر شیخ صادق خلخالی و شیخ علی فلاحیان ندارد! وقتی هم دلمرده و خسته از وضع، خواستند خارج از مملکت هوایی بخورند، توی هر فرودگاهی و دم هر مرزی از

صف بیرونشان کشیدند تا مطمئن بشوند که به قصد ترور نیامده‌اند. خلاصه دیدند که به قول شیخ اجل سعدی در حکایت بوستان:

کسم پای مرغی نیاورد پیش

ولی دست خر رفت ز اندازه بیش

اما منِ حسود را بگو که فکر می‌کردم به آخر خط خنده‌ی کارساز رسیده‌ایم. دفعه‌ی دوم دیگر مردم قهر می‌کنند که: برو سیّد! بالایت را دیدیم، پایینت را هم دیدیم. ولمان کن. بگذار خودمان یک خاکی به سر می‌کنیم! اما، نه! باز رفتند بیست میلیون رأی به اسمش در صندوق ریختند و پرزیدنت، از خویشتن راضی‌تر و شنگول‌تر دوباره بر مسند ریاست جمهوری نشست.

خدایا! این چه حکایتی است؟ چطور مردم قهر نکردند؟ اگر از من بپرسید، دفعه‌ی دوم عامل موفقیت، سر و وضع و ریخت و رؤیت پرزیدنت بود، لاغیر.

استدلال رأی‌دهنده هم روشن است: با وجود ولایت، دموکراسی و آزادی بیان و قلم و حقوق بشر و این حرفها که شعر است. وضع اقتصادی بهتر و نان و حلوی فراهم‌تر هم می‌ماند برای سر خرمن. شادی و خوشی و بزن و بکوب هم طلبمان!

حالا که باید یک پرزیدنت زینت‌المجالس داشته باشیم که شبانه‌روز قیافه‌اش را توی تلویزیون ببینیم، پس به جای یک ناطق نوری جدید، یا یکی از این آخوند کلاهی‌های اخمو ـ که برای تظاهر به نداری و استضعاف، لباس دو نمره گشادتر چرک‌نما می‌پوشند ـ چرا همین پرزیدنت خودمان را که با عینک پنسی واشرون کنستانتن و عبای ارگانزا روی قبای فلانل کلارک و پیراهن کریستیان‌دیور،

معطر به اودکلن ژیوانشی- قیافه‌ی مطبوعی دارد، انتخاب نکنیم که لااقل منظره‌ی خوبی داشته باشیم؟

واقعیت عجیبی هم نیست. تأثیر هیأت ظاهر سیاستمداران را کسی نمی‌تواند انکار کند. پاسکال فیلسوف فرانسوی گفت: «اگر دماغ کلئوپاترا کوتاه‌تر بود قیافه دنیا دگرگون می‌شد».

و نزدیک‌تر به ما، خیلی از مورّخین معتقدند که در انقلاب فرانسه، اگر دانتون آنقدر زشت‌رو و در نتیجه مورد نفرت مادام رولان، سلسله‌جنبان واقعی اکثریت مجلس ملی، نبود، سرنوشت انقلاب عوض می‌شد.


❊❊❊


باری، باز منِ حسود فکر می‌کردم -یعنی به خودم دلداری می‌دادم- که خنده‌ی رضایت پرزیدنت به آخر خط رسیده است. بعد از دو دوره ریاست که نتوانسته وسایل ترضیه‌ی خاطر مردم را- حتی در حد اجازه‌ی ورود با زن و بچه به ورزشگاه- فراهم کند و خجالت‌زده‌ی جوانهاست، دیگر لای خنده را درز می‌گیرد. ولی باز کور خوانده بودم. روزی که مسند را تحویل جانشین می‌داد، چهره‌اش روشن‌تر از همیشه و خنده‌ی رضایتش درخشان‌تر از پیش بود.

بعد هم که آقابالاسرها راحتش نگذاشتند. با این که از بعضی زبان‌درازی‌هایش ناراضی بودند، به حکم ضرورت، وظایف تازه‌ای به عهده‌اش گذاشتند. یعنی، این اواخر که برای اغلب بلندپایگان درجه اول جمهوری اسلامی از جانب دادگاه‌های آلمان و آرژانتین حکم جلب بین‌المللی صادر شده و جرئت نمی‌کنند پا را از عربستان و

پاکستان و ترکیه و حداکثر روسیه، دورتر بگذارند، به یک نماینده‌ی فاقد پیشینه‌ی کیفری نیاز مبرم دارند. علی‌الخصوص که در عالم دیپلماسی میان هر دعوایـی، گاهی یک ناز و غمزه‌ای و در باغ سبزی لازم می‌آید و در این جور مواقع، وجود پرزیدنت بعنوان چهره‌ی مطبوع ولایت فقیه کاملاً ضروری است.

مثلاً وقتی دانشگاه هاروارد از جمهوری اسلامی سخنران دعوت می‌کند، آیت‌الله مصباح یزدی را که نمی‌توانند بفرستند. یا وقتی دانشگاه سنت‌اندروز می‌خواهد به یکی دکترای افتخاری بدهد، آیت‌الله جنتی را معرفی کنند؟

سفرهای اخیر پرزیدنت به آمریکا و اروپا، برای من فرصتی طلایـی بود که عاقبت از حسرت به دلی درآیم و چهره‌ی جدی و بی‌خنده‌ی پرزیدنت را ببینم. چرا؟ چون فکر می‌کردم عاقبت پرزیدنت سر بزنگاه رسیده است.

سر و کله زدن با خودی‌ها مشکلی ندارد. نه تنها حالا که مسئولیت رسمی داخلی ندارد، بلکه آن وقتی هم که مشغول ریاست جمهوری بود، نداشت. مردمی که مدتها بود جار و جنجال اول کار «دمکراسی بازی» آخوند را پشت سر گذاشته بودند، دیگر عقلشان می‌رسید که با وجود ولی مطلق فقیه، از رئیس جمهور و وزیر جمهور و این اصحاب عناوین، توقع زیادی نداشته باشند. در نتیجه ترضیه‌ی خاطرشان مشکل نبود. گرفتاری‌هاشان را خودشان هر جوری بود با سیستم سنّتی رفیق‌بازی و پارتی تراشی یا مرافقه‌های وجوهاتی، حل و فصل می‌کردند. اگر هم اتفاقاً در این کشاکش یک وقتی کار به ریاست جمهوری می‌کشید و پرزیدنت در سه کنجی سئوال قرار

می‌گرفت، با لبخند، زیرچشمی نگاهی به قاب عکس بالای سرش می‌انداخت. و ارباب رجوع، که مزاجاً و نسلاً بعد نسل، به شعار چه فرمان یزدان چه فرمان شاه عادت داشتند، حالیشان می‌شد که باید یک فکر دیگری بکنند و به دولت سخت نگیرند.

اما وقتی پا را از مملکت بیرون می‌گذارد و خارجی‌ها به حضرتش با این ظاهر آراسته‌ی پرابهت به چشم یک رکن رکین نظام حاکم بر مملکت نگاه می‌کنند، کار مشکل می‌شود. قاب عکس اقا هم برای اشاره‌ی معذوریت بالای سرش نیست و باید به سئوالات جواب بدهد. پس تردیدی نیست که گیر می‌افتد. ولی باز کور خوانده بودم. رفت و برگشت و به حکایت عکس‌هایـی که عرض کردم، معلوم شد آنجا هم شیرین کاشته است.

برای کشف ماوقع در حد امکان، تلاش کردم از چند و چون سفرها اخباری کسب کنم. بخصوص دنبال اخبار مربوط به دکترای افتخاری از دانشگاه سنت‌اندروز اسکاتلند گشتم. چون عکس پرزیدنت که بعد از این مراسم گرفته شده با خنده‌ای در خور آگهی خمیر دندان کلگیت است.

البته سوپر شادمانی دریافت دیپلم دکتری قابل فهم است. بخصوص که می‌تواند زبان مخالفان و متعنّدان را که مدام تیتر دکترای آقای احمدی‌نژاد را به رخ پرزیدنت می‌کشند ببندد. هر چند شنیدم که دوستان آقای احمدی‌نژاد، بعد از این مراسم هم کوتاه نیامده‌اند که بله، دکترای افتخاری درس نخوانده و رساله ننوشته از یک دانشگاه زیر قطب شمال، آن هم با انگولک وزارت خارجه‌ی انگلیس، کجا و دکترای زحمت کشیده و دود چراغ خورده‌ی دکتر احمدی‌نژاد،

در رشته‌ی ترافیک، از یک دانشگاه معتبر جمهوری اسلامی کجا؟
مضافاً به این که رساله‌ی آقای احمدی‌نژاد، با عنوان «نقش اتوبوس
دوطبقه در بهبود ترافیک شهری» با درجه‌ی ممتاز و تبریک هیئت
ژوری به تصویب رسیده و تاکنون هفت بار تجدید چاپ شده است.

✻✻✻

باری، می‌دانید که پیش از تشریفات اهدای دیپلم دکترای
افتخاری، مراسم خاصی- که در واقع جانشین سمبولیک دفاع از
رساله‌ی دکتری است- با حضور استادان و مهمانان برگزیده، برگذار
می‌شود. فرض می‌کنیم که به احترام پرزیدنت و با توجه به ریاست
مؤسسه‌ی گفتگوی تمدن‌ها، به این مراسم عنوان «حقوق آینه‌ی
تمدن» داده باشند. ابتدا، طبق مرسوم، برای تعیین چارچوب بحث،
یکی از اسناد حقوقی بین‌المللی به حکم قرعه تعیین می‌گردد، که
فرض می‌کنیم سند تعیین شده در این مراسم، معاهده‌ی بین‌المللی
حقوق مدنی و سیاسی مصوب ۱۶ دسامبر ۱۹۶۶ بوده است.

متن کامل مذاکرات جلسه متأسفانه بدست نیامد. پس خلاصه‌ای
از آن بر اساس استیمیت ریپورت استخباری، به شرح زیر قابل تصور
است.

ابتدا استاد حقوق بین‌الملل اولین سئوال را مطرح می‌کند:- ماده‌ی
۱۹ معاهده‌ی حقوق مدنی و سیاسی، آزادی کامل انتشار افکار و
اعتقادات را تصریح کرده است. ولی درکشور شما، که از امضا کنندگان
این معاهده است، تعدادی نویسنده و روزنامه‌نگار بخاطر نوشته‌هاشان
زندانی هستند. از جمله، اطلاع داریم که رامین جهانبگلو، فیلسوف
جوان ایرانی، بخاطر مقالاتی که درباره‌ی انقلاب مخملی اوکراین

نوشته، به اتهام اقدام علیه امنیت ملی زندانی شده است. این استاد که در دانشگاه ما هم زمانی تدریس کرده، یکی از مبارزان برجسته‌ی راه صلح و عدم خشونت است و به این اعتبار بوده که یونسکو در سال ۱۹۹۹، تألیف ارزشمند او «تأملی در اندیشه‌ی عدم خشونت» را به قصد هدایت جوانان جهان، به زبان‌های رسمی سازمان چاپ و در سراسر دنیا توزیع کرده است. سئوال من این است که چنین کسی چطور امنیت ملی را آنقدر به خطر می‌اندازد که باید به زندان برود؟ و پرزیدنت، رئیس مؤسسه‌ی گفتگوی تمدن‌ها در دفاع از او چه کرده است؟

پرزیدنت پاسخ می‌دهد:

ـ خوشوقتم به اطلاع استاد محترم برسانم که این جوان اکنون با تودیع وجه‌الضمان از زندان آزاد شده است. درباره‌ی سئوال شما باید بگویم که امنیت حکومت ولایت، به عون الهی مستحکم است. راجع به بازداشت این استاد هرچند اطلاع دقیقی ندارم، ولی مطمئنم که با هدف جلوگیری از اغتشاش و خشونت بوده است. در این ایام صحبت از انقلاب ولو مخملی، می‌تواند خشونت ایجاد کند. فرض کنیم خواندن این مقالات، مخملی‌های ایران را هم به فکر تقلید بیندازد و مثل اوکراین بریزند توی مجلس، و فرض کنیم که رئیس محترم مجلس ما، با همه‌ی اقتدار سببی، نیروهای انتظامی را خبر نکند، جواب جوانان غیرتمند حزب‌اللهی، معروف به «لباس شخصی» را ـ که ممکن است بریزند توی مجلس و یک عده بی‌گناه کشته شوند ـ کی می‌دهد؟ اوکراین خونریزی نشد برای این که لباس شخصی نداشت.

- این لباس شخصی‌ها چه مأموریتی دارند؟

- مأموریتی ندارند، جناب استاد. اینها جوانان متعصب عضو حزب اکثریت یعنی حزب‌الله هستند که وقتی ببینند کسی از ولایت فقیه ایراد می‌گیرد، خون جلو چشمشان را می‌گیرد و بی‌اختیار خون راه می‌اندازد. می‌دانید که دمکراسی ما از نوع صادراتی انگلیسی نیست. از نوع بومی فقاهتی است، که در کنار حکومت قانون عشق به ولایت هم جایی دارد.

(کف زدن شدید همراهان پرزیدنت)

سئوال کننده‌ی بعدی استاد تاریخ تمدن، بعد از خواندن ماده‌ی ۷ معاهده‌ی بین‌المللی مورد بحث- که مجازات‌های بی‌رحمانه، غیرانسانی یا ترذیلی را ممنوع کرده- مجازات سنگسار، موضوع ماده‌ی ۸۳ قانون مجازات جمهوری اسلامی را پیش می‌کشد و می‌گوید....

- من کاری به تضاد این مجازات با مقررات ماده‌ی ۷ معاهده ندارم. سئوالم از شما رئیس مؤسسه‌ی گفتگوی تمدن‌ها، درباره‌ی تأثیر متقابل تمدن‌هاست. در انجیل یوحنا آمده است که کاتبان یهود که قصد سنگسار زانیه‌ای را داشتند، نظر عیسی مسیح را پرسیدند. گفت: هر که از شما گناه نکرده سنگ اول را بزند. از طرف دیگر، در ماده‌ی ۹۹ قانون مجازات جمهوری اسلامی آمده است که در سنگسار، حاکم شرع باید سنگ اول را بزند. از آنجا که در متون مذهبی مورد استناد، صحبتی از سنگ اول و سنگ دوم نشده آیا قانونگذاران جمهوری اسلامی در این ماده از جهتی، فتوای عیسی مسیح را در نظر داشته‌اند؟

پرزیدنت پاسخ می‌دهد:

- البته نظر حضرت عیسی سلام‌الله علیه محترم است ولی قانونگذار ما نکته‌ای ظریفتر از فتوای مسیح را در این ماده گنجانده که در نظر اول به چشم نمی‌خورد. به این معنی که با حکم زدن سنگ اول به وسیله‌ی قاضی، او را به حضور در سنگسار ملزم کرده است تا بر جزئیات قانونی، مثلاً اندازه سنگ نظارت کند. چون به موجب ماده‌ی ۱۰۴ این قانون، بزرگی سنگ نباید به حدی باشد که با اصابت یکی دو عدد سنگ، شخص کشته شود و کوچکی نباید به اندازه‌ای باشد که نام سنگ بر آن صدق نکند. فایده‌ی این دقت نظر و عاقبت اندیشی قانونگذار، مبنی بر لزوم حضور قاضی، در عمل ثابت شده است. مکرّر، قضات حاضر در سنگسارها، افرادی را که ضمن شرط‌بندی، با تیرکمان و ریگ چشمها یا گوش‌های محکوم را نشانه می‌گرفتند، از این اقدام غیرقانونی مانع شده و اندازه‌ی قانونی سنگ را به آنها یادآوری کرده‌اند.

(کف زدن حضار)

سئوال بعدی از استاد حقوق تطبیقی به این صورت مطرح می‌شود:

- ماده‌ی ۲۶ این معاهده‌ی بین‌المللی مقرر داشته که تمام افراد در برابر قانون برابرند و باید بدون هیچگونه تبعیض نژاد، رنگ، جنسیت و مذهب، از حمایت قانون برخوردار باشند. ما، ضمن بررسی حقوق تطبیقی، در قانون جزای جمهوری اسلامی به یک تبعیض مذهبی آشکار و غیرقابل قبول برخوردیم: در باب رابطه‌ی جنسی بین دو مرد، تبصره‌ی ماده‌ی ۱۲۱ این قانون مقرر می‌دارد: «در صورتی که فاعل غیرمسلمان و مفعول مسلمان باشد، حدّفاعل قتل است» در

نتیجه، گذشته از اعتراض اصولی به این تخلف بارز از معاهده‌ی بین‌المللی، مورد خاصی هم مایه‌ی نگرانی دانشگاه ما شده است.

جناب مستر اندربریج، نماینده‌ی پارلمنت و عضو هیئت امنای دانشگاه ما، که هوموسکسوئل است، بنا به دعوت یکی از مسئولان درجه اول جمهوری اسلامی به عنوان دیدار، ولی در واقع برای میانجیگری دوستانه در مسئله‌ی غنی‌سازی اورانیوم به ا یران رفته و دوستان پارلمانی و دانشگاهی او، به علت این تبعیض تبصره‌ی ماده ۱۲۱ برای جان او نگرانند. پرزیدنت در این باره چه نظری دارند؟

پرزیدنت در پاسخ می‌گوید:

– من البته در مراجعت، مقام رهبری را متوجه این تبعیض و تناقض تبصره‌ی ۱۲۱ با ماده‌ی ۲۶ معاهده، خواهم کرد که برای رفع تبعیض بین مسلمان و غیرمسلمان دستور لازم صادر بفرمایند. اما در مورد نماینده‌ی محترم پارلمنت، باید بگویم که من قبل از حرکت، مستر اندربریج را در تهران دیدم و معتقدم که با توجه به حسن خلق و لطف برخورد ایشان که از اولین دیدار به دل می‌نشیند، شانس موفقیت خوبی در میانجیگری دوستانه دارند، در مورد نگرانی برای سلامت ایشان هم، مطمئنم که میزبان ایشان، آقای موسوی اردبیلی، که مردی با تجربه و حقوقدان است، طوری اقدام خواهد کرد که مشکلی پیش نیاید و از بابت این تبصره، حد قتل متوجه شخص مستر اندربریج نشود.

در این موقع رئیس جلسه، طبق مرسوم به صدای بلند می‌پرسد:

– آر یو ساتیسفاید؟

سپس خود او و استادان، طبق مرسوم، همصدا پاسخ می‌دهند:

– وی آر.

(تبریک رئیس به پرزیدنت، کف زدن حاضران، لبخند و سپس
خنده‌ی رضایت پرزیدنت، فلاش عکاسان، شروع تشریفات اهدای
دیپلم)

\*\*\*

در حالی که بر اساس این گزارش فرضی، که حکایت از موفقیت
پرزیدنت در ادای پاسخ‌های سنجیده و قانع‌کننده داشت و هر گونه
خنده‌ی رضایت را می‌توانست توجیه کند، داشتم دیگر از دیدن
چهره‌ی بی‌خنده‌ی پرزیدنت به کلی قطع امید می‌کردم که ناگاه،
یک روزی خبری از بی‌خندگی و حتی گریه‌ی او رسید. هر چند به
گریه‌اش دیگر راضی نبودم، ولی عقده‌گشاده، در دل گفتم: عاقبت
آه من دامن پرزیدنت را گرفت.

خبرش را تصادفاً خواندم. خبر گریه را، آن هم چه گریه‌ای! آنهم
کجا؟ در جشن تولدش! یعنی، در مهرماه گذشته، روزنامه‌ی اطلاعات،
به مناسبت شصت و سه سالگی پرزیدنت، در محل روزنامه برایش
جشن تولدی گرفته و بعد از این که پرزیدنت کیک تولد را بریده،
حجت‌الاسلام محمود دعایـی نماینده‌ی ولی فقیه در مؤسسه‌ی
اطلاعات با خواندن متن زیبایی (مشخص نشده شعر یا نثر) تولد
او را تبریک گفته است. حین این تبریک واقعه‌ی غیرمنتظره‌ای اتفاق
افتاده که روزنامه آن را اینطور شرح می‌دهد: «با این متن دلنشین
بغض سیّد و بعضی از حاضران ترکید» و درباره‌ی علت آن هیچ
توضیحی نمی‌دهد. ترکیدن بغض شوخی نیست. موضوع غلتیدن
دو قطره اشک احساسات بر گونه‌ها نیست. بغض که می‌ترکد یعنی

گریه‌ی واقعی و هایهای است.

اما چه شده که پرزیدنت در مجلس جشن و سرور، درست موقع تبریک تولدش این طور به هق‌هق گریه افتاده است؟ خیلی در این باره فکر کردم. عقلم به جایی نرسید. اتفاقاً نمی‌دانم چه شد که به یاد صحنه‌ای از فیلم زندگی جان کندی فقید افتادم- بارها از تلویزیون دیده‌ایم- که در آن، صحنه‌ای از آخرین جشن تولد او را نشان می‌دهند. در این صحنه، مریلین مونرو با ناز و دلبری تمام، تبریک تولد می‌گوید: «هپی برث‌دی مستر پرزیدنت».

به خودم گفتم چه بسا پرزیدنت ما هم- که مثل همه این صحنه را در تلویزیون دیده- با تبریک آقای دعایی، ناگهان به یاد تبریک آن نازپرورده‌ی خلقت با آن اندام نازنین و عارض گلفام و خرمن گیسوی زرّین افتاده و با این یادآمد، ناگهان بغضش ترکیده و احتمالاً، آن هق‌هق گریه فریاد شکایتی خاموش بوده به درگاه احدیت که: خداوندا! هزار بار شکرت. ولی می‌پسندی که تهنیت‌گوی آن ملحد زندیق کافرتبار، مریلین مونروی گلندام گلروی زرین‌مو باشد و تهنیت‌گوی منِ سیّد صحیح‌النسب مسلمان، آقای دعایی با آن دماغ سطبر و ریش ابلق و سر بی‌مو؟... نکند روز جزا هم نصیب و قسمت همین جورها باشد!

و از هیبت این فکر آخری زار زده است.

اگر چنین بوده باشد، با پرزیدنت، به مناسبت این سانحه ابراز همدردی می‌کنم.

پاریس

نوروز ۱۳۸۶

# گزارشی از مراسم یادبود
# ایرج پزشک‌زاد در پاریس

(متن از روی نوار پیاده شده است)

ـ خانم‌ها، آقایان. با سلام. بنده خدمتگزار شما خردیار، به نام انجمن فرهنگی گوهر سخن، از تشریف‌فرمائی‌تان به این مجلس سپاسگزاری می‌کنم. بطوری که می‌دانید، یکی از برنامه‌های انجمن ما، در جهت اشاعه و ترویج ادب و فرهنگ ایران زمین، ادای احترام و بزرگداشت ادبا و شعرا و هنرمندانی است که ما را ترک کرده‌اند و در این زمینه جلسات متعددی داشته‌ایم. از جمله مجالس بزرگداشت برای روانشاد دکتر محمدجعفر محجوب، روانشاد اخوان ثالث، روانشاد احمد شاملو، روانشاد نصرت رحمانی، روانشاد فریدون مشیری، روانشاد یدالله رؤیایی...

**چند صدا از سالن**- رؤیایـی زنده است... ایشان حیات دارند.

**خردیار**- خیلی عذر می‌خواهم. بله، خوشبختانه جناب دکتر یدالله رؤیایـی در کمال صحت و سلامتند. تصور می‌کنم اسم ایشان که در فهرست سخنرانان گذشته انجمن بوده با این فهرست تداخل شده ولی مانعی ندارد که برای اهل هنر در زمان حیاتشان هم شادی روان آرزو کنیم. باری، جلسه‌ی امروز ما به یادبود ایرج پزشک‌زاد و بررسی آثار او اختصاص یافته و خوشوقت و مفتخرم که به عرضتان برسانم که اداره و ریاست جلسه را دانشمند محترم و معزّز، جناب دکتر اعصامی- که در انجمن مکرّر سعادت کسب فیض از سخنرانی‌های فاضلانه‌ی ایشان را داشته‌ایم- تقبل فرموده‌اند. ضمناً می‌خواهم از سخنرانان محترم تقاضا کنم که دقیقاً در حد برنامه‌ی تعیین شده صحبت بفرمایند. چون این سالن شهرداری فقط تا ساعت بیست در اختیار ماست. و در رأس ساعت بیست، برای اجرای برنامه‌ی دیگری که در ساعت بیست و پانزده دقیقه دارند، باید سالن را تخلیه کنیم.

مضافاً به اینکه به علت دیر رسـیدن دوستان جلسه را با حدود نیم سـاعت تأخیر شروع می‌کنیم. البته ریاسـت محترم جلسه در این باب نظارت و دقت خواهند فرمـود. حالا از جناب دکتر اعصامی عزیز تمنا می‌کنم تشـریف بیاورند و جلسه را اداره بفرمایند. بفرمائید، قربان، اینجا مقابل میکروفن!


(صدای جابجا شدن صندلی‌ها)


**رئیس**- تشکر می‌کنم از جناب مهندس خردیار، بنیان‌گذار و رئیس دانشمند انجمن گوهر سخن، که با اظهار لطف همیشگی‌شان

بنده را شرمنده فرمودند. باید عرض کنم که...

**یک صدا**- بلندتر!

**رئیس**- صدا نمی‌رسد؟ شاید میکروفن؟ (صدای چند تلنگر به میکروفن) بهتر شد؟

**یک صدا**- بله بفرمائید! قدری بهتر شد.

**رئیس**- این مشکل میکروفن هم به رغم تمام پیشرفت‌های تکنولوژی- در اجتماعات ما حل شدنی نیست. باری، عرض می‌کردم که موضوع اجتماع امشب ما بزرگداشت روانشاد ایرج پزشک‌زاد است. سخنران اول ما استاد سخنور، جناب دکتر حسام‌الدین مستقانمی هستند که درباره‌ی آثار داستانی آن زنده‌یاد سخن خواهند گفت. رسم اینست که رئیس جلسه سخنرانان را به مجلس معرفی می‌کند. اما وای بر من، که نمی‌دانم چه بگویم با زبان قاصرم در معرفی استاد مستقانمی، بزرگ‌مردی که از آوازه‌ی فضل و دانشش عالمی سرشار است. گفت:

یک دهن خواهم به پهنای فلک
تا بگویم وصف آن رشک ملک

همین قدر می‌توانم بگویم که بنده همیشه به دوستی ایشان افتخار کرده‌ام وهیچ وقت فراموش نکرده‌ام و نخواهم کرد اولین برخوردهایم با این بزرگمرد فرهیخته را که مقدمه‌ی ره بردنم به دنیای بی‌حد و مرز دانشش بود. از جمله روزی را که در برابر داوران از رساله‌ی دکترایم دفاع می‌کردم، در پایان کار وقتی برای اظهار امتنان از دوستانی که

بعنوان تماشاچی به این جلسه آمده بودند، سربرگرداندم، چشمم به جناب دکتر مستقانمی بزرگوار افتاد که بی‌سروصدا به جلسه تشریف آورده بودند. مراتب امتنانم را به حضورشان تقدیم کردم. ایشان به لطف ومحبت موفقیتم را تبریک گفتند و اگر خاطرشان مانده باشد، خدمتشان عرض کردم استاد عزیز، بختم بلند بود که متوجه حضور شما نشده بودم، چون اگر شده بودم از شرمندگی دست و پایم را گم می‌کردم و احتمالاً طوری در جواب سئوالات استادان ممتحن به تته پته می‌افتادم که نه تنها رساله‌ام با درجه‌ی بسیار عالی همراه با تبریک ژوری، قبول نمی‌شد که تردید دارم حتی مورد قبول قرار می‌گرفت. و کلام ایشان هنوز درگوشم هست که فرمودند: دکتر اعصامی، آن طور که من دیدم، تو باید آنها را امتحان می‌کردی، نه آنها ترا! که البته نظر لطف شامل ایشان نسبت به بنده بود. اما چون نمی‌خواهم حضار گرامی را که می‌دانم سخت مشتاق شنیدن سخنان استاد هستند، بیش از این در انتظار بگذارم، دیگر چیزی در این باب عرض نمی‌کنم و از حضور استاد ارجمند جناب دکتر مستقانمی تمنا می‌کنم تشریف بیاورند و حاضران را مستفیض بفرمایند. از این طرف، جناب استاد!

(دست زدن حضار، صدای جابجا شدن صندلی‌ها، سپس سکوتی ممتد)

**استاد مستقانمی:**

چو گویی که وام خرد توختم
همه هر چه بایستم آموختم
یکی نغز بازی کند روزگار
که بنشاندت پیش آموزگار

من بنده‌ی ناچیزهر چه دارم، اگر هر آینه داشته باشم، حاصل خوشه‌چینی از خرمن بی‌انتهای دانش استادانی است که بعضی از آنها امشب در این جلسه حضور دارند، از جمله، رئیس دانشمند جلسه، جناب دکتر اعصامی، که بنده را بر دوش لطف گرفتند و از زمین به آسمان بردند.

**یک صدا**- بلندتر!

**استاد**- میکروفن کار نمی‌کند؟

**رئیس**- چرا، قربان، یک کمی این طرف‌تر، مقابل میکروفن صحبت بفرمائید! یک کمی هم بلندتر!

**استاد**- بله، عرض می‌کردم که رئیس دانشمند جلسه بنده را از زمین به آسمان بردند، اما باید دید کدام زبان گویایی است که از عهده‌ی معرفی فضائل اخلاقی و فضل و دانش خود این بزرگوار متواضع برآید؟ راهی ندارم جز اینکه دست توسل به دامن شیخ اجل بزنم و خطاب به ایشان بگویم:

کمـــال فضل ترامن به گرد می نرســـم

مگر کسی کند اسب سخن بزین به از این؟

باری، انجمن گوهر سخن این جلسه را به قصد یاد کرد روانشاد ایرج پزشک‌زاد ترتیب داده و از بنده خواسته است که آثار داستانی او را بررسی کنم. در این باب عرض می‌کنم که من آن زنده‌یاد را به علت نسبت سببی دوری که با ما داشت، چند بار در مجالس

خانوادگی دیده بودم ولی اولین باری که از نزدیک با خصوصیات روحی او آشنا شدم و این، مقدمه‌ی آشنایی من با آثارش شد، در یک دیدار خصوصی در منزل ما بود. سال‌ها پیش، روزی از روزها، به بنده تلفن زد و گفت که درباره‌ی یک موضوع تاریخی سئوالی دارد. او را به یکی دو تن از اساتید بزرگ حواله دادم. جوابی داد که بعد از سال‌ها هنوز توی گوشم است. گفت: استاد، اینها در انتقال معلومات خود به دیگران خست می‌ورزند در حالی که شما نه تنها امساک و خست در بذل دانش ندارید که حتی می‌شود گفت که در این باب اهل اسراف و تبذیر هستید. این هم هست که آنها چون سرمایه‌ی دانش بی‌انتهای شما را ندارند، دستشان در خرج کردن می‌لرزد. البته آن زنده‌یاد روی محبتی که به من داشت مبالغه می‌کرد. ولی یادش بخیر و خوبی باد که همیشه قلب و زبانش یکی بود. باری، از موضوع دور نیفتیم! برای دو روز بعد قرار گذاشتیم که به منزل ما بیاید. قبل از خداحافظی، با خنده گفت: جناب استاد، آیا باید با دسته گل خدمتتان بیائیم؟

گفتم: نخیر، ابداً. چون فقط شایعه است. آخر، آن روزها در محافل و مجامع، برای پست ریاست دانشگاه اسم بنده زیاد برده می‌شد. که بعد وقتی به مرحله‌ی اقدام رسید چون شرایط مرا نپذیرفتند، قبول نکردم. باری، از موضوع دور نیفتیم! روز موعود، که یک تعطیلی بود، وقتی آن زنده‌یاد به منزل ما رسید، از قضا من در یک بحران عصبی فوق‌العاده بودم. بیش از یک ساعت بود که با کسالت ناگهانی مادر همسرم روبرو و گرفتار بودم و در غیاب همسرم، که با بچه‌ها به مهمانی یکی از بستگان در مهرشهر کرج رفته بود، بدجوری دست و

پایم را گم کرده بودم. باید درباره‌ی این کسالت مادرزنم، به جهاتی، که بعداً عرض خواهم کرد، توضیحی بدهم. آن مرحومه آن موقع با ما زندگی می‌کرد. ایشان از جوانی گرفتار بیماری یبوست مزمن بود.

عرض می‌کنم بیماری، چون یبوست چهار،پنج، شش روزه بود، که وقتی از این مدت تجاوز می‌کرد، موجب نفخ و تورم و درد شکم و سکسکه و عوارض نامطبوع دیگری می‌شد. من شخصاً معتقدم که این بیماری خانوادگی و ارثی بود. چون خواهرش خانم عترت‌السلطنه زن مرحوم دکتر آراسته، هم همین گرفتاری را داشت. همین طور برادرش سرهنگ مرتضی خان و پیش از همه‌ی آنها، مرحوم سالار امجد، پدرشان. باری، از موضوع دور نیفتیم! در این جور مواقع بحرانی که ناراحتی از حد می‌گذشت و به مرحله‌ی خطر می‌رسید، همسرم که واقعاً مادرش را می‌پرستید، آستین‌ها را بالا می‌زد و با یک تنقیه‌ی جوشانده‌ی گل ختمی و سولنجون و قولنجون و این جور چیزها، ایشان را راحت می‌کرد. آن روز تعطیلی، در حالیکه قبض خانم بزرگ از سه چهار روز تجاوز نکرده بود بطور ناگهانی عوارض مخصوص همراه با دل درد شروع شد. در غیاب همسرم، مستخدمه‌ی منزل، فاطمه‌سلطان، با اجازه‌ی خود خانم و موافقت من، کار تنقیه را متقبل شد. فقط چون سواد نداشت قوطی‌ها را که اسم علف‌ها روی آنها نوشته بود آورد که من مقداری از هر کدام به او دادم، که بجوشاند و مایعش را آماده کند. تنقیه انجام شد و درد خانم آرام گرفت و من نفس راحتی کشیدم. ولی چند دقیقه بعد ناگهان صدای فریاد درد او شدیدتر از پیش از اطاقش بلند شد. از جزئیات می‌گذرم فقط در میان ناله‌های خانم و «خدا مرگم بده»های فاطمه

سلطان، این طور فهمیدم که موقع تنقیه معلوم نیست چرا، سر لوله‌ی اریگاتور، یعنی آن سرش که به لوله‌ی پلاستیکی وصل می‌شود، یک اسم مخصوصی دارد که حالا خاطرم نیست...

**یک صدا**- کانول.

**استاد**- بله، کانول. خیلی ممنونم. معلوم شد که آن کانول، بعلت ناشیگری مستخدمه یا یک حرکت بی‌جای خانم بزرگ، از لوله جدا شده و توی بدن بیمار مانده است و ظاهراً علت درد همین بود پیشنهاد کردم ایشان را به بیمارستان ببریم قبول نکرد. اصرار داشت که دکتر سید مصطفی خان را، که طبیب خانوادگی‌شان بود و نام فامیلش یادم نیست، خبر کنیم که بیاید. تلفن زدم منزل نبود. به همسرم زنگ زدم که زودتر برگردد. چون خانم درد می‌کشید و به رفتن به بیمارستان رضایت نمی‌داد. دکتر دیگری را هم قبول نداشت. خدا رحمتش کند. تمام خلقیات پدرش، سالار امجد، بخصوص استبداد و زورگویی او را به ارث برده بود. می‌دانید که زورگوئی و یک دندگی مرحوم سالار در دوران حکومت مازندران در تذکره‌ها و خاطرات رجال آخر قاجار مکرر ثبت شده است.بهرحال، از موضوع دور نیفتیم! یکی از تظاهرات سماجت و استبداد رأی خانم این بود که حکم کرده بود و اصرار داشت که تنقیه به وسیله‌ی اریگاتور مخصوص خودش انجام بشود. و این اریگاتور روسی را که از جنس ورشو و مال شاید صد سال پیش بود، مرحوم سالار یک وقتی از تفلیس آورده بود. در این گیرودار و در میان ناله‌های خانم بزرگ، مستخدمه هم که یک مقداری احساس مسئولیت و گناه می‌کرد، دم به دم می‌آمد و می‌پرسید خانم چرا نیامد؟ و گاهی هم، انگار برای سبک کردن بار

مسئولیتش، می‌گفت: آقا، نکند آن دواها که دادید عوضی بوده، که بیشتر اعصابم را خرد می‌کرد.

عاقبت دکتر را که منزل یکی از دوستانش مهمان بود پیدا کردم و خواهش کردم هر چه زودتر بیاید. در عین این حال آشفتگی و ناراحتی عصبی، یکی از دوستان تلفن زد و رفتار تند مرا با یکی از وزراء ملامت کرد. از جزئیات قضیه می‌گذرم. همین قدر عرض می‌کنم که روز پیش در یک کمیسیونی، من تو دهنی محکمی به یکی از وزیران که اوامر شاه را به رخ من کشیده بود، زده بودم. این دوست که خبرش را شنیده بود، می‌گفت حالا که صحبت ریاست دانشگاه تست مصلحت نیست که سروصدای این بگومگو به بالاها برسد. اصرار و ابرام او به رفع و رجوع عصبانی‌ام کرد. سر او هم فریاد زدم وگفتم: تو کی دیده‌ای که من عقیده‌ام را فدای مقام کنم، یا به قول فرانسوی‌ها شرف را با تشریفات معاوضه کنم؟ منظور اینکه بحران روی بحران دیگر اعصاب برای من نگذاشته بود. خداخدا می‌کردم همسرم زودتر برسد. چون خانم بزرگ با همه درد و ناراحتی توضیح درستی هم به من نمی‌داد. جوابش فقط آره یا نه بود. یعنی چند روزی بود با من سرسنگین بود. آن موقع علت را نمی‌دانستم. بعد فهمیدم: یک روزی عصبانی، سر دخترم که ایراد نابجایـی گرفته بود، داد زده بودم که: برو از خانم جونت بپرس که اوساچُسک خانه است! نگو فرهاد بنده‌زاده که آن موقع سه چهار ساله و خیلی شیطان بود و این حرف را شنیده بود، از مادربزرگش معنی اوساچُسک را پرسیده بود و به این ترتیب خانم بزرگ به مورد استعمال لفظ پی برده بود. البته شلوغی و شیطانی فرهاد مال دوران بچگی‌اش بود.

وقتی بزرگ شد بعکس، مجسمه‌ی متانت و آقایی شد. حالا که در دانشگاه نیواورلئان امریکا تدریس می‌کند، شنیده‌ام که چند دانشگاه برای بردنش با هم نزاع می‌کنند. باری، از موضوع دور نیفتیم! علت سرسنگینی خانم با من همین حرف بچگانه‌ی فرهاد بود که به بدخلقی طبیعی مبتلایان به یبوست اضافه شده بود. در یک همچو وضع و حالی بود که در زدند و آن زنده‌یاد، طبق قرارمان از راه رسید. البته من از مشکلات چیزی نگفتم. تعارف کردم در سالن نشستیم. هنوز در مرحله‌ی احوالپرسی بودیم که همسرم نگران و پریشان و آشفته رسید. وقتی از ماوقع مطلع شد، اول به فاطمه سلطان پرید که چرا بی‌اجازه، چنین کاری کرده است. پیرزن بیچاره، دستپاچه جواب داد: با اجازه‌ی آقا بوده، دوای جوشانده را هم خود آقا داد. خانم هم، بدون ملاحظه‌ی مهمان، به من پرید که یک باره چاقو بردار سر مامان را ببر که خیالت راحت بشود! آخر، ایشان روی تخیلات زنانه شاید ظن خصومتی از جانب من نسبت به مادرش می‌برد. در حالی که به‌عکس بود. من این خانم را مثل مادری دوست داشتم. البته آن روز همسرم خودش نبود. زجر و عذاب مادرش او را از حال طبیعی خارج کرده بود، وگرنه به تصدیق همه، زنی بسیار معقول و مبادی آداب است. از نظر خانوادگی دختر مرحوم دکتر مساعد و نوه اوانس‌خان مساعدالسلطنه، سفیر اسبق ایران در فرانسه است. از نظر معلومات هم، تحصیلات عالی دارد. در همان ایام اتفاقاً مشغول نوشتن رساله‌ی دکترای ادبیات زیرعنوان ترکیبات استعاری در شعر ظهوری ترشیزی بود، که چند ماه بعد با درجه‌ی ممتاز تصویب شد. از موضوع دور نیفتیم! اصرار همسرم هم نتوانست مادرش را به رفتن به بیمارستان

راضی کند. منتظر دکترش بود. عاقبت دکتر سید مصطفی‌خان از راه رسید. از یک مهمانی می‌آمد و پیدا بود دمی به خمره زده است چون خیلی شنگول و خندان بود. وقتی بعد از معاینه از اطاق خانم بزرگ بیرون آمد تلفن زد که آمبولانس بیاید.

بعد، در انتظار آمبولانس، در حالیکه با اریگاتور فلزی و لوله‌اش ور می‌رفت، گفت: من نمی‌فهمم چطور این اتفاق افتاده. چون کانول سر لوله‌ی اریگاتور یک شیر کوچولو هم دارد که باز می‌کنند و می‌بندند. خود کانول در بدن مانده باشد یک حرفی ولی کانول با شیرش راحت توی بدن نمی‌رود! بعد با نگاه خندانی اضافه کرد: مگر اینکه عمداً و به زور داخل کرده باشند.

این شوخی دکتر و صحبت شیر سر کانول موقعیتی به همسرم داد که دوباره به من بپرد. بگذریم که شیر کانول روز بعد زیر تشک پیدا شد. ولی در آن اوضاع و احوال بحرانی تشخیص شوخی از جدی سخت بود. از این جزئیات که عرض می‌کنم منظوری دارم که عرض خواهم کرد. من که در این جور مواقع معمولاً خونسردی‌ام را حفظ می‌کنم، آن روز بعلت درهم ریختگی عصبی، عاقبت از کوره در رفتم. وقتی همسرم در حضور دکتر و مهمان و مستخدم، روبه من فریاد زد: شمر ذی‌الجوشن! اگر این شیر توی روده‌ی مامان گیر کند من چه خاکی به سر کنم، من هم فریاد زدم: شیر آب‌انبار هم باشد روده‌ی مامان تو ذوبش می‌کند، اصلاً مگر من شیر را توی روده‌اش کرده‌ام؟ شاید هم این معنی را با لفظ تندتری بیان کردم که همسرم با اعصاب درهم ریخته عنان اختیار را از دست داد. از جا پرید و پایه‌ی سنگی چراغ رومیزی را بلند کرد و به طرف سر من نشانه

رفت. در این لحظه‌ی حساس، آن زنده‌یاد، روانش شاد، دست او را در هوا گرفت و گفت: خانم، فکر حال مادرتان باشید. که همسرم آرام گرفت. باید بگویم که اگر دخالت به موقع و مؤثر آن زنده‌یاد نبود و آن پایه‌ی چراغ به مقصد رسیده بود، به احتمال قوی امروز دیگر بنده درحضورتان نبودم. از موضوع دور نیفتیم! به دستور دکتر خانم بزرگ را به بیمارستان شماره دو ارتش بردیم. جراح بیمارستان، خدا بیامرز مرحوم سرتیپ دکتر محمودی...

**یک صدا**- سرلشکر.

**استاد**- باز میکروفن از کار افتاد؟

**رئیس**- نخیر، ایرادی ندارد. بفرمائید!

**استاد**- انگار گفتند بلندتر.

**رئیس**- نخیر، گفتند سرلشکر. شما فرمودید سرتیپ، گفتند سرلشکر.

**استاد**- اشتباه می‌کنند. مرحوم دکتر محمودی تا آخر سرتیپ بود. دلیل دارم با اینکه خیلی سال از آن موقع گذشته، خوب یادم هست که آن روز در بیمارستان وقتی از ا معاء خانم عکس گرفتند، دکتر محمودی گفت که در عکس کانول را که سر یک پیچ روده‌گیر کرده می‌بینند. دکتر سید مصطفی‌خان که هنوز از اثرات مهمانی، سرحال و شنگول بود، با خنده گفت: دکتر جان، ظاهراً یک شیری هم سر کانول بوده که توی روده‌ی مریض گم وگور شده، اگر علاوه بر کانول، شیر را هم پیدا کنی و در بیاوری، خانم بزرگ که با دربار رفت و آمد دارد، از اعلیحضرت درجه‌ی سرلشکری عقب افتاده‌ات را برایت می گیرد. اگر یبوست مزمن خانم را هم بتوانی یک جوری

معالجه کنی، درجه‌ی...

**یک صدا**- عرض دارم اگر اجازه بفرمائید.

**رئیس**- بفرمائید، جناب محسنی!

**محسنی**- با معذرت به عرض استاد می‌رسانم که دکتر محمودی- نمی‌دانم شیر را پیدا کرد و درآورد، یا نه و یبوست خانم را چقدر معالجه کرد- ولی می‌دانم که یک ماه قبل از فوتش درجه‌ی سرلشکری گرفت.

**استاد**- خیلی ممنونم، جناب محسنی، متوجه نشده بودم که تذکر از جانب جنابعالی بود وگرنه چون و چرا نمی‌کردم.

دقت‌نظر و نکته‌بینی جناب محسنی مورد قبول همه‌ی اهل تحقیق است. ایشان در واقع یک دائرةالمعارف زنده هستند.

**محسنی**- اختیار دارید، جناب استاد، شرمنده می‌فرمائید. اطلاعات ناقص بنده در برابر دانش شامل جنابعالی قطره‌ای در برابر دریاست.

**استاد**- ممنونم ولی شکسته نفسی می‌فرمائید. باری، از موضوع دور نیفتیم! سرلشکر دکتر محمودی که آن موقع سرتیپ بود و باید بگوییم از امیران تحصیل‌کرده و واقعاً دانشمند ارتش بود، وقتی دانست که بیمار منسوب بنده است، با اینکه سرماخورده بود و حال نداشت، عمل را شخصاً عهددار شد. صدایش هنوز توی گوشم است که گفت:خدمت به جناب مستقانمی افتخار است. چون در واقع خدمت به دانش است. البته مبالغه می‌کرد. ولی از موضوع دور نیفتیم! همان شب عمل را انجام داد و کانول را که بوضع خطرناکی در روده گیر کرده بود بیرون آورد. اما، هیچ فراموش نمی‌کنم که آن زنده یاد که با ما به بیمارستان آمده بود، تا خاتمه‌ی عمل و به هوش آمدن مریض،

راضی نشد ما را تنها بگذارد. و سال بعد که خانم بزرگ مرحوم شد، وقتی برای تسلیت به دیدن من آمده بود، آن واقعه‌ی تنقیه و کانول جا مانده و ساعت‌های پراضطراب مرا به یاد آورد وگفت:

استاد، آن شب در بیمارستان من نگران سلامت خود شما بودم. رنگ به روی‌تان نمانده بود. می‌ترسیدم خدا نخواسته شاهد اولین مورد سکته‌ی داماد از غصه‌ی مادرزن باشم. تقریباً همین امعان نظر و احساس نگرانی را، به صورتی دیگر از مرحوم دکتر حمیدی شیرازی در شلوغی مجلس ختم مادرزنم شنیدم. مجلس بسیار شلوغی بود. جمعیت به حدی بود که نه تنها شبستان که حیاط مسجد هم پرشده بود. گذشته از وزراء و وکلا و سناتورها و دانشگاهیان، اغلب بزرگان علم و ادب به خاطر بنده لطف کرده و آمده بودند. دکتر سیاسی بود، دکتر متین دفتری بود، دکتر مهدوی بود، دکتر خطیبی بود، همین دکتر اعصامی عزیز بود. مرحوم دکتر حمیدی شیرازی، رحمت‌الله علیه، که با ما رفت و آمد خانوادگی داشت و از علاقه‌ی من به مادرزنم مطلع بود، موقع رفتن، تقریباً بغض در گلو زیر گوشم این ابیات رودکی را خواند:

ای آنکه غمگنی و ســـزاواری
وندرنهان سرشـــک همی باری
شـــو تا قیامت آید زاری کن
کـــی رفتـــه را به زاری باز آری
اندر بلای ســخت پدید آرند
فضل و بزرگمردی و ســالاری

بعد مرا بوسید و دلداری داد. صدایش هنوز درگوشم است که فرمود: بزرگ مردا، متحمل باش! دیگر استادان هم هر کدام به زبانی مرا به تحمل این مصیبت اندرز دادند. باری، از موضوع دور نیفتیم!...

**رئیس** – جناب استاد، خیلی عذر می‌خواهم که کلامتان را قطع می‌کنم. با وجود ارادت و خاکساری همه‌ی ما نسبت به وجود محترمتان و علاقه و اشتیاق به کسب فیض هر چه بیشتر ازمحضر گرامی‌تان، باید عرض کنم که جنابعالی، غرقه در بحر موضوع و در پیچ و خم استدلال و احتجاج، و بنده مسحور و مجذوب سحر کلام جنابعالی، هیچکدام متوجه گذشتن وقت نشدیم. الان به بنده یادداشت دادند که وقت جلسه، به علت رسیدن ساعت مقرر و موعد تخلیه‌ی سالن، تمام شده است. لذا از حضورتان تمنا دارم در چند کلمه نتیجه‌گیری بفرمائید.

**استاد** – عجب! متوجه گذشتن وقت نشدم. فرمود: هنوز قصه‌ی هجران و داستان فراق، بسر نرفت و به پایان رسید طومارم. اما بهرحال، چون می‌فرمائید که وقت تمام شده و باید نتیجه‌گیری کنم، در چند کلمه عرض می‌کنم که آن روانشاد انسانی به نهایت مهربان ودوست‌داشتنی بود. بلندنظر و سخاوتمند و نیک فطرت بود. البته او هم، مثل هر آدم دیگری نقاط ضعفی داشت. از جمله اینکه گاهی عنان اختیارش را به دست احساسات تند و ویرانگر می‌سپرد.

برای مثال، به دنبال یک بگومگوی مبتذل، با برادر منحصر به فردش قهر کرد. آن چنان قهری که با وجود عذرخواهی‌های مکرّر این برادر و شفاعت و وساطت همه‌ی خویشان و بستگان، تا آخرین لحظه‌ی حیات حاضر به دیدار با او نشد.

بهرصورت، چون مسائل مختلفی مطرح شد که از موضوع دور افتادیم، این نکته را باید مؤکداً تذکر بدهم که علت فوت ناگهانی‌اش زمین خوردن در حمام و اصابت سرش به سنگ بود و هیچ ربطی با بیماری یبوست مزمن و آن تنقیه و جا ماندن کانول در بدنش نداشت.
یادش بخیر و روانش شاد. رحمت‌الله علیها.

(کف زدن حضار)

پاریس

خرداد ماه ۱۳۸٤

## شبانگه کارد بر حلقش بمالید

در تاریخ ۱۶ خرداد ماه ۱۳۷۷، به همت رئیس بنیاد فرهنگی کیان، طبیب ادب دوست دکتر عطا منتظری، با همکاری بخش مطالعات خاور نزدیک دانشگاه یو.سی.ال.ای.-سمینار سعدی، در شهر لس‌آنجلس برگذار شد که در آن سخنرانان: استاد دکتر احسان یارشاطر، دکتر محمود امیدسالار، دکتر منوچهر امیری، ایرج پزشک‌زاد- در باره‌ی جنبه‌های مختلف هنر سعدی سخن گفتند.

در پایان روز، یک اسکچ (کمدی کوتاه) زیر عنوان بالا، براساس حکایتی از گلستان سعدی، نوشته‌ی ایرج پزشک‌زاد، اجرا شد که فوق‌العاده مورد توجه شرکت‌کنندگان قرار گرفت.

متن این اسکچ که از روی نوارِ ضبط شده هنگام اجرا، پیاده شده، چنین است:

*****

نویسنده - اسکچی که ملاحظه خواهید فرمود، من اختصاصاً

بمناسبت برگذاری سمینار سعدی، برای تفریح خاطر شرکت‌کنندگان نوشته‌ام.

امیدوار بودم که بتوانیم برای اجرایش از بازیگران حرفه‌ای استفاده کنیم ولی متأسفانه بعلت فاصله‌ها، بازیگران هر کدام یک جا و من یک جا، نتوانستیم ترتیب کار را آنطور که می‌خواستیم بدهیم. فقط دو نفر از دوستان به اجرای ساده‌ی آماتوری‌اش کمک کردند که از آنها متشکرم.

نتیجه آنکه، خود من ناچارم قسمتی از نمایشنامه را برای شما روخوانی کنم و بهر حال امیدوارم نقائص کار را می‌بخشید.

٭٭٭٭٭

شیخ اجل حکایتی دارد در گلستان در باره‌ی دختر زشتروی یک فقیه که کمی کوتاه شده‌اش اینست:

«آورده‌اند که فقیهی دختری داشت بغایت زشت، بجای زنان رسیده و با وجود جهاز و نعمت، کسی در مناکحت او رغبت نمی‌نمود. فی‌الجمله بحکم ضرورت عقد نکاحش با ضریری ببستند. آورده‌اند که حکیمی در آن تاریخ از سرندیب آمده بود که دیده‌ی نابینا روشن همی کرد. فقیه را گفتند داماد را چرا علاج نکنی؟ گفت: ترسم که بینا شود و دخترم را طلاق دهد.

شوی زن زشتروی نابینا به...»

البته توجه دارید که حکایت مربوط به دوران قدیم است و ربطی به فقیه دوران ما ندارد، که دخترش را، اگر از آن «بغایت زشت» هم زشت‌تر باشد، به برکت و میمنت ولایت فقیه، روی دست و با منّت

می‌برند و، وقتی بردند غلط می‌کنند برگردانند.

و جای دیگری در گلستان حکایت دیگری دارد در باره‌ی حوادثی که بعد از ترک دمشق برایش اتفاق افتاده که کمی کوتاه‌شده‌اش اینست:

«از صحبت یاران دمشقم ملالتی پدید آمده بود. سـر در بیابان قدس نهادم و با حیوانات انس گرفتم. تا وقتی اسیر فرنگ شدم. در خندق طرابلس با دیگرانم بکار گِل بداشتند. یکی از رؤسـای حلب، که سابقه‌ای میان ما بود گذر کرد و بشناخت و گفت ای فلان، این چه حالتست. گفتم چه گویم

پای در زنجیر پیش دوستان      به که با بیگانگان در بوستان

بر حالت من رحمت آورد و به ده دینار از قیدم خلاص کرد و با خود به حلب برد و دختری که داشت به نکاح من درآورد به کابین صد دینار. مدتی برآمد. بدخوی، ستیزه‌روی و نافرمان بود. زبان درازی کردن گرفت و عیش مرا منغص داشتن.

زن بد در سرای مرد نکو      هم درین عالمست دوزخ او

زنهار از قرین بـد زنهـار      وقنـا ربنا عذاب النار

باری زبان تعنت دراز کرده همی گفت: تو آن نیستی که پدر من ترا از فرنگ باز خرید؟ گفتم: بلی من آنم که به ده دینار از قید فرنگم بازخرید و به صد دینار بدست تو گرفتار کرد.

شنیدم گوسفندی را بزرگی      رهانید از دهان و چنگ گرگی

شبانگه کارد بر حلقش بمالید      روان گوسفند از وی بنالید

که از چنگال گرگم در ربودی      چو دیدم عاقبت خود گرگ بودی»

اما، بنا بر پاره‌ای از تحقیقات محققین دانشمند، حدس زده می‌شود که این «یکی از رؤسای حلب» که سعدی را از اسارت نجات داده، همان فقیه دختردار بوده که بعد از قحطی جنگ به تجارت ارزاق مشغول شده، ثروت بیشتری به‌هم زده است و به نام حاجی عبدالفلوس حلبی، در ردیف اجله‌ی بزرگان و رؤسای حلب قرار گرفته است.

بهرحال نام نامی این حاجی عبدالفلوس حلبی باید در لوح سینه‌ی عموم ایرانیان بلکه جهانیان حک بشود. زیرا شیخ اجل سعدی شیرازی را از اسارت فرنگ، که چه بسا ممکن بود به قیمت جان او تمام بشود، نجات داده است.

محققین دانشمند مذکور، به کمک اینترنت، متن صحبت حاجی عبدالفلوس با حاجی‌خانم، عیالش را، که منجر به نجات شیخ اجل شده، بازسازی کرده‌اند و با سعه‌ی صدر، یک نسخه از آن را در اختیار ما گذاشته‌اند.

❋❋❋❋❋

(در آغاز، حاجی عبدالفلوس وارده و صادره را به صدای بلند محاسبه و یادداشت می‌کند. حاجی‌خانم در کار دوخت و دوز است.)

**حاجی** – چهارده شتر بار گوگرد پارسی، آنجا هم شش شتر بار، می‌کند به بیست شتر بار گوگرد پارسی، بیست و هفت شتر بار کاسه‌ی چینی از دفعه‌ی پیش هم سیزده شتر بار، که می شود چهل شتر بار کاسه‌ی چینی. هفده شتر بار دیبای رومی...

**حاجی خانم** – حاجی، امروز...

**حاجی** - حواسم را پرت نکن! دارم حساب می‌کنم. فولاد هندی هیچی، آبگینه‌ی حلبی یازده شتر بار، برگشتی سه شتر بار دیبای رومی، از آن دفعه هم سه شتر بار خانه انبار کرده بودیم...

(ناگهان صدای فریاد دخترشان مه لقا شنیده می شود)

**مه‌لقا** - اینجا خانه است یا طویله؟ صد دفعه گفتم کسی حق ندارد تو اطاق من بیاید. باز کدام الاغ بی شعوری آمده تو اطاق من؟ ننه! ننه! کجایـی؟

**حاجی خانم** - اینجام ننه جون، چی می‌خواهی؟ چکار داری؟

**مه‌لقا** - این زهراباجی کدام گوری رفته؟ این حمدالله کدام گوری رفته؟ این همه آدم توی این خانه هست وقتی کارشان داری غیبشان می‌زند، می‌روند سر قبر باباشان!

**حاجی‌خانم** - حالا بگو چی می‌خواهی، ننه جون!

**مه‌لقا** - گور مرگم این جعبه‌ی آجیل شیرینم را می‌خواهم.

**حاجی** - این مه‌لقا الانه اینقدر خورد، بازمی‌خواهد آجیل بخورد؟

**حاجی‌خانم** - بگو ماشاءالله، حاجی! ماشاءالله تو دهنت نیست؟ (بلند) ننه جون، جعبه‌ی آجیلت توی طاقچه‌ی اطاق پنج دری، بغل آن مردنگی بلور بزرگه است.

**مه‌لقا** - کدام پدرسوخته‌ای جعبه‌ی آجیلم را برده آنجا؟ کار این زهراباجی است، لابد نصفش را هم کوفت کرده! صد دفعه گفتم این زنیکه دزده، بیرونش کنید.

**حاجی‌خانم** - ننه جون، زهراباجی کاری نکرده،من کردم. گذاشته بودی توی راهرو، من ورداشتم گذاشتم آنجا.

**مه‌لقا** – پاشو بیارش!

**حاجی‌خانم** – چشم ننه، یک دقیقه صبرکن، این دگمه‌های پیرهن بابات را بدوزم! هندوانه گذاشتم، بخور تا بیایم آجیلت را بیارم.

**مه‌لقا** – حالا بابام پیرهن دگمه‌دار نپوشه، خره عرعر نمی‌کنه؟ قباحت داره، پیرمرد با این سن و سال پیرهن دگمه‌دار می‌پوشه!

**حاجی‌خانم** – الان می‌آیم، ننه جون، جیغ نزن الان می‌آیم.

**حاجی** – برس به دادش! این دختر اگر الان آجیل نخورد، گوشت‌های آن شکم گنده‌اش آب می‌شود.

**حاجی‌خانم** – چشمت کف پاش! حالا می‌توانی این مادر مرده‌ی مرا نظر بزنی؟ بگو ماشاءالله، حاجی!

**حاجی** – هزار ماشاءالله به آن گوشت و پیه! اما خدا از گناهت نگذرد زن که هرچی می‌کشیم از دست تو می‌کشیم.

**حاجی‌خانم** – بمن چه؟ تخم و ترکه‌ی خودت است. این دختر را من از خانه‌ی بابام نیاوردم.

**حاجی**– از خانه‌ی بابات نیاوردی، اما از خانه‌ی شوهر برش گرداندی!

**حاجی‌خانم** – شوهرش پدرسوخته از آب درآمد، تقصیر من چیه، حاجی؟

**حاجی**– هی گفتم، هی التماس کردم: زن، کاری به کار شوهرش نداشته باش. این دختر برگردد، تا ابد بیخ ریشمان می‌ماند. هی رفتی آمدی قر زدی که حکیم از سرندیب آمده، چرا چشم دامادمان را علاج نکنیم! جواب سر و همسر را چی بدیم؟

**حاجی‌خانم** – تقصیر خودت است که از اول به داماد نابینا

رضایت دادی.

**حاجی** - می‌خواهم ببینم غیر از داماد نابینا کی مه‌لقا را می‌گرفت؟ حالا این خلق و خوی سگش هیچی...

**حاجی‌خانم** - حالا یه خورده غصه خورده اعصابش ضعیف شده، خلق و خویش هم سگ شد؟

**حاجی**- نه! شکر خدا وصله‌ی بداخلاقی بهش نمی‌چسبد! اما سر و شکلش چی؟

**حاجی‌خانم** - سر و شکلش مگر چه ایرادی دارد؟ حالا یک خرده چشمهایش ریز و دماغش درشت است، این شد عیب؟

**حاجی**- نه، ابداً، پاشو یک خرده اسفند دود کن نکند دماغش را چشم بزنند! یک خرده هم واسه‌ی زیر دماغش دود کن!

**حاجی‌خانم** - خوبه، خوبه! حالا می‌دانم می‌خواهی واسه‌ی این دوتا دانه موی بی‌قابلیت روی لبش و زیر چانه‌اش لغز بخوانی!

**حاجی**- کاشکی این دوتا موی بی‌قابلیت روی سرش درآمده بود، تو خجالت نمی‌کشی به این ریش و سبیل می‌گویی دوتا دانه مو؟ غریبه که اینجا نیست، اگر هفته‌ای یک دفعه بنداناز نیاید، شکل آسیدابوالقاسم واعظ می‌شود!

**حاجی‌خانم** - الحمدالله اینش دیگر بمن مربوط نیست. به مادر خودت رفته! تازه نصف زنها از اینجور ریش و سبیل‌ها دارند! فاطمه خانم بنداناز از پول این ریش و سبیل‌ها خانه خریده!

**حاجی**- حالا مه‌لقا ملکه‌ی وجاهت! اما یادت رفته که با آن همه جهاز و مال و منال و خانه‌ی شخصی، چند سال برایش دنبال شوهر گشتیم؟ تازه همین شوهر نابینا را هم با چه مصیبتی به تور

زدیم؟ یادت رفته چقدر به مادرش رشوه دادیم که برای پسرش قسم بخوره که مه‌لقا خوشگل است؟

**حاجی‌خانم** - اما حاجی! نمی‌دونی پدرسوخته مادرش را چه کتکی زده! دک و دنده پیرزن را له کرده، که چرا بهش دروغ گفته.

**حاجی**- اینم باز تقصیر توست. باید می‌گذاشتی مردکه را آماده می‌کردیم. از این حرفها که واسه‌ی دلخوشی شوهر بی‌ریخت‌ها درست کرده‌اند،که خوشگلی مهم نیست،که صورت زیبای ظاهر هیچ نیست و از این جور چیزها، تو گوشش می‌خواندیم.

**حاجی‌خانم** - اینهم حاجی، تقصیر خود مه‌لقای ذلیل مرده است که کار را خراب کرد. روزی که حکیم سرندیبی چشم‌های مرتیکه را وا می‌کرد، یک دفعه پرید جلو، گفت چشمت را وا کن منم مه‌لقا... مردک چشمش که به مه‌لقا افتاد، یک دفعه یک نعره‌ای زد و بیهوش شد. وقتی دوباره هوشش آوردند، یک ثانیه به مه‌لقا زل زد، بعد یک دفعه از جا پرید لخت و پتی بی‌کفش و کلاه فرار کرد، بعد هم که می‌دانی...

**حاجی**- بعدش را دیگر می‌دانم. طلاقنامه را با چاپار سفارشی از اندلس فرستاد.

**حاجی‌خانم** - حالا هر چی شده، شده! اما این را بدان حاجی، توی این خانه یا جای من است یا جای مه‌لقا. تا سر برج صبر می‌کنم، اگر یک شوهر تازه برایش پیدا کردی، فرستادیش خانه‌ی شوهر که هیچی، اگر نه من بقچه‌ام را می‌بندم صاف می‌روم خانه‌ی خان‌داداشم.

**حاجی**- مگر خیال کردی شوهر توی کوچه ریخته، یا توی بازار می‌فروشند؟

**حاجی‌خانم** - خوب، این همه قشون فرنگ که آمده اینجا، اینقدر فرنگی و انگلیسی و نمی‌دانم چی و چی...

**حاجی**- گفتی قشون فرنگ، یک چیزی بخاطرم رسید. این انگلیسا اسیرهائی که گرفته‌اند گذاشته‌اند به کار عملگی خندق‌کنی دور طرابلس. اگر می‌شد، اگر می‌شد که...

**حاجی‌خانم** - وا! نصیب نشود، حاجی! دختر من زن عمله بشود؟ من هم رضایت بدهم ، خودش رضایت نمی‌دهد.

**حاجی**- چطور آن دفعه راضی شد؟ مگر آن یکی چه کاره بود؟

**حاجی‌خانم** - آن موقع دختر شیخ عبدالفلوس فقیه بی‌اسم و رسم بود. حالا دختر حاجی عبدالفلوس حلبی تاجر محترم بازار است. مگر زیر بار می‌رود؟

**حاجی**- بین این اسیرها آدم حسابی هم هست. مثلاً خودم دیدم قشون انگلیس عوضی شیخ سعدی را هم گرفته. دیدم گذاشته بودندش به کار گِل و عملگی خندق. پریروز از آن بالا که رد می‌شدم دیدمش، به من سلام کرد. خودم را زدم به آن راه که نمی‌شناسمش، چون گفتم لابد یک چیزی می‌خواهد.

**حاجی‌خانم** - حالا این شیخ سعدی کی هست، حاجی؟

**حاجی**- بَه! شاعر و ادیب و دانشمند روزگار است که حالا بیچاره اسیر انگلیسا شده، گذاشته‌اندش به کار عملگی. اما این انگلیسا رسمشان است که آن‌هائی را که می‌بینند بدرد عملگی نمی‌خورند، می‌فروشند. باید ببینم، این شیخ سعدی اگر قیمتش مناسب باشد بخرمش.

**حاجی‌خانم** - اما اگر خریدیش، بعد مه‌لقا را دید و راضی

نشد بگیردش چی، حاجی؟

**حاجی**– راضی می شود. نشد فوری می‌برم می‌گویم نافرمان است، پسش می دهم، پولم را پس می‌گیرم. این انگلیسا هم معطل نمی‌کنند، غلام نافرمان را فوری گردن می‌زنند.

**حاجی‌خانم** – اما حاجی، نباید فرار شوهرش را بفهمد. می‌گوئیم شوهرش مرحوم شده.

**حاجی**– خیلی خوب، فقط تو این راتوی کله‌ی دخترت فرو کن که کاری نکند این یکی هم از جونش بگذرد، بزند به بیابان، بعد هم طلاقنامه‌اش را با قاصد سفارشی از شیراز بفرستد. (صدای شکستن ظرف چینی و بلور). صداها را می‌شنوی؟ بدو، بدو که الان آجیلش نرسد خانه را آتش می‌زند. من هم می‌روم ببینم چکار می‌کنم.

\*\*\*\*\*

**گوینده** – حاجی‌آقا، دست حق به همراهت! اگر خدای نکرده توی خندق انگلیسا یک بلائی سر شیخ اجل ما بیاید، ما فارسی‌زبان‌ها چه خاکی بسرمان کنیم؟

برو ببینم چه می‌کنی، حاجی! دعای خیر ما بدرقه‌ی راهت! نه تنها ما، که همه دنیا نگران سلامتش هستند.

هفت کشور نمی‌کنند امروز     بی مقالات سعدی انجمنی

\*\*\*\*

**گوینده** – خدا را شکر! پیداست که حاجی موفق شده سعدی نازنین ما را از انگلیسای کاسب به قیمت مناسب بخرد. چون در خانه‌ی مجاور، که آن‌هم ملکی حاجی است و تا دیروز خالی و ساکت

بود، بروبیائی است. گروه گروه شاعران و نویسندگان و هنرمندان حلب به دیدن مهمان تازه‌ی حاجی می‌آیند «**ذکر جمیل سعدی در افواه عوام افتاده، صیت سخنتش در بسیط زمین رفته و قصب‌الجیب حدیشش همچون شکر می‌خورند**». اما باید منتظر عاقبت کار بمانیم.

*****

امروز از سحرگاه طبق‌کش‌ها از خانه‌ی حاجی به خانه‌ی مجاور جهیزیه می‌بردند. از ظهر، صدای ساز و ضرب و هلهله‌ی عروسی بلند بود: این حیاط و اون حیاط می‌برند شمع و چراغ و بخصوص ترانه‌ی معروف یار مبارک بادا، حال و هوای شاد و طرب‌انگیزی در تمام محله بوجود آورده بود:

**امشب چه شبی است شب مراد است امشب،**
**این خانه پر از شمع و چراغ است امشب،**
**بادا بادا مبارک بادا،**
**ایشالا مبارک بادا**

شادمانی ما بخصوص بخاطر نجات جان گرامی شیخ اجل از آسیب فرنگِ شعر ناشناس، بیرون از حد و اندازه است. آرزومندیم که سعدی شیرین‌زبان ما، در کانون گرم سعادت خانوادگی، سختی‌های جانگزای اسارت را فراموش کند.

*****

حالا بعد از چند روز، یک گشتی در اطراف خانه‌ی جدید عروس و داماد بزنیم، که اگر دیدیم اوضاع روبراه است، برای تبریک این وصلت فرخنده به دستبوس حضرت شیخ برویم. (بعد از لحظه‌ای سکوت) نه، شکر خدا، سرو صدایـی نیست. انگار به معجزه‌ی شیخ

اجل، صلح و صفا برقرار شده...

(ولی ناگهان صدای فریاد غضب‌آلوده‌ی مه‌لقا شنیده می‌شود)

**مه‌لقا** - سعدی! باز تو کونت را کردی بمن نشستی؟! می‌خواهم بدانم کی گفته گناه است که مرد توی روشنائی به صورت زنش نگاه کند؟ بیا، این هم شوهر دانشمند! اینهم شوهر شاعر و ادیب! ای حاجی‌بابا، خدا از گناهت نگذرد که وسط آن همه خواستگارهای خوب پولدار، مرا دادی به این مردکه‌ی لات آسمان‌جل! که چی؟ که شاعر است، که اهل احساس است...! حالا این چاچول‌بازی‌هایت هیچی، آن که به حاجی‌خانم گفته بودی راجع به من شعر گفته‌ای چی بوده؟ اگر باز هم یک پدرسوختگی تویش نکردی چرا برای خودم نمی‌خوانی تا مچت را بگیرم؟ ده یالله! چرا معطلی؟ بخوان!

(انگار سعدی می‌خواهد چیزی بگوید ولی مه‌لقا مهلت نمی‌دهد)

**سعدی**- دوست دارم که...

**مه‌لقا** - می‌دانم، می‌دانم دوست داری آن رفقای لت و پارت باشند جلوی آنها بخوانی که به به و چه چه کنند.

**سعدی**- دوست دارم که...

**مه‌لقا** - خیال کردی نشنیدم؟ خیال کردی نفهمیدم؟ دیروز که توی باغچه داشتی واسه‌ی رفقایت می‌خواندی: **زن بد در سرای مرد نکو - هم در این عالم است دوزخ او...**

**سعدی**- دوست دارم که...

**مه‌لقا** - اگر مقصودت از زن بد من نیستم، چرا داشتی یواشکی می‌خواندی؟ این یکی را هم لابد یواشکی واسه‌ی آنها خوانده‌ای! ده اگه ریگی به کفشت نیست چرا بلند جلوی خودم نمی‌خوانی؟

ده بخوان دیگه!

**سعدی**- دوست دارم که...

**مه‌لقا** - بله، می‌دانم دوست داری که من خر باشم نفهمم. اگر هم فهمیدم بگوئی مقصودم تو نبودی. من زن بدم، بله؟ زندگی‌ات را دوزخ کرده‌ام. بله؟ حالا صبر کن! کجایش را دیده‌ای؟ زن بد یک دوزخی نشـانت بدهد که مار غاشیه به حالت گریه کند! عذاب‌النار را کجایش را دیده‌ای؟ همین زن بد اگر نبود تو الان کجا بودی، گدا گشنه؟ اگر حاجی‌بابام به دادت نرسیده بود از گشنگی مرده بودی، بیچاره! یادت رفته فرنگی‌ها شام و ناهار بهت نون خشکه و پوست خربزه می‌دادند؟ بله، اینجا بد جائی است. من هم زن بدم، بله؟

**سعدی**- دوست دارم که...

**مه‌لقا** - یادت رفته صبح تا شب توی خندق کاهگِل لگد می‌کردی؟ خانه‌ی زن بهتر از خندق نیست؟ ده بگو! چی شد شعرت؟

**سعدی**- دوست دارم که...

**مه‌لقا** - زن بد منم، مرد نکو هم لابد خودتی. آهای، بچه‌ها یک خرده اسفند بیاورید واسه‌ی نکویـی این آقا دود کنید که چشم نخورد؛ تازه آقا، نکو که هس‌ت، مرد نکو هم هست! مردی‌اش را بیایند از من بپرسند! بیایند ببینند سرش یک وجبی متکا نرسیده، خورخورش بلند می‌شود! طرفش هم که می‌روی سرش درد می‌کند، کونش درد می‌کند، روده اش پیچ خورده، دستش رگ به رگ شده. تو خجالت نمی‌کشی مرد؟ خجالت سرت نمی‌شود؟

**سعدی**- دوست دارم که...

**مه‌لقا** - این هم بخت و اقبال ماست. یک عمله توی خندق پیدا

می‌کنیم شاعر از آب در می‌آید! آقای شاعر! پس این آه و ناله‌ها چیه که: **رها نمی‌کند ایام در کنار منش - که داد خود بستانم به بوسه از دهنش**؟ ایام دیگر چه خاکی به سرش بکند؟ کنار و دهن از این نقدتر و حاضر آماده‌تر؟

**سعدی**- دوست دارم که...

**مه‌لقا** - با این فیس و افاده‌ها که می‌گوئی: **که سعدی راه و رسم عشقبازی، چنان داند که در بغداد تازی،** لابد این بغدادی‌های بیچاره همه‌شان لال مادرزادند!

**سعدی**- دوست دارم که..

**مه‌لقا** - وای، خاک بسرم! نکند تو اصلاً مردبازی! این همه توی شعرهایت از پسر دلربا و قمر دلپذیر می‌گوئی، نکند راستی‌راستی بچه‌بازی؟...

**سعدی**- دوست دارم که..

**مه‌لقا** - تف به روت! از من هم خجالت نمی‌کشد، نه هم نمی‌گوید! گیرم که دیگی که واسه‌ی من نجوشد سر سگ بجوشد! حالا ازت کاری بر نمی‌آید، چرا اینقدر حرف می‌زنی؟ خدا بدور همه‌ی قوتش ریخته به چانه‌اش! آن هم واسه‌ی لیچار گفتن، واسه‌ی بدگویی از زن بیچاره‌اش! پس چرا نمی‌خوانی آن شعری که راجع به‌من گفته‌ای؟ می‌ترسی بخوانی واسه اینکه حتماً تویش به‌من خیلی لیچار گفته‌ای. گفتم بخوان! (فریاد) بخوان تا نزدم با این قندشکن سرت را بشکنم!

**سعدی-**

دوست دارم که بپوشی رخ همچون قمرت
تا چو خورشید نبینند به هر بام و درت
هیـــچ پیرایه زیـــادت نکند حُســـن ترا
هیچ مشـــاطه نیاراید از ین خوب‌ترت
بارها گفته‌ام این روی به هر کس منمای
تا تأمـــل نکند دیده‌ی هـــر بی بصرت
آنچنان ســـخت نیاید ســـر من گر برود
نازنینـــا، که پریشـــانی موئی ز ســـرت
غم آن نیست که بر خاک نشیند سعدی
زحمت خویش نمی‌خواهد بر رهگذرت

**مه‌لقا** - (احساساتی) وای، خدا مرگم بده، سعدی! چرا احساساتت رااز من پنهان می‌کردی، جونی؟ پس تو حسودیت می شد مردم مرا نگاه کنند؟ مرا ببخش عزیزم، بیا، بیا جیگرم!

(مه‌لقا با حرکتی ناگهانی سعدی را در آغوش می‌گیرد و لب بر لبش می‌گذارد. سعدی برای رهائی خود تلاش می‌کند و دست و پا می‌زند)

**سعدی**- نه، نه! ولم کن! آی به دادم برسید! (با دهن بسته) آی، به... به... داد... به دا... دادم بـ... برسید!

*****

**گوینده** – چه می‌شود کرد؟ اگر ایام لجباز موافقت نکرد که شیخ اجل داد خود بستاند به بوسه از دهنش، ایام این دادستانی را به‌عهده‌ی مهلقا گذاشت.

به هر حال، از صبح امروز، دیگر از داد و فریاد همیشگی مهلقا و صدای شکستن ظرف و ظروف خبری نبود.

ما در این فکر بودیم که سعدی سخنور که می‌فرماید: **عاقبت از ما غبار ماند زنهار – تا ز تو بر خاطری غبار نماند،** چه تدبیری اندیشیده که بر خاطر مهلقا غبار نماند؟ در این فکر بودیم که صدای جارچی را از کوچه شنیدیم که جار می‌زد: هر کس از سعدی شیرازی، که از شامگاه دیروز بکلی مفقودالاثر شده، خبری به خانواده‌ی نگران حاجی عبدالفلوس حلبی برساند، صد دینار مژدگانی دریافت خواهد کرد.

پایان

هنگام اجرای این کمدی، اصل این تابلو، با توضیح زیـر جلوی صحنه قرار داشت:

**تصویر مه‌لقا، چشم روشنی عروسی، از یک نقاش گمنام به شیخ اجل**

# من و دائی جانم

«دائی جان ناپلئون» از لااقل سی و پنج سال پیش با من دائماً قرین و همنشین بوده و در زندگیم اثر گذشته است. به این ملاحظه، می‌تواند در ردیف خاطراتم جای برگزیده‌ای بگیرد.

وجودش برای من، از جهات مختلف، خیلی بیشتر از سایر دائی‌جان‌ها، منشأ اثر و مایه‌ی شادمانی بوده است. در این مدت از شهرت و محبوبیتی مشترک بین همه، از طبقه‌ی تحصیل‌کرده و کتابخوان گرفته تا عامه‌ی مردم، زن و مرد و پیر و جوان، برخوردار بوده که من به اسم خویش نزدیک، پُزش را داده‌ام. بار غم و غصه‌ی دل‌های خسته‌ی بسیاری را با خنده و شادی سبک کرده که دعای خیرش را به من کرده اند. در رُمان معاصر جای ممتازی کسب کرده و به این عنوان، در سند مهمی مثل دایرۀالمعارف ایرانیکا، برای خودش -در حرف □- جائی باز کرده که برای من مایه‌ی خوشوقتی است.

گذشته از این سابقه‌ی روشن، خوشوقتم که می‌بینم به کوری

چشم چپ دشمنان دیرینش، در آستانه‌ی ۳۵ سالگی، نه تنها با همه‌ی زاد و رودش همچنان در صحنه حضور دارد، که سرحال‌تر و جنگاورتر از دوران جنگ‌های کازرون و ممسنی، به مرزهای تازه‌ای تجاوز می‌کند. کتاب که در سال‌های اخیر به زبان‌های انگلیسی و آلمانی و روسی منتشر شده بود، به سرزمین‌های دور و نزدیک دیگری قدم می‌گذارد. سال گذشته قرارداد ترجمه و انتشارش به زبان‌های فرانسوی– یونانی وکره‌ای یا کروی، امضاء شده و به زودی، فرانسوی‌ها و یونانی‌ها وکروی‌ها هم با ترفندهای گرگ پیر انگلیس، به روایت دائی‌جان همراه با تفسیرهای مشقاسم غیاث‌آبادی، آشنا خواهند شد.

در ایران، «دائی‌جان» بعد از بیست و پنج سال ممنوعیت و چاپ و توزیع پنهانی زیرمیزی، عاقبت بر اثر دوندگی‌های ناشر اصلی، در سال آخر ریاست آقای خاتمی، با مختصر سانسوری، اجازه‌ی چاپ علنی دریافت کرد و به محض انتشار مورد استقبال فوق‌العاده‌ی نسل جوانی قرار گرفت که بعد از او متولد شده بودند. ولی بعد از دو چاپ پیاپی، با طلوع حکومت دکتر احمدی‌نژاد ظاهراً آن اجازه‌ی انتشار لغو شده و دائی‌جان دوباره باید به زیر میز برگردد.

اما سال گذشته انتشارات «راندوم هاوس» نیویورک، به دنبال قراردادی با «میج پابلیشرز»، ناشر اولیه‌ی My Uncle Napoleon چاپ تازه‌ای از کتاب را منتشر کرد. بر این چاپ تازه، آذر نفیسی –که با انتشار کتاب بسیار معروف «لولیتا خواندن در تهران» در ردیف نویسندگان سرشناس امریکا قرار گرفته– پیش گفتاری نوشته است. ناشر امریکائی از من هم خواست که شرحی درباره‌ی سرگذشت

«دائی‌جان» و علت شهرت و موفقیتش بنویسم، که نوشتم و به عنوان مؤخره، در کتاب چاپ شد.

همان موقع به فکر افتادم که یک شرح فارسی هم درباره‌ی حوادث زندگی دائی‌جان بنویسم تا مثل آن شرح انگلیسی، در متن فارسی کتاب جا بگیرد، که متأسفانه می‌بینم آن ممه را لولو برده است. پس این شرح حال را جداگانه می‌نویسم که وقتی دائی‌جان از تبعید به وطنش برگشت و اجازه‌ی سرکشیدن از زیر میز گرفت، به آن ملحق شود. ولی باید بگویم که اگر در آن متن انگلیسی، بیشتر حکایت سرفرازی‌هایش بود، در متن فارسی از سرکوفتگی‌ها هم باید شمه‌ای بگویم. زیرا که اگر من و دائی‌جان در این سالها از عزت و احترامی برخوردار بوده‌ایم، سرکوفتگی‌هائی هم داشته‌ایم.

٭ ٭ ٭ ٭ ٭

«دائی‌جان ناپلئون» نوروز ۱۳۵۲ منتشر شد. حکایتی بود که من در سویس نوشته بودم. دوستم، تورج فرازمند خبرش را به تهران رسانده بود. وقتی من به ایران برگشتم، به اصرار دوستانِ مجله‌ی فردوسی، قبول کردم که ابتدا به صورت پاورقی در آن مجله چاپ بشود. در نتیجه وقتی به صورت کتاب چاپ شد، روی سابقه‌ی قبلی، بلافاصله مورد استقبال بسیار گرمی قرار گرفت و خیلی زود به چاپ دوم و چاپ‌های مکرّر رسید. موفقیتش بحدی بود که گاه کتابفروشی‌ها تا آماده شدن چاپ جدید، چند روز از تأمین تقاضای مراجعین در می‌ماندند. اولین و بزرگترین شادمانی من وقتی بود که دیدم علاوه

بر مردم عادی ردیف خود من، کسانی از بزرگان علم و ادب هم، که فکر نمی‌کردم بنشینند و رمان بخوانند، آن را خواندند و به من گفتند که خواندند. به سرعت اسم و شهرت دائی جان و خانواده و مشقاسم و تکیه‌کلام‌هاشان بر سر زبان‌ها افتاد. روزنامه‌ها خبرنگار و عکاس فرستادند و از «مملکت» غیاث‌آباد قم، که به گفته‌ی مشقاسم، خار چشم انگلیسا بود، رپرتاژ تهیه کردند و با عکس و تفصیلات به نظر خوانندگانشان رساندند، بطوری که می‌توانم بگویم که آن سال کمتر کسی از جماعت کتابخوان بود که ذکری یا حکایتی از این کتاب نشنیده باشد. در این میان فقط سکوت یک گروه مایه‌ی تعجبم بود. آن سالها ما عده‌ای منتقد کتاب داشتیم، بعضی کتاب خوانده و صاحب صلاحیت و عده‌ای مدعی کتابدانی، که در مورد هر کتابی اظهارنظر و سروصدا می‌کردند. ولی درباره‌ی دائی جان هیچکدام لام تا کام چیزی نگفتند. تا یک روزی علت سکوتشان را دانستم. یکی از منتقدان سرشناس را که آدم معقولی بود و با هم سابقه‌ی آشنایی داشتیم در مجلسی دیدم. ضمن صحبت، از دائی جان گفت و یکی دو نکته گرفت. گفتم چرا اینها را نمی‌نویسی که دیگران هم تشویق بشوند و عیب و ایرادها را بنویسند؟ جواب داد، می‌خواهی همقطارانِ خلقی به حقوق‌بگیری ساواک متهمم کنند؟ مگر مصاحبه‌ی چند روز پیش هویدا را نشنیده‌ای؟ این مصاحبه را نشنیده بودم و وقتی شنیدم، علت اخم و تخم و سکوت آقایان دستگیرم شد. امیرعباس هویدا، نخست‌وزیر، در یک مصاحبه با تلویزیون ملی ایران -که نمی‌دانم به چه مناسبت انجام گرفته بود- در جواب این سئوال که آیا رمان هم می‌خواند یا نه، از دائی جان ناپلئون اسم برده و گفته بود که آن

را خوانده و خیلی پسندیده است. بیش از این لازم نبود تا کتاب را
از چشم منتقدان که غالباً از چپ‌گرایان مخالف دولت بودند، بیندازد.
هویدا به چشم مخالفان، خلاصه و جوهرِ نظام حاکم بود و کتاب
مورد پسند او را باید در سطل خاکروبه می‌انداختند. نخست‌وزیر
چندی بعد، بر این میخ کوبیده چکش تازه‌ای زد. در نطقی از تریبون
مجلس، از دائی‌جان حرف زد و خواندن آن را توصیه کرد. البته هویدا
آدم کتابخوانی بود. ولی تصور می‌کنم می‌خواست به این وسیله، به
خیال خود، به آنهائی که سالهای طولانی نخست‌وزیری او را دوران
شدت سانسور کتاب و خفقان مطبوعات و فقر قلم می‌گفتند، جوابی
داده باشد.

باری، نتیجه‌اینکه جز دو نقد رسیده از خارج، یکی از جمالزاده و
یکی از بزرگ علوی و سه مقاله به قلم سردبیران کیهان و اطلاعات و
فردوسی -که چاپ شد و بیشتر معرفی کتاب بود تا نقد و اثر لطف
و دوستی آنها با شخص من، کسی نقدی از منتقدان شناخته شده‌ی
صالح یا ناصالح، درباره‌ی دائی‌جان ندید.

اما دخالت و تحسین هویدا فواید و ضررهائی داشت. بقول
عزیزالله‌خان آژدان، ابوابجمع کلانتری ۹ عودلاجان، که درباره‌ی
چراغ‌های راهنمائی می‌گفت یک حُسن خوبی دارد که جلوی تصادف
را می‌گیرد. در عوض یک حُسن بدی هم دارد که راه‌بندان ایجاد
می‌کند- تعریف هویدا یک «حُسن خوبی» داشت که به فروش کتاب
کمک کرد. اما «حُسن بدی»‌اش این بود که گذشته از منتقدان، تمام
مخالفان دولت را به جان دائی‌جان بی‌گناه انداخت، که خواهیم دید.
این را هم باید بگویم که من هویدا را از نزدیک نمی‌شناختم.

مدتها بعد، برای اولین بار در یک مهمانی شام نخست‌وزیری شناختم که به افتخار یک نخست‌وزیر اروپائی ترتیب یافته بود و من هم به اقتضای شغلم در وزارت امور خارجه، دعوت داشتم. هویدا وقتی مرا شناخت، اصرار نامعقولی داشت که مدل من برای ساختن پرسناژ دائی‌جان، شخص دائی او بوده است. و در مقابل انکار و تکذیب من، که کوچکترین آشنائی با دائی او نداشتم، حاضر به تمکین نبود. می‌گفت شاید او را با واسطه شناخته‌اید. چون انگار کلمه به کلمه حرفها و اصطلاحات او را ضبط کرده‌اید و در دهن دائی‌جان ناپلئون گذاشته‌اید. که در جوابش گفتم تعجب نکنید. در مملکت ما به اندازه چند لشکر ناپلئون بناپارت، دائی‌جان ناپلئون وجود دارد که همه در یک مکتب درس خوانده‌اند.

بعد از چاپ ششم کتاب، تلویزیون ملی ایران تصمیم گرفت که از دائی‌جان ناپلئون یک فیلم سریال تلویزیونی بسازد. و پس از موافقت من، کار را به عهده‌ی ناصر تقوائی کارگردان سینما گذاشت. سینماگر کاردانی که با دانائی، برای هر نقش، مناسب‌ترین چهره را از میان بازیگران نامدار سینما و تآتر انتخاب کرد و اثر ممتازی به وجود آورد. اگر از بعضی بی‌دقتی‌های جزئی در نقل دیالوگ، که آزارم داد بگذریم، معتقدم ناصر تقوائی که با کارگردانی هوشمندانه‌ای همان فضا و حال و هوای کتاب را روی پرده آورده، واقعاً شایسته‌ی تحسین است.

نمایش فیلم در تلویزیون با استقبال فوق‌العاده‌ی عمومی روبرو شد و در فروش کتاب اثر گذاشت. اما مثل آن دفعه، در مقابل این «حُسن خوبی» یک «حُسن بدی» هم داشت. سریال تلویزیون،

دائی‌جان را به میان خانواده‌ها برد. شبهائی که فیلم را نشان می‌دادند -گمانم چهارشنبه‌ها بود- همه پای تلویزیون‌ها بودند و خیابان‌ها خلوت می‌شد. بخصوص خلوت مجالس وعظ و خطابه بود که آخوندها را متوجه این رقیب جدید دکانشان کرد. از قضا، این نمایش از نظر زمانی، مقارن شروع فضای باز سیاسی بود. آن موقع، سانسور همراه با پروپایه‌ی رژیم شاهنشاهی کمی لق شده بود ولی هنوز سرپا بود و کسی جرئت حمله‌ی علنی مستقیم به حکومت نمی‌کرد، ولی می‌شد از مظاهر بعضی کارهای حاشیه‌ای و غیرسیاسی دولت انتقاد کرد. مخالفان، بخصوص آخوندها، ظاهراً دیواری از دیوار دائی‌جان کوتاه‌تر پیدا نکردند. از طریق ایرادگیری به این سریال، سازمان رادیو تلویزیون ملی را، به عنوان ارگان مهم و زباندار رژیم کوبیدند. آنقدر فریاد واشریعتا و وامصیبتا سر دادند تا سازمان تلویزیون ملی قسمتی از فیلم را سانسور کرد. معهذا، اظهارنظرهای عیبجویانه، که بهانه‌ای برای کوبیدن دولت بود، از طریق نامه‌نگاری به جراید و انتقاد در مجالس و محافل مذهبی ادامه یافت. روزنامه‌ها بعضی نامه‌های اعتراض رسیده از قم را چاپ می‌کردند و تک‌و توک نامه‌هائی را که خطاب به من بود، روی سوابق آشنائی مطبوعاتی، برای من می‌فرستادند.

در این میان آنچه دیدنی و شنیدنی و غصه خوردنی بود، همصدائی بعضی افراد تحصیل‌کرده و بعضی دانشگاهیان با عیبجویان قم بود که مایل نبودند در صف مبارزه با رژیم از آخوندها عقب بمانند. البته چون نمی‌خواستند عیناً همان ایرادهای ناموسی طُلاب قم را بگیرند، به حکایت، ایراد بی‌معنی «بدآموزی» می‌گرفتند، بطوری که انگار دائی‌جان ناپلئون کتاب درسی مدارس بود! از میان نامه‌های

متعدد اعتراض، من فقط به یک نامه جواب دادم. به یک آخوند مبادی آداب که صاحب خط و ربط و سوادی بود و آدم محترمی به نظرم رسیده بود. این شخص در نامه‌ی مؤدبانه‌اش از قم، ابتدا رفتار و گفتار بعضی پرسناژهای داستان را زیر ذره‌بین انتقاد گذاشته و در پایان، چیزی تقریباً به این مضمون، خطاب به شخص من نوشته بود:

جناب آقای نویسنده‌ی محترم، از شما می‌پرسم: اگر آقازاده‌ی خود شما یا بنده‌زاده‌ی حقیر، شیوه‌ی زندگی و رفتار آقای اسدالله میرزای شما را که سفر سانفرانسیسکو را حلال مشکلات خانوادگی می‌داند، تقلید کنند، آیا شما احساس مسئولیت نخواهید کرد؟

به او جوابی به این مضمون نوشتم:

در اینکه می فرمائید اسدالله میرزا آدم هار و هیز و هرزه‌گوئی است حق با شماست. ولی پرسناژ رمان است و رمان قصه‌ی برخورد معصومین و قدیسین نیست. در رمان‌ها آدم‌های بسیار هار و هیزتر و خطرناک‌تر از اسدالله میرزا فراوانند که می‌توانند مورد تقلید قرار بگیرند. حتی در روایات تاریخی و مذهبی خطر تقلید وجود دارد. خود شما وقتی بالای منبر از فاجعه‌ی خونبار کربلا یاد می کنید، چه تضمینی دارید که جوانان شنونده بجای درس گرفتن از شجاعت و فداکاری امام، در زندگی‌شان شیوه‌ی اشقیائی چون شمر ذی‌الجوشن و حرمله‌ی کوفی و خولی اصبحی را مدل تقلید قرار ندهند؟ پس، حضرت آیت‌الله اگر بخواهید نورچشمی را از خطر محفوظ بدارید، راهش اینست که با تربیت

صحیح برای او شخصیت مستحکم مستقلی بسازید، بطوری که به حرمت و عزّت نفس انسانی‌اش از حقارت مقلد شدن و میمون‌وار تقلید این و آن کردن، در امان بماند.

در میان نامه‌های اعتراض کلاهی‌های انقلابی و ایراد آنها به بدآموزی حکایت، نامه‌ی اعتراض یک استاد جوان دانشگاه که در یکی از روزنامه‌ها چاپ شد و شاید پرتوی بر لفظ «بدآموزی» می‌انداخت، به یادم مانده است. نوشته بود: دختر هفت ساله‌ی من با دیدن فیلم دائی‌جان ناپلئون از من پرسید: بابا صدای مشکوک یعنی چه؟ نه تنها نتوانستم جواب بدهم که از خجالت نتوانستم سرم را بلند کنم.

از این استاد سرشناس، که در ایام بحرانی سال بعد در ردیف اول راه‌پیمایان شعار می‌داد، چون پس از پیروزی انقلاب، خیلی زود بهای اعتقادش به «آزادی در سایه‌ی جمهوری اسلامی» را پرداخت، اسم نمی‌برم. ولی بهرحال، امیدوارم آن دختر بچه‌ی بی‌گناه هفت ساله که حالا ماشاالله خانم سی‌وچند ساله‌ای شده، اولاً مثل استاد خجالتی بار نیامده باشد. ثانیاً تاوان مبارزات پدر در راه آزادی را، این روزها، زیر شلاق ضابطین نظام آزادی، به جرم مثلاً بدحجابی، پس نداده باشد!

*****

باری، اینها و آنها، آخوند و کلاهی، دست به یکی کردند و زیرآب رژیم شاهنشاهی را زدند و آخوند با جاه و جلال به تخت نشست. در ماه سوم انقلاب، یعنی در بهار آزادی، مأموران نمی‌دانم کدام کمیته با کامیون به کتابفروشی و انبار ناشر دائی‌جان حمله بردند

و کلیه‌ی نسخه‌های چاپ شده‌ی کتاب را بار کردند و بردند. کمی بعد شنیدم فیلم را هم در تلویزیون توقیف کردند. از همان موقع فروش زیرمیزی نسخه‌های جان بدربرده‌ی کتاب در کتابفروشی‌ها به قیمت گران‌تر شروع شد. تا بعد از مدتی که این ذخیره‌ها تمام شد و چاپچی‌های ناشناسی شروع به چاپ افست کتاب و توزیع پنهانی آن کردند.

از طرفی، وقتی من هنوز در تهران بودم، شنیدم کسانی که فیلم سریال را ضبط کرده‌اند، با استفاده از موقعیت و بلبشوی حاکم، در تهیه‌ی مقدمات تکثیر پنهانی ویدئوکاست آن هستند. گفته بودند مال بی‌صاحب است. متعلق به تلویزیون ملی بوده که دیگر وجود ندارد. غیر مستقیم به آنها یادآوری کردم که تلویزیون ملی اگر هم وجود داشت، حق تجارت ویدئوی فیلم را بدون موافقت من، که فقط حق ساختن فیلم سریال برای نمایش در تلویزیون را واگذار کرده بودم- نمی‌داشت. در نتیجه تولید و استفاده از ویدئوکاست فیلم بدون اجازه‌ی من و ناصر تقوائی تهیه کننده‌ی فیلم، خلاف اخلاق و خلاف قانون است. ولی این حرفها دیگر شعر شده بود و به ریش گوینده می‌خندیدند. بهرحال کار اینها به علت شدت کنترل دولت از ترس نوارهای سیاسی، سر نگرفت. در عوض نوارسازان مقیم امریکا خیلی زود جای خالی آنها را پر کردند.

توقیف کتاب برای من قابل گذشت نبود. دولت موقت بازرگان سرکار بود و هنوز چند فکل کراواتی در هیئت حاکمه حضور داشتند. از هر کدام پرسیدم خبر نداشت که دستور توقیف از کجا آمده و زورش هم نمی‌رسید که کاری بکند. عاجزم و عیالوار!

چند ماه بعد تصادفاً در یک مهمانی منزل یکی از دوستان در شمران، به رضا ثقفی، همدرس دوره‌ی دبیرستانم، که سالها بود ندیده بودم، برخوردم. شنیده بودم که با خاندان جلیل جدید نسبت نزدیکی دارد. آن شب وقتی دانستم که دائی‌جان را خوانده، از او پرسیدم: به نظر تو این حکایت چه ضرر و زیانی به نوامیس جوانان کشور می‌زند که توقیفش کرده‌اند؟ گفت: تا آنجا که من می‌دانم همه‌ی بزرگان قوم این کتاب را خوانده‌اند و خندیده‌اند و اَخ و پیفی نکرده‌اند. حتی در خانه‌ی آقا هم -غیر از خود آقا- از احمد گرفته تا بزرگ و کوچک و زن و مرد کسی نیست که کتاب را نخوانده یا فیلم را ندیده باشد. توقیف کتاب باید کار این خرده‌پاها باشد که نفعی دارند یا می‌خواهند خودشان را عزیز کنند.

و بلافاصله از من پرسید: اینکه بعضی می‌گویند داستان کتاب اشاره‌ای به زندگی رضاشاه است تا چه حد صحت دارد؟ تکذیب کردم و گفتم که حرف مهملی است، اگر این طور بود آیا ساواک و شاه جلویش را نمی‌گرفتند؟ پرسید: آیا خود شاه کتاب را خوانده؟ چون در نظر داشتم برای رفع توقیف کتاب از نفوذ این همدرس سابق و بسته‌ی بزرگان کمک بگیرم، سئوالش را بی‌جواب نگذاشتم و قرینه‌ای که در این زمینه داشتم عیناً برایش حکایت کردم. گفتم:

وزارت امور خارجه به عنوان افتتاح رسمی باشگاهش در شمران به‌وسیله‌ی شاه، یک مهمانی ترتیب داده بود. قبل از شام خبر کردند که رؤسای ادارات وزارت خارجه به شاه معرفی می‌شوند. و در سالن بزرگ بالای مجلس، محمدرضاشاه و شهبانو فرح و دو سه نفر از خانواده‌ی سلطنتی و کنارشان امیرعباس هویدا نخست‌وزیر

و دکتر عباسعلی خلعت‌بری وزیر امور خارجه ایستاده بودند. دکتر خلعت‌بری اسم و سمت هر کدام از رؤسای ادارات را به شاه معرفی می‌کرد و می‌گذشتند. وقتی من رسیدم قبل از وزیر، هویدا دخالت کرد و به شاه گفت: این فلانی نویسنده دائی‌جان ناپلئون است. شاه چیزی گفت که من حین عبور نشنیدم. کمی بعد دکتر خلعت‌بری به من گفت وقتی آقای هویدا شما را معرفی کرد اعلیحضرت فرمودند فکر نمی‌کردم به این جوانی باشد. البته آن موقع من دیگر چندان جوان، یعنی به آن جوانی که شاه می‌گفت، نبودم ولی به این قرینه دانستم که باید با دائی‌جان از طریق کتاب یا فیلم، آشنا بوده باشد. بهرحال الان کتاب توقیف شده و دولتی‌ها نمی‌دانند کی دستور داده، تو که جزء خاندان جلیل جدید هستی شاید بتوانی موضوع را کشف کنی که من دنبالش را بگیرم. رضا ثقفی خندید و وعده داد درباره‌ی توقیف کتاب تحقیق کند و به من خبر بدهد. ولی انگار کسی به والاگهر اخوالزوجه هم اعتنائی نکرد و جواب درستی به او نداد. چون مدتی گذشت از جانب او خبری نشد. بعد هم من مدتی باز بی‌هوا و بی‌نتیجه به این در و آن در زدم. البته اگر می‌دانستم خداوندان جدید فرهنگ مملکت علاوه بر توقیف، برای دائی‌جان پرونده‌ای لای پیاز خوابانده‌اند، حتی نوشتنش را هم انکار می‌کردم.

✳✳✳✳✳

من حدود یک سال بعد از انقلاب تهران را ترک کردم، و به موقع بود. اگر بیشتر مانده بودم چه بسا مخالفان دائی‌جان به صرافت می‌افتادند سبیلی هم از نویسنده‌اش دود بدهند. چون عاقبت چماقی

را که پشت سرقایم کرده بودند، که با دیدن من به سرم بکوبند وقتی مدتی گذشت و جلوی دست و پایشان آفتابی نشدم، رو کردند.

روزنامه‌ی کیهان، سخنگوی نیمه‌رسمی ولایت فقیه، به مدیریت آقای حسین شریعتمداری -که می گویند قبل از روزنامه‌نگاری بازجوی اوین بوده و بازجوئی سعیدی سیرجانی را عهده‌دار بوده- پرونده‌ی سیاهکاری‌های مرا که جرم «دائی جان ناپلئون» با حروف درشت سیاه در صفحه‌ی اولش ضبط شده، به صورت مقالات مسلسل و در شش شماره منتشر کرد.

اینکه از خداوندان جدید فرهنگ یاد کردم بی جهت نبود. -از این آقای مدیر کیهان به عنوان مشاور مطبوعاتی خصوصی ولی‌فقیه یاد می‌شود ولی در واقع مشاور او در کلیه‌ی امور فرهنگی و مطبوعاتی و گرداننده‌ی پشت پرده‌ی وزارت فرهنگ و ارشاد است، که وزیر کنونی‌اش از معاونین سابق اوست. باری، در این تحقیق بازجویانه‌ی کیهان راجع به «دائی جان ناپلئون»، هدف، آمر و مأمور خیانت معرفی شده‌اند:

«بسیاری از صاحبنظران بر این اعتقادند که کارگزاران فرهنگی رژیم پهلوی با هدف ضربه زدن به حرکت‌های مبارزاتی و مقاومت مردم، ایرج پزشکزاد را مأمور حمله به بنیان‌های اعتقادی و سنتی جامعه کرده بودند و برای اینکه این تأثیرگذاری را شدت بخشیده باشند، پزشکزاد را با یک برنامه‌ریزی قبلی به مدد رسانه‌های نوشتاری و دیداری و شنیداری به شهرت رساندند و پس از آنکه به او به عنوان یک طنزپرداز درجه یک اعتبار بخشیدند، وی را به تهران انتقال دادند و از او خواستند

تا کار انتشـار رمان دائی جان ناپلئون را آغاز کند. به اعتقاد این گروه طرح مقدماتی دائی جان ناپلئون، سالها پیش آماده شده و در کمیسیون‌های مختلف هنری و فرهنگی بر روی جزئیات آن کار شده بود. حتی مواردی که باید توسط نویسنده مورد هجوم قرار می گرفت، ازپیش مشخص کرده بودند و تبعات و پیامدهای آن نیز مورد تجزیه و تحلیل و آنالیز دقیق و کارشناسانه قرار گرفته بود»

البته این تحقیق علمی اختصاص به من و کتابم نداشت. از سلسله مقالاتی زیر عنوان «نیمه‌ی پنهان کارگزاران فرهنگ و سیاست» بود که در آن جمعی از اهل قلم را دراز کرده بودند. اما، برنامه‌ریزان، در مورد من یک احتیاط اضافی کرده بودند. برای اینکه یک وقتی کسی هوس نکند از کتاب ضاله‌ی دائی جان ناپلئون بعنوان یک رمان اسمی ببرد، ضمن مهر باطله زدن بر کتاب، به شخص من هم، گذشته از جرم «خصومت عمیق با ولایت فقیه»، بنام مجرم فراری، جرایم دیگری مستحق اعدام بی‌محاکمه ـجرایمی البته از خانه‌ی خاله آورده‌ ـ مثل «ارتباط با عوامل کودتای نوژه» و «همکاری با سازمان سیا» نسبت دادند که بار تازه‌ای بر محکومیت نوشته‌های گذشته‌ام افزود و دیگر نه منتقدان و اهل تحقیق ادبی، نه هیچ‌کس از اهل مطبوعات فارسی تا سال‌های اخیر، مطلقاً جرئت نکردند اسمی از رمان دائی جان ناپلئون ببرند بطوری که بعد از آن اخم و تخم منتقدان پیش از انقلاب و این انگار نه انگار اینها، هر آینه اگر این کتاب به انگلیسی ترجمه نشده بود و منتقدان جرایدی مثل «واشینگتن‌پست» و «تایمز» لندن و غیره درباره‌اش بعنوان رمان نقد نمی‌نوشتند و روزنامه‌ی «بالتیمورسان» آن را «یک شاهکار رمان معاصر جهان» نمی‌نامید، مردم حق داشتند

در رمان بودنش شک کنند.

البته در اوضاع و احوال کنونی مملکت جای گله‌گزاری نیست. منتقدین و محققینی که در باره‌ی کتابها اظهارنظر می‌کنند، خودشان صاحب تألیف و ترجمه‌اند و به این مناسبت ریششان و گردنشان زیرتیغ سانسورچی‌های دولتی و شبه دولتی است. اگر درباره‌ی کتابی که «به دستور کارگزاران خارجی به قصد ضربه زدن به بنیان‌های اعتقادی جامعه»، به قلم یک مجرم فراری همکار سازمان سیا، نوشته شده چیزی بنویسند، چه می‌دانند که سربزنگاه چه خاکی به سرشان خواهند کرد.

*****

گذشت و گذشت تا در دوران ریاست پرزیدنت خاتمی، برای اولین بار چشممان به دیدار یک نقد و بررسی «دائی‌جان» روشن شد. این مقاله در فروردین ماه ۱۳۷۷ -بیست و پنج سال بعد از انتشار کتاب- در مجله‌ی گزارش چاپ تهران، زیر عنوان «کالبدشکافی رمان فارسی» درج شده بود. به رغم دوران تساهل نسبی وقت، روی سر نویسنده‌ی مقاله -آقای عبدالعلی دست غیب- سایه‌ی وحشت از چماق بازجویان و مأموران ارشاد را دیدم. اولاً عنوان مقاله «دائی‌جان ناپلئون، صدای مشکوک و بقیه‌ی ماجراها»، که ظاهراً کلّ موضوع رمان را به دو بخش «صدای مشکوک» و «بقیه‌ی ماجراها» تقسیم می‌کند، بخودی خود نوعی پیش آگهی نظر نویسنده است. گذشته از این عنوان بلیغ، حدود یک صفحه از پنج صفحه‌ی کل مقاله -که عمدتاً خلاصه‌ی داستان است- به بحث درباره‌ی صدای مشکوک اختصاص یافته است. در حالی که بر کسی و مسلماً بر نویسنده‌ی

مقاله، پوشیده نیست که این صدای مشکوک بهانه‌ی شعله‌ور شدن آتش زیر خاکستر یک اختلاف ریشه‌دار قدیمی است و هر اتفاق مبتذل دیگری، مثلاً بلند نشدن این یکی جلوی پای آن یکی، در محیط خودپسندی‌ها، می‌توانست همین نتیجه را داشته باشد. موضوع اساسی اختلاف و تضاد و رویاروئی دو نسل یا دو قشر از اجتماع را گذاشتن و تا این حد -یک پنجم مقاله- به این صدا پرداختن را، من به نگرانی نویسنده از دست زدن به کاری ممنوع ولی غیرقابل احتراز نسبت می‌دهم. چه کند؟ مشغول تحقیق درباره‌ی کل رمان فارسی است و این رمان پرسروصدا -خوب یا بد- را نمی‌تواند از قلم بیندازد. از آن طرف برای اجازه‌ی چاپ همین تحقیق، گردنش زیر تیغ سانسورچی‌های ارشاد است. با این تیتر مقاله و این ور رفتن با واقعه‌ی صدای مشکوک، می‌تواند، وقتی یقه‌اش را گرفتند، بگوید ناچار بودم. ولی ببینید که به این رمان بیشتر از یک مجموعه‌ی شوخی باردی و مزه‌پرانی، ارج دیگری نگذاشتم.

برای توجیه اصرار و تأکید بیش از حد نویسنده بر صدای مشکوک، راه دیگری به نظرم نمی‌رسد. بخصوص که در هیچ یک از نقدهای فراوان منتقدین خارجی، اروپائی و امریکائی، و یا در پیش گفتارهای خارجی دائی‌جان، به قلم نویسندگان معتبری چون آذر نفیسی و دیک دیویس، نه تنها چنین توجه متمرکزی به صدای مشکوک نمی‌بینم که حتی نگاهی هم به آن نینداخته‌اند. تنها شاید بتوان در مقدمه‌ی مفصل نویسنده‌ی روس «میخائیل کورگانتسف» بر متن روسی کتاب، یک اشاره‌ی مختصر، آن هم به این صورت، ملاحظه کرد، نوشته است:

«تسلسل موقعیت‌های مضحک و دیالوگ‌های خنده‌آور که نویسنده به وفور از آنها بهره برده است، خواننده را به یاد گوگول و «خنده در میان اشک‌های نامرئی» او می‌اندازد. ولی این تنها به خاطر آن نیست که مثلاً جنجال منازعه‌ی خانوادگی بر سر یک «صدای مشکوک» شباهتی به خصومت جاودانه میان «ایوان ایوانویچ» و «ایوان نیکیفوروویچ» دارد، بلکه در این رمان عوامل بسیار دیگری یادآور جمله‌ی پایان داستان گوگول است که: «آقایان، زندگی در این دنیا چه ملال‌انگیز است».»

باری، به‌رغم این هجوم نویسنده‌ی مقاله به صدای مشکوک یا «مشکوف» بقول مشقاسم، چون اولین اظهارنظر در ایران انقلابی بعد از بیست و چند سال ممنوعیت کتاب بود، آن را با علاقه خواندم، بسیار مشتاق بودم عقیده‌ی کسی را که به «کالبدشکافی رمان فارسی» دست زده، درباره‌ی دائی جان بدانم.

نویسنده‌ی مقاله ابتدا روی کمبودهای رمان دست می‌گذارد: رمان دلالت‌های اجتماعی ندارد، تحلیل‌های جامعه‌شناختی را فاقد است، از ساختار فئودالی-بورژوائی دوره‌ی رضاشاهی چیزی نمی‌گوید، به رویدادهای شهریور ۱۳۲۰ اشاره نمی‌کند-

که البته در ین باب کاملاً حق دارد و در این کمبودهای رمان حرفی نیست. ولی به عنوان عذر تقصیر باید بگویم که من هیچ‌وقت رمان را برای دلالت‌های اجتماعی یا تحلیل‌های جامعه شناختی نمی‌خوانم. و با نظریه‌ی ادبیات الزاماً در خدمت اجتماع و اصولاً «رئالیسم سوسیالیست» انس و الفتی پیدا نکرده‌ام.

منتقد، بعد از ایراد کمبودها، به ایراد کجروی‌ها می‌رسد:

«نویسنده‌ی رمان گاه از افراد رمان خود کسانی مانند شیرعلی، آسپیران، خمیرگیر، واکسی، میراب و کارمندان دون‌پایه را آماج حمله قرار می‌دهد... این افراد غالباً در خدمت اشراف یا چاقوکش، نفهم، سودجو عاری از ادب و ظرافت هستند (رجوع کنید به داوری اسدالله میرزا درباره‌ی قصاب‌ها ص ۷۰.)»

اینجا کالبدشکافی رمان بیشتر به کالبدشکافی ایدئولوژیک نویسنده نزدیک شده است. بهرحال من، با احساس گناه، صفحه‌ی ۷۰ را باز کردم ببینم باز چه دسته‌گلی به آب داده‌ام. موضوع اینست که زن دوستعلی‌خان شوهرش را به داشتن ارتباط با زن شیرعلی قصاب متهم کرده و اسدالله میرزا در این باب اظهارنظر می‌کند:

«عزیز خانم، راستی راستی حیف بود می‌بریدیدش! باید کت دوستعلی را بوسید. اصلاً از زمان سعدی تا حالا قصاب‌ها از همه‌ی مردم حتی از خود سعدی بیچاره تقاضاهای زشت داشته‌اند. یادتان هست که شیخ فرموده: به تمنای گوشت مردن به- که تقاضای زشت قصابان، حالا دوستعلی انتقام سعدی را از یک قصاب گرفته، شما سرزنشش هم می کنید؟»

حقیقت اینکه من نتوانستم قصابی را - حتی زودرنج‌تر از شیرعلی- تصور کنم که از این مزاح سعدی در گلستان و اشاره‌ی من به آن رنجیده یا حتی نخندیده باشد.معهذا از صنف قصاب پوزش می‌طلبم. همین‌طور، با اینکه از حمله‌ی من به رنجبرانِ نام برده شده- خمیرگیر، واکسی، میراب- نمونه‌هایی ذکر نشده، احتیاطاً از اصناف آنها و از هندی‌های مقیم ایران، بخاطر سوءظن بیجای

دائی‌جان به سردار مهارت‌خان هندی و کلنل اشتیاق‌خان، عذرخواهی کنم که مضایقه ندارم و می‌کنم. باید اضافه کنم که حکایت دائی‌جان ناپلئون در کتاب و در خلاصه داستان این مقاله، به دو شکل مختلف تمام می‌شود. در مقاله، بعد از ایراد به سکوت رمان درباره‌ی وقایع سیاسی آن دوران: «رضاشاه و گریزاز ایران» و «به قدرت رسیدن فروغی‌ها»- آمده است:

«... تنها سالار، یکی از افراد گروه ماسونی به طور سایه‌وار نشان داده می‌شود. آقاجان با این شخص آشناست او را به خانه‌ی خود می‌خواند تا دائی‌جان را از انگلیسی‌ها بیشتر بترساند... طرفه اینجاست که سالها بعد راوی در سفر به یکی از شهرهای کوچک ایران همین سالار را در باغی بزرگ و اشرافی می‌بیند که در جشن خداحافظی به سفر رفتن پسر خودش به امریکا شرکت دارد. او پیرمردی است موقر که سبیل بزرگ سفیدی دارد و به سبب بالا رفتن بهای زمین‌هایش ثروتمند شده...»

من هر چه صفحه ۴۵۸ را (که نویسنده‌ی مقاله ارجاع داده) زیر و رو کردم و از این و آن پرسیدم، دیدم نخیر، برای خواننده‌ی کتاب هیچ تردیدی نمی‌ماند که پیرمرد موقر با سبیل بزرگ سفید، کسی جز مشقاسم خودمان نیست که متمول شده و به خودش عنوان سالار داده است. و اگر کسی او را جای «یکی از افراد ماسونی» گرفته باشد، باید فصل آخر رمان را با عجله خوانده باشد یا با پایان قصه‌ی دیگری خلط کرده باشد.

بهرحال من از نویسنده‌ی اولین نقد و بررسی «دائی‌جان» در خطه‌ی خطرخیز ولایت مطلقه‌ی فقیه، ممنون شدم.

***** 

حالا که به اینجا رسیده‌ایم بی‌مناسبت نیست نگاهی هم به گشت و گذار دائی‌جان در استپ‌های روسیه بیندازیم. دائی‌جان ناپلئون، بی‌خبر من، درست ۱۷۰ سال بعد از ناپلئون اول، قدم به شهر مسکو گذاشت و بخلاف آن دفعه، نه تنها کسی به این مناسبت شهر را آتش نزد، که مقدمش را گرامی داشتند و از وجودش فراوان بهره‌برداری کردند.

چند سال پیش یکی از دوستان من در کتابخانه‌ی دانشگاه امریکائی «ییل» تصادفاً چشمش به یک کتاب روسی با عنوان «دیادوشکاناپلئون» افتاد، که وقتی باز کرد، دید دائی‌جان ناپلئون خودمان است به زبان روسی. مشخصات کتاب را برای من فرستاد. من به آدرس ناشر در مسکو نامه نوشتم و خواهش کردم که یک نسخه از کتاب را برای آرشیو شخصی من بفرستند. جواب محترمانه‌ی محبت‌آمیزی به امضای رئیس بخش ادبی مؤسسه‌ی انتشارات رسید. نوشته بودند ما این کتاب را در سال ۱۹۹۰ منتشر کرده‌ایم و حتی یک نسخه از آن باقی نمانده که به شما تقدیم کنیم و از این بابت شرمنده‌ایم. ولی چون در آستانه‌ی سال نو هستیم فرا رسیدن عید را صمیمانه به شما تبریک می‌گوئیم و سالی سراسر موفقیت وشادی برای شما آرزو می‌کنیم.

گفتم چی بود می‌گفتند روس‌ها آدم‌های زمخت بی‌احساسی هستند! ببینید طفلک‌ها با چه مهر و محبتی سال نو را تبریک گفته‌اند و چطور با شرمندگی عذر قصوری را می‌خواهند که شاید در آن تقصیری نداشته‌اند! چه بسا از آن ترجمه‌های سفارشی وزارت خارجه

روسیه بوده که سابقه‌اش را داشتیم. یکی از دلبری‌های سیاسی دولت اتحاد جماهیر شوروی فقید این بود که گاهی ترجمه‌ی روسی آثار شاعران و نویسندگان نورسیده‌ی یک کشور همسایه را به عنوان حسن‌نیت و علاقه به تقویت روابط موجود با آن کشور، در تیراژ معدودی چاپ می‌کردند که مصرفش عمدتاً در کشور موردنظر بود و بعد از بهره‌برداری سیاسی اثری از آن باقی نمی‌ماند.

با وجود این، روی کنجکاوی، از آشنایانی که برای گردش به روسیه می‌رفتند خواهش کردم در مسکو اگر «دیادوشکاناپلئون» پیدا کردند برای من بیاورند. در این احوال تصادفاً به یک دیپلمات روس مأمور یونسکو، در مجلسی برخوردم. اسم مؤسسه‌ی ناشر Khoudojestvennaya Literatura، را که شنید گفت یکی از دو ناشر بزرگ روسیه بر جا مانده از دوران شوروی و متخصص انتشار آثار نویسندگان معاصر خارجی است.

بعد از مدتی، دو مسافر دو نسخه کتاب «دیادوشکاناپلئون» برایم آوردند که هیچکدام، بخلاف تصور من، از آن نوع دلبری سیاسی نبود. یکی چاپ ۱۹۸۱، با تیراژ هفتاد و پنج هزار نسخه و آن یکی چاپ ۱۹۹۰، با تیراژ صد هزار نسخه و قیمت روی جلد چیزی معادل سیزده دلار بود.

این‌ها چندمین چاپ بوده و بین آنها چند بار تجدید چاپ شده؟ هیچ معلوم نبود چون شماره‌ی ردیف چاپ را ذکر نمی‌کنند. برای سر درآوردن از موضوع، غیرمستقیم جلو رفتم. در نامه‌ای از مؤسسه‌ی ناشر تقاضا کردم نشانی «میخائیل کورگانتسف» را که بر متن روسی مقدمه‌ی مفصلی نوشته بود و از همان دیپلمات روسی

شنیده بودم که نویسنده‌ی سرشناسی است، برایم بنویسند. ولی آنها ظاهراً زرنگتر از آن بودند که دُمی لای تله‌ی مدعی بدهند. به این نامه و نامه‌های بعدی جواب ندادند که ندادند. بکلی لالمونی گرفتند. طوری که بقول مشقاسم خودمان، پنداری دود شدند رفتند آسمان! من گفتم به جهنم! این هم روی وردار ورمالی‌های چاپچی‌ها و نوارسازان قاچاقی خودمان! اما دوستان، که از ماوقع مطلع شده بودند، ول نکردند که آقا، یک کاری بکن! حیف است که یک مؤسسه‌ی گردن‌کلفت روسی، کتاب ترا صدهزار چاپ بکند و بفروشد و به تو در ولایت غربت حقی ندهد! آنقدر گفتند و ضرب و تقسیم کردند و شعار حق گرفتنی است دادند، که طمع برم داشت. چون شایعه‌ی دمکراسی در روسیه قوت گرفته بود، چغلی مؤسسه‌ی ناشر را به آقای ولادیمیر پوتین رئیس جمهوری جدید، کردم.

در حالیکه امید زیادی نداشتم، نامه‌ای رسید از مسکو، از سرویس حقوقی مجمع نویسندگان روسیه (RAO) که بله، آقای رئیس جمهوری تحقیق درباره‌ی نامه‌ی شما را به ما ارجاع کرده و ما از «اطاق کتاب روسیه» پرسیدیم. درجواب تأیید کرده‌اند که مؤسسه‌ی انتشارات «خودوژست و نایالیتراتورا» کتاب شما را در سال ۱۹۹۰ در روسیه منتشر کرده است. به این مؤسسه نامه نوشته‌ایم و از جوابش شما را مطلع خواهیم کرد.

گفتم: به‌به! خوش خبر باشی ای نسیم شمال! به برکت دمکراسی نوپای روسیه، حتماً از این چاپ‌های مکرّر صدهزار نسخه‌ای نان و نوائی می‌رسد و به کوری چشم گزمه‌هائی که رابطه‌ی کتاب را از من بریده و به زیر میز فروشها وصل کرده‌اند، عیش و عشرتی

خواهیم کرد.

ولی شیخ اجل فرمود:

خدایا تو شبرو به آتش مسوز　　　که ره می‌زند سیستانی به روز

همان مؤسسه‌ی معظم انتشارات که ضمن تبریک پر ناز و غمزه‌ی عید، به من نوشته بود کتاب را در سال ۱۹۹۰ منتشر کرده، بکلی زیرش زد. در نامه‌ای به امضای همان رئیس بخش ادبی، نوشت ما از چاپ ۱۹۹۰ هیچ اطلاعی نداریم. «دیادوشکاناپلئون» را ما سال ۱۹۸۱ منتشر کردیم. مسلماً علت این بود که بین دو تاریخ، روسیه‌ی شوروی به مقررات بین‌المللی حفظ حقوق مؤلف پیوسته بود. وقتی کپی نامه‌ی کذائی تبریک را همراه اصل نسخه‌های کتاب فرستادم که جلوی روی آقایان گذاشتند، بدون آنکه از دروغی که گفته بودند خم به ابرو بیاورند، جواب نوشتند که بهرحال چون انتشار اصل فارسی کتاب فلان تاریخ بوده، حقی به آن تعلق نمی گیرد. وقتی جوابشان را دادیم فلان تاریخ دیگری را ذکر کردند. بعد هم یک حرف دیگری زدند و بعد که نگرفت یک بهانه‌ای آوردند که بهانه‌ی حکایت عبید را به یاد می‌آورد: یکی از دوستی اسبی به عاریت خواست. گفت، اسب من سیاه است. گفت، مگر اسب سیاه را سوار نشاید شد گفت چون نخواهم داد، همین قدر بهانه بس است.

باز به تشویق دوستان، شرح معلق و وارو زدن‌ها و ضد و نقیض گویی های آقایان را به رئیس‌جمهوری نوشتیم. این بار کار را به وزارت فرهنگ و ارتباطات روسیه ارجاع کرد. وزارت فرهنگ هم، به دستور رئیس جمهوری لابد در حدّ امکان اقدامی کرده بود. ولی ظاهراً چون زورش به مدیران گردن کلفت استالین دیده‌ی برژنف

پروریده‌ی مؤسسه‌ی ناشر نرسیده بود، سه ماه قبل در نامه‌ای به من نوشت: از دست ما کاری برنمی‌آید و شما بهتر است برای احقاق حقتان به دادگاه مراجعه کنید.

نامه‌ی وزارت فرهنگ روسیه لحن محزون و ذلیلی داشت. انگار این فرهنگی‌ها می‌خواستند به من برسانند که می‌دانند حق من تضییع شده ولی چه کنند که در اوضاع و احوال کنونی زورشان به آن بالادستی‌ها که منافعی در کار نشر و احتمالاً معاملات کاغذ دارند، نمی‌رسد.

مجالی پیدا نکرده‌ام که دلداری‌شان بدهم و بگویم دردتان را می‌فهمم. ما خودمان یک وزارت فرهنگ و ارشاد، تحت نظارت فائقه یک بازجوی سابق اوین داریم. حدس می‌زنم شما هم گرفتار یک بازجوی سابق کا گ ب، بالای سر امور فرهنگی‌تان هستید. بهرحال از راهنمائی‌تان در باب مراجعه به دادگاه برای احقاق حقم ممنونم. ولی نه، مرسی! از وجنات دستگاه اداری‌تان پیداست که دادگاه‌تان هم از نوع مال خودمان است و چه بسا دادستان مسکو هم بدل قاضی سعید مرتضوی خودمان باشد، که به شیوه‌ی او با چماق به کار دادخواهان رسیدگی می‌کند. وانگهی ترجیح می‌دهم هر وقت و مجالی که مانده باشد، به احقاق حقوق اولیترم که زیرپای آخوند رفته، صرف کنم.

**❋❋❋❋**

اگر امروز از من بپرسند که از دائی‌جان چه دیده‌ام و درباره‌اش چه فکر می‌کنم، می‌توانم جواب بدهم: انصافاً دائی‌جان محترم و آبرومندی است که وجودش درمجموع، برای من مایه‌ی خیر و خوبی بوده است. در این بیست و هفت سال دور از ایران، هر جای دنیا که

رفته‌ام هموطنانم، شاید بیشتر بخاطر گل روی دائی جان، غرق دریای محبت و عزّتم کرده‌اند. و غنیمتم اینکه بین آنها دوستان تازه‌ای پیدا کرده‌ام. دائی جانم از نظر مادی هم ناخن خشک نبوده است. سال‌های اول، از کتاب درآمدی -هرچند مختصر- به من می‌رسید. ولی بعد از ممنوعیت و افتادن عرصه بدست چاپچی‌های قاچاقی، فقط دعای خیرش برای من مانده بود. تا اینکه چند سال پیش که موکب مبارکش به اروپا و امریکا نزول اجلال کرد، چون از آن موقع سروکارمان با ناشران واقعی محترمی افتاده که از قماش آن آب «مسکوا» خورده‌ها نیستند، باز آب باریکه به راه افتاده است.

اما خوشحالم که دائی جان، نه تنها به عنوان دائی برای من، که به عناوین دیگری هم منشأ اثر بوده است. در زبان فارسی اصطلاح «روحیه‌ی دائی‌جان ناپلئونی» به معنای پشت هر واقعه توطئه و دست خارجی دیدن، بخوبی جا افتاده و گفتنی است که باقی مانده‌ی نسل دائی‌جان ناپلئون‌ها -که تعدادشان کم نیست- حالا دیگر موقع اظهارنظر و اطمینان از این که یک واقعه مثلاً کار انگلیسی‌هاست، پیشاپیش احتیاطاً می‌گویند: حالا نگوئید فلانی دائی‌جان ناپلئون شده، ولی مطمئن باشید کار خودشان است.

خود من سه سال پیش در مجلسی در کالیفرنیا شاهد اینگونه اظهارنظر یکی از محترمین این طایفه بودم. از اساتید قدیمی و با اسم و رسم دانشگاه تهران بود. بعد از اینکه ازحضار خواست که به او ظنّ تفکر دائی‌جان ناپلئونی نبرند، به مدت شاید نیم ساعت دلیل آورد که توطئه تروریستی ۱۱ سپتامبر ۲۰۰۱ نیویورک، کار انگلیسی‌ها بوده است.

البته این را هم باید بگویم که بعد از انقلاب وقتی من به پاریس رسیدم به بعضی از هموطنان تبعیدی برخوردم که زبان به تحسین کتاب باز می‌کردند و مایه‌ی خوشحالی و سرافرازی من می‌شدند. ولی بعد یک دوش آب سرد روی سرم باز می‌کردند وقتی می‌گفتند حالا مردم می‌فهمند که شما چقدر حق داشتید که می‌گفتید همه چیز زیر سر انگلیساست!

اما خدمت دیگری که می‌شود به حساب دائی جان نوشت نقش مؤثرش در رفع و رجوع بدنامی‌هائی است که بعضی‌ها به بار آورده‌اند. مردم دنیا -بخلاف برگزیدگان جوامعشان که ایران را با تمدن و فرهنگ سابقه‌دارش می‌شناسند- چیزی از ایران نمی‌دانستند. تنها در بیست سی سال گذشته بوده که چیزی از ما شنیده‌اند و متأسفانه هر چه شنیده‌اند جز خبرهای خون آلوده‌ی اعدام‌های بی‌محاکمه، قتل عام زندانیان، سنگسارهای وحشیانه، تروریسم و قتل مخالفان سیاسی، نبوده است. علاوه بر این سابقه‌ی سوء، هر چند وقت یک بار هم اینجا و آنجا شاهد واقعه‌ی خونینی هستند که در ردیف اول مسئولین احتمالی آن، در وسائل ارتباط جمعی اسم ایران را که -بحق یا ناحق- ذکر شده می‌شنوند و می‌خوانند و برخاطرشان غبار تازه‌ای از بدبینی و سوءظن روی نام ایران و ایرانی می‌نشیند. در چنین اوضاع و احوالی، شعر و رمان و دیگر مظاهر فرهنگ ایران، علاوه بر نقش جوهری‌شان، در باب غبارروبی از چهره‌ی ایرانی کاری انجام می‌دهند و نقش دائی‌جان از این نظر، از بدو انتشار به زبان انگلیسی، از دید منتقدان جراید پنهان نمانده است. از جمله:

مجله‌ی «کایرکوس ریویو»ی نیویورک، در شماره‌ی ماه جون

۱۹۹۶، مقاله‌ی مفصل خود درباره‌ی «دائی‌جان» را اینطور پایان داد:
«این رمان خنده‌آور تحسین‌انگیز می‌تواند تصویری را که
ما از ایرانیان فناتیک بمب بدست که هر سوراخ و سمبه‌ای را
دنبال سلمان رشدی می گردند داریم، تغییر دهد.

روزنامه‌ی واشینگتن پست، ۲۹ سپتامبر ۹۶ نوشت:
«این کتاب تحفه‌ایست برای دوستداران فرهنگ‌های دیگر
و در عین حال برای عاشقان رمان... در دورانی که افکار عمومی
بسیاری از امریکائی‌ها را اخبار شب شکل می‌دهد، «دائی جان
ناپلئون» انسـانیت ملتی را کـه از دیرباز در مغرب‌زمین بصورت
کاریکاتوری معرفی شـده در معرض دید روشـن قرار می‌دهد.
ایـن رمان یک تصویر چند چهره‌ی واقعی از یک زمان و مکان
است. و به این عنوان، یادآور آنست که ایرانی‌ها هم مثل هر ملت
دیگری، مـی خندند، با هم نزاع می کنند و - چرا که نه- روابط
جنسی نامشروع دارند (البته نه به آن شدتی که بعضی پرسناژهای
این رمان دارند).»

مجله‌ی «کلیولندپلن» در جولای ۹۶، در پایان نقد «دائی‌جان» نوشت:
«خنـده و ایران، الفاظی هسـتند که به آسـانی کنار هم قرار
نمی گیرند. آخرین شاه ایران اهل خنده نبود. جانشینان مذهبی او
هم با مناظر دست‌های بریده و فواره‌ی خون شهیدان، نتوانسته‌اند
این تصویر را تغییر بدهند. ولی ایرج پزشـکزاد با انتشـار متن
انگلیسی دائی جان ناپلئون، رمان بسیار خنده‌آورش، که در سال
۱۹۷۰ نوشـته، می‌تواند وضع را تغییر بدهد و بیشتر از آمد و شد

دیپلمات‌هـا و میانجی‌ها و عذرخواهی‌ها، در بهبود روابط ایران و امریکا مؤثر باشد.»

*****

اوایل غربتمان در فرنگستان، که خیلی‌ها اشتیاق خواندن دوباره‌ی دائی‌جان را داشتند و هنوز محصول کار چاپچی‌ها و نوارسازان قاچاقی به خارج نرسیده بود، قرار شد کتاب همراه با تصاویری از فیلم تقوائی، در خارج به چاپ تازه‌ای برسد. از من خواستند که بر این چاپ پیشگفتاری بنویسم. از قضا خبر غم‌انگیز درگذشت پرویز فنی‌زاده هم رسیده بود. این چند سطر را نوشتم:

«مشقاسـم را از همه‌ی اینها بیشـتر دوست داشتم. مشقاسم غیاث‌آبـادی را که «مملکت» غیاث‌آبادش را از همه چیز و همه جا قشـنگ‌تر می‌دید و بیشتر می‌خواسـت. و از بخت بد، از آن دورافتاده بود. پس، اجازه می‌خواهم با یادی از مشقاسم جاودانی، پرویز فنی‌زاده، این کتاب را اکنون به همه‌ی آنها که، ناخواسته از غیاث‌آباد بزرگ و عزیزشان، ایران، دور افتاده‌اند تقدیم کنم.»

برای اینکه تجدید خاطره‌ی آن پیشگفتار و یاد سال‌های دراز همچنان بسر رفته در غربت پایان محزون این شرح حال نباشد، این را هم به صدای بلند یادآوری می‌کنم که من و دائی‌جان، در طول این سالها حتی لحظه‌ای امید بازیافتن غیاث‌آبادمان را از دست نداده‌ایم، غیاث‌آبادی شاد و خندان و غزلخوان، دور از تعصّب کور.

پاریس

مرداد ماه ۱۳۸۶